纳兰容若词传

人生若只如初见

若初 —— 著

远方出版社

图书在版编目（CIP）数据

纳兰容若词传 / 若初著. -- 呼和浩特：远方出版社，2018.9
（远方自传文库）
ISBN 978-7-5555-1156-4

Ⅰ.①纳… Ⅱ.①若… Ⅲ.①纳兰性德（1655-1685）-生平事迹 ②纳兰性德（1655-1685）-词（文学）-文学欣赏 Ⅳ.①K825.6 ②I207.23

中国版本图书馆 CIP 数据核字（2018）第 197452 号

纳兰容若词传

NALANRONGRUO CIZHUAN

作　　者	若　初
责任编辑	孟繁龙
责任校对	邱　仓
封面设计	刘红刚
版式设计	赵艳霞
出版发行	远方出版社
社　　址	呼和浩特市乌兰察布东路 666 号　邮编：010010
电　　话	（0471）2236470 总编室　2236460 发行部
经　　销	新华书店
印　　刷	天津雅泽印刷有限公司
开　　本	145mm×210mm　1/32
字　　数	175 千
印　　张	8
版　　次	2018 年 9 月第 1 版
印　　次	2019 年 1 月第 1 次印刷
印　　数	1—5 000 册
标准书号	ISBN 978-7-5555-1156-4
定　　价	36.00 元

如发现印装质量问题，请与出版社联系调换

序 言

人生若只如初见

他有着出类拔萃的才华、风流无羁的性格、超凡脱俗的秉赋，被誉为清代第一才士、清词三大家之一。他的作品受到了王国维、梁启超、季羡林等国学大师的称赞。更为世人所津津乐道的是，有人认为他是《红楼梦》中贾宝玉的原型，连乾隆皇帝对此也有过暗示。他就是纳兰性德。

纳兰性德，字容若，1655年1月19日生于北京的一个显赫之家，他的父亲是康熙时期权倾朝野的纳兰明珠，母亲是英亲王阿济格的第五女。他的曾祖姑母是清太祖努尔哈赤的王妃、皇太极（即清太宗）的母亲，按辈分来说，他和康熙皇帝是表亲。他生来是锦衣玉食、享尽荣华富贵的豪门子弟，但他厌倦官场的庸俗虚伪，胸中的抱负唯有化成绵绵的情思，寂然吟出。

"我是人间惆怅客，知君何事泪纵横。"这是纳兰性德对自己的评价。他出身王公贵族之家，有着享之不尽的财富，为何传于后世的词作却处处充满无限的惆怅之情？作为世家公子，纳兰性德勤奋苦学、博学多才，按说他应该有一条康庄大道通往成功。从表面上看也确实如此，他二十二岁就高中进士，成为康熙皇帝钦点的贴身侍卫，并多次跟随圣驾前往边塞和江南，前途一片光明。然而，纳兰性德身为康熙皇帝的金阶侍卫，根本没有机会参与朝政，空怀文韬武略而毫无发挥的余地。流年飞逝，侍卫生活既无翰林院深造的空间，也无施展才华的机会，只有时刻坚守帝王左右和守望内心的孤寂。扈从生活如同一个无形的樊笼，束缚着纳兰性德无法飞上云霄搏击长空，这成为他一生的憾事。

　　在爱情婚姻方面，纳兰性德多情而不滥情，爱情是他诗词创作的一大源泉。他一生用情至深，对生命中先后出现的三位女性倾尽所爱，但她们却纷纷离他远去，面对大悲大喜的坎坷经历，他终于为情所累，生命在三十一岁这一年终止，犹如苍穹中划过的一颗流星,短暂而震撼。他刻骨铭心的"早恋",终止于他的表妹选秀入宫。二十岁时,他迎娶两广总督卢兴祖之女卢氏为妻,婚后夫妻恩爱,感情甚笃。可惜好景不长,三年后卢氏因难产而亡,他为此痛苦万分,从此多发悼亡之词。尽管后来继娶官氏,并有侧室颜氏相伴,然而亡妻的一颦一笑总让他难以忘怀。三十岁时,经好友顾贞观牵线,他结识了江南才妓沈宛。两人情投意合,惺惺相惜,但苦于身份地位悬殊而不能结合,相识仅短短一年,纳兰性德便因病去世,这段短暂的爱情以悲剧告终。作为风流才子,纳兰性德的三段爱情生活被后人传为佳话。

  纳兰性德十分仰慕汉文化,毫无清朝贵族子弟的纨绔习气,且为人真诚,仗义疏财。他惜友人之友,忠友人之托,使得天下名士才子都愿意和他交往,其住所内的渌水亭(现宋庆龄故居内)因文人骚客雅聚而名噪京城。他们在亭内作诗填词、研读经史、著书立说，大大促进了满汉文化的交流与融合。

柔肠男儿，铮铮铁骨；荣华一生，千古一叹。从家庭出身来说，纳兰性德有着他不该有的天真、善良和忧郁。而作为旗人、作为人子、作为人臣，他又不得不接受命运的安排，空有抱负而无法施展。他短暂的一生就像一场烟火，绚烂迷人而又无限伤感。在短短三十一个春秋中，他留存下来的词作有三百多首，内容涉及爱情、友谊、咏史、咏物，词风清新隽秀，情感真挚。

本书对纳兰性德生平的叙述及其作品的赏析，可以让读者从中感受到纳兰性德对友情、爱情的一片赤诚，对官场黑暗的批判，对扈从生活的厌倦；并体会到他对自己的身世并不留恋，无意重复、拒绝再来，了解到这位才华横溢、品行高洁的翩翩才子，一直在等懂的人……

目 录

第一章　家世：本是补天石，生于帝王家 / 001
　　　　纳兰家族 / 002
　　　　纳兰明珠 / 005
　　　　童年生活——谦谦君子养成记 / 011

第二章　成长：侧帽薄衫才竞强 / 015
　　　　入国子监——崭露头角，得名师指点 / 016
　　　　顺天乡试——挫折只是人生的一个插曲 / 022
　　　　高中进士——春风得意马蹄疾 / 026
　　　　编著经典——以词为友，以书为伴 / 032

第三章　仕途：山一程，水一程 / 037
　　　　随扈出塞——仕途从此拉开了序幕 / 038
　　　　出使梭龙——羁旅生涯的辉煌之作 / 045
　　　　告祭祖陵——随君出塞佳作多 / 052

南巡返回——江南好，风景旧曾谙 / 057

第四章　爱情：才子自古多深情 / 067

青梅竹马——人世间最遥远的距离 / 068

原配卢氏——众里寻他千百度 / 084

卢氏死难——那时很慢，一生只爱一个人 / 096

颜氏过渡——有一种爱叫做等待 / 107

一代才妓——错误的时间遇到对的人 / 138

第五章　知己：劝君更尽一杯酒 / 151

与曹寅——总角之交，一生为伴 / 152

与张见阳——相逢莫过于相识 / 166

与朱彝尊——世间唯你最懂我 / 182

与顾贞观——惺惺相惜 / 191

第六章　落幕：人生若只如初见 / 231

曾经辉煌——天下谁人不识君 / 232

抱病游聚——快意人生，煮酒赋诗 / 234

溘然而逝——清初第一才士，千古伤心词人 / 238

附 / 241

第一章　家世：

本是补天石，生于帝王家

清顺治十一年（公元1655年），一个词坛的巨匠诞生了。纳兰性德，或许更多的人喜欢叫他纳兰容若，他身处高门之中，却一心向往着平常人的生活，他不好功名利禄，不贪荣华富贵，只求自由自在，无拘无束，正如他自己所说："别有根芽，不是人间富贵花。"

纳兰家族

纳兰性德原名纳兰成德，因避太子之讳，改名性德。表字容若，号楞伽山人，正黄旗人，康熙十五年（公元1676年）进士。他不仅才华横溢，还善骑射，是康熙帝身边的侍卫，真正的文武双全。

纳兰性德虽出生于富贵人家，但是身上并没有纨绔子弟的气息，他淡泊名利，温文儒雅，热衷于汉文化。他的词以"真"字取胜，以"情"字传神，既有李后主、柳永之婉约凄美，清丽哀艳；又有稼轩之豪放洒脱，极具个人特色。

纳兰性德的家族是一个大族。纳兰这个姓氏源于金代的女真人，满洲时期的纳兰氏本是蒙古后裔，始祖姓土默特。后来，他们灭了当时女真的纳兰部，占据了纳兰部的领土，便改姓纳兰。

当时女真姓氏分为"白号之姓"和"黑号之姓"。据《金史·礼志》记载，金代女真人用青、白璧来朝拜日月，祭天更是尚黑白二色，这大抵就是女真人用黑白二色来修定姓氏的原因。

而黑白两号中，又以白号之姓为尊。根据女真部结盟的传统，把有记载的八十三个白号之姓中第二大支系的三十个姓氏封在了广平郡，纳兰就是其中之一。后来因为某些原因，纳兰族举族迁移到叶赫河岸，建立了叶赫国，现位于吉林省四平市叶赫满族镇附近，即后人所说的"叶赫那拉氏"。

明朝初期，女真族分为三大部族：建州女真、海西女真、东海女真。叶赫部，也就是纳兰部族，属于海西女真。明万历十一年（公元1583年），建州女真首领——爱新觉罗·努尔哈赤因父亲被明朝杀害，起兵造反，统一女真。

虽然都为女真部族的分支，但是叶赫部族与爱新觉罗部族之间一直因为领地问题存在着纷争和矛盾。早在元末明初之时，两个部族之间就曾爆发过一场战争。在那场战争中，叶赫部打败了爱新觉罗部，成为了当时女真族最大的部族。

纳兰性德的曾祖父、纳兰部族首领——金台吉即贝勒位后，为了保护部族免遭努尔哈赤的屠杀和压迫，将妹妹叶赫那拉·孟古嫁给了努尔哈赤，并育有一子，即日后的清太宗皇太极。纳兰部族与清皇室有着血浓于水的亲情关系，但这没能阻止努尔哈赤统一女真的决心。

明万历四十四年（公元1616年），觉得时机已经成熟的努尔哈赤占据了辽东地区，在赫图阿拉称王，建立"后金国"。三年后，随着海西女真势力的逐渐增强，努尔哈赤终于将矛头指向了叶赫部。为了抵抗，叶赫部联合了九部组成联军共同抗敌，但是由于九部的联军部族过于疏散，缺乏统一指挥，被努尔哈赤一举击溃。

金台吉的哥哥、叶赫贝勒布寨身亡，尸体被努尔哈赤砍成两半，裹上布派人送回了叶赫部，以示权威。这一行为，引来了叶赫部所有人的仇恨，从此双方结下不解之仇。

叶赫部出师不利后，金台吉亲自带兵迎战，再次败于努尔哈赤。

战败的金台吉拒不投降，欲自焚而亡，未果，被绞杀。

金台吉战死后，他的侄子、布寨之子布扬古继位请降。自此，叶赫部灭亡，归于后金。

明崇祯八年（公元1635年），皇太极改女真为满族，分八旗。金台吉之子，也就是纳兰明珠的父亲、纳兰性德的祖父——尼雅哈自投降之后，被授予三等副将，世袭佐领，并为后金及清皇族立下了赫赫战功，为倾覆明朝势力、统一全国立下了汗马功劳。因此，据有"从龙之功"的尼雅哈被赐予正黄旗的荣誉，纳兰家族便成为了满洲八大贵族之一。

除此之外，纳兰的母家也不容小觑。纳兰性德的外祖父是多尔衮的亲哥哥英亲王阿济格，所以他的母亲乃是皇族爱新觉罗氏。论辈分，纳兰性德与康熙帝应是堂兄弟。

纳兰性德就出生在这样一个显赫的家族中，名门之后且是长子，他的地位与受到的宠爱可见一斑。

纳兰明珠

讲到纳兰性德，就不得不提他的父亲——纳兰明珠。

纳兰明珠，生于天聪九年（公元1635年）十月初十，字端范。康熙初年，担任康熙皇帝的侍卫，并先后出任内务府总管、刑部尚书、兵部尚书、都察院左都御史，更曾官至大学士、太子太傅等要职。

纳兰明珠虽出身望族，却并没有从中得到什么好处。他的家族在康熙年间早已没落，他又是庶出，因此最初仅仅做了一个侍卫，他的地位全是靠自己一步一步争取的。

纳兰明珠的岳父，是摄政王多尔衮的亲哥哥英亲王阿济格。此人虽战功赫赫，但是狂妄自大，目中无人，多尔衮死后，阿济格的野心愈发扩大，做出了很多不轨的举动。顺治帝为了除掉这个心头大患，把他的二子削了爵位，还赐死了他的三子，其余子嗣一律贬为庶民。

纳兰明珠与阿济格之女的婚姻不仅没有为他带来丝毫的帮助，

反而成为他政治生涯的阻碍。

但是这些并没有阻挡纳兰明珠的光芒，他凭借着自己的智慧与手段依旧成为了康熙时期声名赫赫的大臣之一。

先不论他的政治手段，他的个人魅力也非同一般。纳兰明珠做事果断，聪明睿智，为人精明干练，并且能言善辩。虽然历史上他稍有劣迹，但并不妨碍他是一个日月可鉴的忠臣。他很多在当时看来偏激的想法，现在来看却是正确的主张。

作为一个满族人，纳兰明珠极其喜爱并且精通汉人文化，正是在他的熏陶之下，才间接促成了清朝第一词人——纳兰性德的产生。

纳兰明珠自小便兼通满、蒙、汉等三种语言，这使他学习汉传统文化有着极大的优势。有了优势，自然便有发挥优势的时候。纳兰明珠借助这一优势，担任了康熙皇帝的老师，成为朝中首位精通满汉两种语言的大学士，并且取代勒德洪，成为内阁首辅。

他积极调节满汉矛盾。他借着给康熙皇帝讲课的便利，向康熙介绍孔孟之道，教其行汉礼，同时推举了很多汉族有才有德之人做官，等等。

纳兰明珠的仕途比起他的儿子纳兰性德可谓是一帆风顺。户部尚书王鸿绪为其写的墓志铭上记载到：

年十七，世祖章皇帝器重之，授銮仪卫云麾使，即已典章奏参机密矣。今上登极，改内务府郎中，充总管，迁内弘文院学士，擢刑部尚书，历都察院左都御史、兵部尚书兼佐领、吏部尚书，拜武英殿大学士兼礼部尚书，加太子太傅晋太子太师，充太宗文皇帝《实录》总裁、经筵讲官，特授议政内大臣，立朝凡五十有八年，居内阁十有三年。

康熙初年，纳兰明珠担任康熙皇帝的侍卫，没过多久就升迁为内务府郎中。三年之后，又被提拔为内务府总管。康熙五年（公元1666年），被任命为弘文院学士，参与朝政。两年后升任刑部尚书。康熙八年（公元1669年），又被加封为都察院左都御史，并担任皇帝的经筵讲官。康熙十一年（公元1672年），改任兵部尚书兼任佐领，康熙十四年（公元1675年）又调任吏部尚书。康熙十六年，又赐其为武英殿大学士，加封太子太傅兼任礼部尚书。

纳兰明珠并不是只挂虚名、不做实事的人，他在政治上颇有建树。

其一，议撤"三藩"。

康熙初年，南疆大定，封了三个藩王来镇守边疆：赐吴三桂兵权，封为平西王，派其镇守云南；尚可喜封为平南王，驻守广东；耿精忠封为靖南王，驻守福建。自封王之后，三藩野心渐长，逐渐有了举旗造反的势头。其中以吴三桂最为飞扬跋扈，尤其骄横。

尚可喜因为其子酗酒杀人被状告到朝廷，怕皇上怪罪，于是主动上奏恳请康熙皇帝撤除自己的藩位，准许自己告老还乡，由其长子袭爵。耿精忠和吴三桂闻听后，也假意上疏附和。

康熙皇帝召集大臣商议此事。以索额图为主的一派主张不削藩，纳兰明珠及户部、兵部、刑部等尚书则极力赞成削藩。少年的康熙皇帝思考良久，言："三桂等蓄谋久，不早除之将养痈成患。今日撤亦反，不撤亦反，不若先发"，于是做出了撤藩的决断。

吴三桂等人闻讯立即起兵造反。索额图与纳兰明珠乃是政敌，欲借此机会铲除纳兰明珠，于是向康熙皇帝进言说是由于纳兰明珠撤藩的主张逼得吴三桂造反，应当处死。然而康熙皇帝英明决断，并未接受。平定三藩后，康熙皇帝称赞说只有纳兰明珠的做事风格符合他的想法。从此，纳兰明珠更加为康熙皇帝所倚重。

其二,大力支持施琅进剿台湾。

康熙二十年(公元1683年),郑成功长子郑经病死,爵位继承引发了后嗣的争夺,最终长子被杀,次子郑克塽袭承爵位。当时,郑克塽年仅十二岁,政事上并无主见,一切事宜皆由部下刘国轩与冯锡范做主。

福建总督姚启圣查明情况后,认为这是彻底解决台湾问题的好机会,便与将军拉哈达联合上疏请求朝廷出兵进剿台湾。纳兰明珠也认为这是千载难逢的好时机,于是极力赞同此举。

康熙皇帝听了纳兰明珠的谏言后,命姚启圣与福建水师提督施琅共同平定台湾。经过几次进攻之后,施琅与姚启圣意见不合,于行军之事上颇有分歧。于是施琅向康熙皇帝上疏,请求他允许自己独自进攻。

康熙皇帝与纳兰明珠商议,纳兰明珠认为,一山不容二虎,姚启圣与施琅二人共同指挥只会互相掣肘,互相牵制,不如由施琅统一指挥。康熙皇帝深以为然,同意了施琅独自领兵的请求。施琅这才得以顺利进剿台湾,最终成功收复台湾。

这一决定表面看似简单,实则需要很大的胆识。要知道,施琅乃汉人,让施琅独自领兵,就意味着汉人领导满人,这打破了当时以满制汉的惯例。

清军收复台湾后,当时内阁学士李光地等人认为驻守台湾会耗费大量的人力物力,加重朝廷的负担,应该放弃台湾。但是纳兰明珠态度则与之相反,坚决主张要守好台湾。

最终康熙皇帝同意了纳兰明珠与施琅的建议,在台湾设立政府,由中央直接管辖,并任用一些郑氏家族的人,结果出现了不少有作为的人才。

其三,抵御沙俄。

康熙二十一年（公元1684年），康熙皇帝考察东北，命纳兰明珠随行。考察期间，纳兰明珠两次协助康熙皇帝调兵遣将围攻雅克萨，迫使俄方同意谈判。

四年后，俄国派遣使团来京谈判，康熙皇帝命纳兰明珠为首席代表参加会谈。在谈判中，纳兰明珠谨遵康熙皇帝的指示，一分一毫也决不退让。他刚正不阿、义正辞严，完全不惧俄方的威胁，将对方无理取闹的要求全部驳回，并且有理有据地指出了俄方无故侵略、屠杀当地居民的恶行，最终迫使俄方同意撤兵雅克萨，为日后中俄双方签订《尼布楚条约》奠定了重要基础。

除了在政治上的建树，纳兰明珠也为中国历史文化做出了莫大贡献。纳兰明珠与其长子纳兰性德、次子纳兰揆叙皆是藏书大家，在家中建有"穴砚斋""自怡园"等藏书楼。纳兰明珠的藏书种类丰富，光是宋、元两朝难得的古书，珍贵的手稿、孤本，罕见的文献等就有数十种，明朝的刻本更有数百种之多，同时他还收购了著名藏书家徐乾学的大部分藏书。此外，纳兰明珠还亲自摘抄誊写了很多破损的古书，比如《南唐书》《何博士备论》《茅亭客话》等。

纳兰明珠曾担任《四库全书》总纂官之职，借机参与了很多重要皇家典籍的编订，如《清太祖实录》《清太宗实录》《明史》《大清会典》《大清一统志》等，为后人研究清朝历史留下了宝贵的资料。

纳兰明珠一生可谓对国家忠心耿耿，但是他为人狭隘贪财，多次收受贿赂。他与索额图二人因皇储之争互为政敌，为了压制对方，他们结党营私、笼络朝臣，使用极端手段报复那些不依附于自己的人，陷害了很多忠良清白之士。

他排除异己的极端行为最终遭到弹劾，于康熙二十七年（公元1688年）被罢黜官职，虽然后来官复原职，但再没得到过重用，于康熙四十七年(公元1708年)病故。

纳兰明珠凭借着自身的努力与智慧,苦心经营,从一名小小的侍卫青云直上,官至太子太傅和武英殿大学士,成为权倾朝野、一人之下万人之上的朝廷重臣,在清政府建立的五十八年中,官居内阁整整十三年。虽然他结党营私、贪财纳贿,在朝堂上钩心斗角,最终晚年失势,但正所谓明珠不会蒙尘,这些劣迹并不能掩盖掉他的功绩。不可否认,他是一个极具政治见地、胆识过人、忠心可鉴、才华横溢、思想开明的政治家。

童年生活——谦谦君子养成记

顺治十一年（公元 1654 年）的隆冬特别冷。京城的冬天不似江南般依旧绿意盎然，而是一片银装素裹，白雪皑皑。某个深处的院落里，黛色的瓦檐上落满了白雪，枯老的枝丫摇摇欲坠，冷得人瑟瑟发抖。

一位身着锦袍的青年人不停地来回走动，不时地哈气暖着手，整个人都恨不得缩成一团，但是他却不进到那烧着炭火温暖的屋子中，依旧固执地等在门外。

屋里女子痛苦的哀嚎让他无暇顾及到自己的寒冷。门内正在临盆的是他的妻子，自己的骨血得到延续的激动让他忘怀一切寒冷。

终于，清脆的一声啼哭划破了天际，给这个肃杀的天地间增添了一抹暖意，就像是一朵初绽的梅花，点亮了晦涩的天空。此时，初为人父的男子并不知道，这个孩子的到来会在历史上留下怎样浓墨重彩的一笔。

这个男子此时还是顺治帝身边的一个小侍卫，日后却成为武英殿大学士，声名显赫的太子太傅——纳兰明珠。

屋内，一名文静娴淑的女子虚弱地躺在床上，满头大汗，脸色苍白，但难掩脸上的喜色。明珠快步走到床前，轻轻接过孩子，对着夫人温柔地说道："辛苦了。"夫人轻启朱唇，问道："可有好名字了？"明珠点点头，笑道："'言学者当损有余，补不足，至于成德，则不期然而然矣。'就叫他成德，表字容若。"

粉嫩的孩子依旧在熟睡，殊不知，他的命运已经与整个朝堂联系在了一起。

纳兰性德就出生在这样一个显赫的家族中，正因为他衣食无忧，才能造就他一身的才情与见识，也更是因为这富贵身份，造就了他一生的悲剧。

不知是否命格"旺家"，自纳兰性德出生后，纳兰明珠的仕途便开始扶摇直上，不断升迁。作为首辅重臣，纳兰府邸位于京城最为繁华的地带，坐落在什刹海岸边，如今的宋庆龄故居正是曾经的纳兰府邸。

纳兰明珠深受汉文化影响，对于儒家礼学极其热爱，书卷气十足的他将家中建造得古色古香，雅致美观：府中流水淙淙，小径幽香，树木郁郁葱葱，假山重峦叠嶂。

纳兰性德就是在这样的环境下度过了他的少年时期。虽然自幼生长在贵族家庭中，但是他身上并无半点骄奢之气，也没有一丝一毫高人一等的优越感。在博学多才、睿智善辩的父亲和温婉大方的母亲栽培下，纳兰性德逐渐长成了一个温润如玉、玲珑剔透的谦谦君子。

生查子

散帙坐凝尘，吹气幽兰并。
茶名龙凤团，香字鸳鸯饼。
玉局类弹棋，颠倒双栖影。
花月不曾闲，莫放相思醒。

书本随意被放在一边，不知何时蒙上了一层灰尘。旁边坐着一位呵气如兰的美人，品尝着龙凤团饼的清香，熏着鸳鸯状的香饼，在棋盘上博弈厮杀，玉质的棋盘上倒映着树上栖息的鸟儿的身影。风花雪月并不得闲，哪里都有风流的的痕迹，不要独留多情的人空守相思。

短短几句话，就生动描写出了一副世家公子锦衣玉食的日常生活场景，闲散烂漫，无忧无虑。

但是，纳兰性德身上并没有世家公子的纨绔习气，也许是因为出生在冬季的缘故，银白苍凉的季节造就出了一个不惹尘埃、纯净灵性的纳兰性德。

他喜欢下雨天打着油纸伞在庭院中乱跑，救起那些被雨打湿了的麻雀、淋落的落花；他喜欢躺在一叶小舟上任由自己四处飘荡，随手摘下几片荷叶，挡在脸上沐浴阳光；他喜欢在一场大雪过后，围炉煮酒，听冰雪消融的声音；他喜欢吟诗，喜欢舞剑，却从不追求荣华富贵。

就这样，日升月落，在渐渐变得斑驳的时光里，纳兰性德逐渐迸发出耀眼的光芒。

梅梢雪·元夜月食

星球映彻，一夜微退梅梢雪。紫姑待话经年别，窃药心灰，慵把菱花揭。

踏歌才起清钲歇。扇纨仍似秋期洁。天公毕竟风流绝，教看蛾眉，特放些时缺。

此词描写的是元宵佳节天狗食月的故事。

此"星球"非彼星球，乃是指一小团一小团的焰火。元宵之夜，本该黑暗的夜晚，却因为焰火而变得彻亮如白日。经过一夜的时间，梅树梢头的积雪稍稍融化了一些。

"紫姑"，传说中的厕神，又名子姑。传说紫姑是唐代刺史李景的妾室，因为受到大夫人的迫害，元宵节那天被害死于厕所之中，死后为神。"窃药"乃是用典李商隐的"嫦娥应悔偷灵药，碧海青天夜夜心"，写的是嫦娥偷食不死药而飞天之事。

这两句话是说，逢此佳节，连神仙也不甘寂寞。紫姑想要与人诉说一别经年的离愁，嫦娥虽然成了月宫仙子，但常年独守月宫已让她心灰意冷，懊悔当初偷了仙药。再美丽的容颜也无人欣赏，也懒得对镜贴花黄了。

此句甚妙，用嫦娥不愿化妆，掩住了月华来预示着天狗食月的开端。

"清钲"指清脆的铜锣声。钲，是古代军中的一种乐器。"扇纨"本意是指团扇，此处借指月亮。"秋期"是牛郎织女相会之时，即七夕。天狗食月时，人们敲响铜锣来驱逐天狗，等到铜锣声停了下来，人们才又开始载歌载舞，欢庆节日，月亮也从云层中露出脸来，仍旧是七夕那般的皎洁。

"蛾眉"本来是形容女子眉毛，此处指因月食而有残缺的月亮。末句拟人，写出月食发生的原因，原来是因为天公太过风流，为了看一眼月儿蛾眉时的别致情态，才专门制造了这一次月食。

纳兰性德的这一首词，创作的时间历来颇有争议。大部分研究纳兰性德的学者认为，具体的创作时间应为他十岁的时候，乃是幼时所作。因为史料记载，康熙三年（公元 1665 年），即纳兰性德十岁之时，京城发生过一次月食，而纳兰性德只活了三十一岁，唯一的一次元宵月食只此一次。

即便纳兰性德天赋异禀，但以十岁稚龄写出这首用典颇多的小令，始终让人难以置信。末句又极具童趣，所以事实究竟如何，实在不得而知。

第二章 成长：

侧帽薄衫才竞强

满洲人世代崇尚武功，他们坚信，勇士才是真正的英雄。纳兰性德作为八旗子弟，他的父亲纳兰明珠一直用"文能安邦，武能治国"的标准来要求他，希望他成为满清的栋梁。纳兰性德文武兼修，但他却没有得到上天的眷顾，在十八岁那年就经受了命运的第一次考验。

入国子监——崭露头角,得名师指点

康熙十年(公元1671年),纳兰性德已经十七岁了。少年成名的他,在京城的八旗子弟中已经是鹤立鸡群,成了最耀眼的存在。

这一年,纳兰明珠官迁经筵讲官,不久又升迁为兵部尚书。而纳兰也开始进入国子监求学。

国子监相当于古时候的太学、现在的清华北大,是隋朝以后各个朝代的最高学府,是朝廷专门为了科举考试培养人才的教学场所。能够到这里读书的学子们都不是无能之辈,修养家世都是极好的,所以国子监里氛围友好,师生和睦。在这里,他遇见了好友张见阳,为枯燥的学习生活找到了一丝乐趣。除此之外,他还得到了国子监祭酒徐元文的赏识,经由他介绍,结识了日后的恩师——翰林院编修徐乾学。

国子监内环境幽深,经历了三朝的老建筑在数代人的维护下丝毫不见破败,反而古意淳朴,充满了书香气息。纳兰性德在国子监读书期间,经常会寻一处静谧的地方温习老师讲过的功课。

国子监文庙戟门的左右，摆放着十块被刻成石鼓的岩石，每块石鼓上都用遒劲有力的大篆刻着一首四言古诗，古朴淳厚的石鼓历经了千百年的风吹雨打，已经在岁月的侵蚀下变得模糊不清了，大体能看出内容是描写先秦时的君王出游打猎，所以这些石鼓又被叫做猎碣。

十七岁的纳兰性德还是一个毛毛躁躁、对一切新鲜事物都很感兴趣的小孩，他对于学院里的这十块石鼓的来历兴趣非常浓厚，于是他查阅了无数关于石鼓的资料。

石鼓历史悠久，上面古朴遒劲的字体，历来被文人学者们欣赏，所以历代都有人为其写过文章，因此它的来历也就更加众说纷纭。据记载，这套石鼓是在唐朝初年陕西凤翔三畤原发现的，后来就被运送到了凤翔县的孔庙之中。宋代大观二年（公元1108年），宋徽宗把这些石鼓搬迁到了汴京的国学里。后来，金兵攻陷汴京，见到被收藏的石鼓，以为是什么奇珍异宝，就把它们运到了都城燕京。几百年过去，元朝大德年间又被转移到了国子监。

纳兰性德在浏览了前人的详细记载，再加上自己的推测后，洋洋洒洒地写下了一篇《石鼓记》。

石鼓记

予每过成均，徘徊石鼓间，辄竦然起敬曰：此三代法物之仅存者。远方儒生，或未多见，身在辇毂，时时摩挲其下，岂非至幸？惜其至唐始显，而遂致疑议之纷纷也。《元和志》云：石鼓在凤翔府天兴县南二十里，其数盈十，盖纪周宣王田于岐阳之事。而字用大篆，则史籀之所为作也。自贞观，中苏勖始志其事。而虞永兴、褚河南、欧阳率更、李嗣真、张怀瓘、韦苏州、韩昌黎诸公，并称其古妙，无异议者。迨欧阳文忠，则疑自周宣至宋垂二千年，理难独存。夫岣嵝之字，岳麓之碑，年代更远，尚在人间，此不足疑一也。程大昌则疑为成王之物，因《左传》"成有岐阳之蒐"，而宣王未必远狩丰西。今蒐搜岐遗鼓，既无经传明文，而帝王辙迹可西可东，此不足疑二也。至温彦威、马定国、刘仁本、皆疑为后周文帝所作，盖因史"大统十一年西狩岐阳"之语故尔。按古来能书如斯。冰，邕，瑗无不著名，岂有能书若此而不名乎？况其词尤非后周人口语。苏、李、虞、褚、欧阳近在唐初，亦不遽尔昧昧。此不足疑三也。至郑夹漈、王顺伯，皆疑五季之后鼓亡其一，虽经补入，未知真伪。然向传师早有跋云"数内第十鼓不类，访之民间，得一鼓，字半缺者，校验甚真，乃易置以足其数。"此不足疑四也。郑复疑靖康之变，未知何在；王复疑世传北去，弃之济河。尝考虞伯生尝有记云："金人徙鼓而北，藏于王宣抚宅，迨集言于时宰，乃得移至国学。"此不足疑五也。予是以断然从《元和志》之说，而并以幸俱存无伪焉。尝叹三代文字，经秦火后至数千百年，虽尊彝鼎敦之器，出于山岩屋壁陇田墟墓之间，苟有款识文字，学者尚当宝惜其稽考之。况石鼓为帝王之文，列胶庠之内，岂仅如一器一物，供耳奇目异之玩者哉！谨记其由来，以告夫世人嗜古者。

文中，纳兰性德对于石鼓的具体年代进行了考证，他列举了初唐时期的虞世南、褚遂良、欧阳询、李嗣真、韦应物、韩愈、张怀瓘等人"盖纪周宣王田于岐阳之事"，并且表达了自己对于这个观点的认同。而对于宋代程大昌认为的"成王之物"，温彦威、马定国、刘仁本等人认为是"后周文帝所作"的几种观点表示否定。

整篇文章引证得当，逻辑通顺，紧紧围绕了对石鼓历来的争议进行论述，并且精确梳理出了石鼓的时间线。这片文章并不是纳兰性德单方面的小打小闹，他的观点得到了后来修正历史文献的文官乃至康熙皇帝的认同。有一次，康熙皇帝巡视国子监后，也以石鼓为题写下了一篇《御制石鼓赞》，在序中引用了纳兰性德《石鼓记》中的原话。后来，这篇文章在乾隆四十三年（公元1778年），被当时奉敕修纂国子监历史的户部尚书梁国治收录到了《钦定国子监志》中。

由此可以看出，少年时期的纳兰性德已经具有非常严谨认真的学习态度和渊博丰富的文化功底。

在父亲纳兰明珠的影响下，纳兰性德并没有成长为一个只会读书的书呆子。读书的同时，他仍旧每天练习拳脚与骑射，风雨无阻。

这一年，纳兰性德不仅进入国子监读书，还参与了一场声势浩大的盛事——秋水轩唱和，这是中国词史上一座极具历史性的丰碑。

康熙十年，在京城孙承泽的别墅秋水轩中，客居着一位著名词人周在浚。盛名于世的他引来了当时很多文人雅士慕名拜访，"一时名公贤士无日不来，相与饮酒啸咏为乐"。本来只是私下里的互相切磋，往来唱和，其中，词人曹尔堪见到他们饮酒赋诗，觥筹交错间写下了很多非常精妙的词作，便赋了一阕《贺新凉》来歌咏他们的酬唱，结果引来了无数词人纷纷以《贺新凉》为调，"剪"字为韵加入唱和之中。这一场唱和一直持续到了年末，波及全国，一时间问世了很多惊世之作。

这场唱和虽然有着固定的韵脚，却没有固定的主题，意象与境界皆不做规定，完全出自个人胸臆。有的人流露心迹，表明自己不忘旧朝的立场；有的人吐露心声，表达自己想要出仕入相的愿望；

有的人感慨于自己仕途坎坷、不受重用的命运。

而纳兰性德自然不会错过这场盛事，只是当时的他还没有壮志难酬的悲愤，也没有厌烦仕途的苦恼，更没有痛失爱妻的悲凉，那么，要写一首什么样的词呢？他忽然想起，上一次陪着母亲去上香的时候，自己当时曾为院中的一只枯梅作了一首词，而那韵脚正合着这一次的唱和。于是，他就把这首词作为入门石。

贺新凉

疏影临书卷。带霜华，高高下下，粉脂都遣。别是幽情嫌妩媚，红烛啼痕休泫。趁皓月、光浮冰茧。恰与花神供写照，任泼来、淡墨无深浅。持素障，夜中展。

残缸掩过看逾显。相对处，芙蓉玉绽，鹤翎银扁。但得白衣时慰藉，一任浮云苍犬。尘土隔、软红偷免。帘幕西风人不寐，恁清光、肯惜鹣裘典。休便把，落英剪。

这一场唱和让纳兰性德结识了很多志同道合的好友。在遇到了真正的人生知己顾贞观后，纳兰仍旧选择用秋水轩唱和中的韵脚写了一首词赠与他：

金缕曲

酒浣青衫卷，尽从前、风流京兆，闲情未遣。江左知名今廿载，枯树泪痕休泫。摇落尽、玉蛾金茧。多少殷勤红叶句，御沟深、不似天河浅。空省识，画图展。

高才自古难通显。枉教他、堵墙落笔，凌云书扁。入洛游梁重到处，骇看村庄吠犬。独憔悴、斯人不免。衮衮门前题凤客，竟居然、润色朝家典。凭触忌，舌难剪。

顺天乡试——挫折只是人生的一个插曲

在所有人眼里,生长于钟鸣鼎食之家的纳兰性德,应该跟随着身为朝廷重臣的父亲的脚步,在朝堂上指点风云。而纳兰性德曾经也对仕途充满热情与希冀,他渴望施展自己的抱负,实现自己的壮志。

这个梦想在他了解了父亲的弄权夺势之后,曾经有过动摇。他想,既然自己的劝谏左右不了父亲的想法,那么就只有亲自去改变他,改变这个污浊的环境,于是更加坚定了他入仕的决心。

那时候,读书人要是想要获取功名,唯一途径就是参加科考,不管你是王公贵族还是皇亲国戚,无论你的背景有多雄厚,都需要经历这个步骤。

科举,是读书人心中最神圣的一件事情,它是自己十年寒窗苦读的证明,是自己摆脱布衣身份、一飞冲天的唯一办法。

纳兰性德同样需要走出这一步,为了他的理想。

康熙十一年(公元1672年)八月,仲夏,天气灼热,顺天乡试的考场里坐满了汗流浃背的考生。知了不停地聒噪鸣叫,让人心里不由自主地开始烦躁起来。考生一个个在位子上不停地动来动去，或是一会儿以衣袖擦拭汗水，一会儿不停地扇着风，或是仰头拼命地灌上一大口水，或是奋笔疾书，以图赶快结束这种煎熬，哪里还有半点书生的斯文。

在众多学子中间，有一个人显得与众不同。他仿佛感觉不到闷热，依旧端端正正地坐在那里，一笔一划慢悠悠写着字，洁白的衣袍不曾沾染一丝灰尘。这便是纳兰性德，还没有及冠的他有着少年人少有的冷静与成熟，对待文学，他总是能够心无旁骛。

这一年的乡试，在自身的努力与老师悉心的教导下，纳兰性德轻而易举高中举人。

次年正月，康熙皇帝颁下旨意要到南苑晾鹰台巡视八旗兵，已经官迁兵部尚书的纳兰明珠为了整肃军容，每日颁布教条训练士兵，并让纳兰性德跟随左右。在纳兰明珠的观念里，满族是在马背上打下来的江山，身为他的儿子，必然不能只是一个会读书的迂腐书生，必须要文武双全才行。所以，他自小就对纳兰性德武艺上的要求非常严格，这次也借着机会让他去感受一下军人的铁血魂魄。

一望无际的沙场，万里无云的蓝天，这里没有丝毫的色彩，有的只是衰草连天的枯败，纵横交错的训练场，但这一切却让纳兰性德感觉到热血澎湃，感觉到前所未有的朝气蓬勃。他看着训练有序、庄严整齐的士兵们，心中那种驰骋沙场的念头从未如此强烈，想要入朝为官的想法更加坚定了。

康熙十二年二月，十九岁的纳兰性德迎来了会试。那一天刚刚雨过天晴，春雨贵如油，下过雨的天空碧蓝如洗，新鲜流动的空气中氤氲着花草的清香，京师大街上的石缝里、角落中都窜出了嫩芽，到处都充满了勃勃生机。

这一天，纳兰性德早早就梳洗好了，映着晨曦的微光缓缓步入了考场。一进入考场,便能发现行色各异的考生们:有的人辗转不安,紧张战栗,那是早已满鬓白霜的人,他们将一生的青春都交付给了浮名,不知悔改;有的人意气风发,傲慢不可一世,那是没有经历过失败与困难的初生牛犊,他们昂首挺胸,雄姿英发,憧憬着一朝飞黄腾达。

只有纳兰性德,他没有盲目自信,也没有惶恐不安,慢慢悠悠走向自己的座位,心平气和地答完了考卷,然后又安安静静地走出了考场,仿佛这一切与平时老师考校功课一般稀疏平常,并没有什么值得他慎重对待的地方。

春花烂漫的时候,纳兰性德意料之中地在榜单上看到了自己的名字。中了进士的纳兰性德一心一意准备三月份的殿试,但是一个"恶魔"悄然而至。

纳兰性德一向怕冷,而这从小埋下的病根终于找到了发作的时机。三月份的时候,纳兰性德感染了寒疾,在病榻上一躺就是数月之久,以至于错过了殿试的时间。或许是上天见不得有人事事如意,见不得他如此一帆风顺,也或许是想要磨练他的意志,锻炼他的品行,正如古语所云:"天将降大任于斯人也,必先苦其心志,劳其筋骨,饿其体肤,空乏其身,行拂乱其所为,所以动心忍性,曾益其所不能。"

卧病在床的纳兰性德为自己失去这次施展抱负的机会感到抑郁苦闷。若是因为技不如人倒也罢了,至少自己努力过,争取过,可是现在自己连去奋斗的机会都没有,况且只要自己踏入了考场之中,又怎会输给他人?这一等就要再等三年,三年过后,世事又将如何变迁?一心盼望着能够燃烧自己的微光,为这黑暗的朝廷带来一丝光亮,用自己的理想为百姓安居乐业出一份绵薄之力,可惜,天不遂人愿,三年之后,自己这一点萤火之光是否还能有所作为呢?

每个人在他或长或短的一生中都会遇到各种各样的挫折与磨难，闯过去的人是勇士，闯不过的人是败者，即使天之骄子如纳兰性德，也依旧免不了灾难的洗礼。他拖着病弱的身体，倚着窗户，听着噼里啪啦连绵不绝的鞭炮声和喧天的锣鼓声，看着新科状元、他的好友韩菼骑着高头大马，长街游走，享受着百姓们仰慕的眼光，

他哀伤命运的不公，于是在嗟叹中写道：

幸举礼闱以病未与廷试

晓榻茶烟揽鬓丝，万春园里误春期。
谁知江上题名日，虚拟兰成射策时。
紫陌无游非隔面，玉阶有梦镇愁眉。
漳滨强对新红杏，一夜东风感旧知。

纳兰性德写这首诗，一是为了祝贺好友得了状元，二是抒发自己错过殿试的遗憾之情。他在诗里写自己没能像好友一样高中，并不是因为自己的学识比其他人差，也不是因为自己不懂得考官提出的问题，答不出对策，而是因为自己生病失去了考试的机会。

同时，他也是在向老师徐乾学表明心迹，表明自己希望能够继续得到老师的指点。他对自己充满了信心，下一次科考，自己一定能够获得功名。

没错，再等三年又如何，他等得起。

高中进士——春风得意马蹄疾

身体逐渐康复之后,纳兰性德开始更加奋发努力,在他身上看不见丝毫的消沉与气馁,只有蓬勃的生机与朝气。

这三年中,纳兰性德更加自律刻苦,努力地钻研汉族的经书典籍,他每逢三、六、九日就去徐府拜访老师,向老师讨教学问,直到天色黑透了才回去。

明朝万历年时,传教士利玛窦将自鸣钟传入了中国。清朝初期,康熙帝对于这个能够自动报时的西洋玩意非常感兴趣,曾写《咏自鸣钟》来赞扬它:

咏自鸣钟

法自西洋始,巧心授受知。
轮行随刻转,表指按分移。
绛帻休催晓,金钟预报时。
清晨勤政务,数问奏章迟。

康熙十三年（公元1674年），康熙帝任命传教士南怀仁担任钦天监监正。在康熙帝的首肯下，南怀仁把钦天监用来观察天象的仪器全部改为西方科技，并且把中华传统的漏刻计时也全都改成了自鸣钟。

在这期间，纳兰明珠曾奉命监工，多次前往钦天监勘察，纳兰性德也随之同往。他并非封建顽固之人，对于这种简单方便的西方科技，他像康熙帝一样大为赞赏，于是在多次接触后，为其写了一篇文章，描述自鸣钟传入中国的情景，赞扬了西方先进的科学技术，并且表达了自己想要改革落后事物的愿望：

自鸣钟赋

缅昔二仪肇判，三辰初曦。轩辕制器尚象。伊祁治历明时。岐伯铸钟而调嶰竹，挈壶司漏以协璿玑。用能揆合昏旦之盈缩，平章度数之精微。是以仲叔、羲和守之，百世而勿失；天官、太史用之，亿代而靡违者也。

丕惟圣祖龙兴，造邦中宇。聪明时宪，风云应虞。改革制度，厘定规矩。历授西洋，法依古里。厥初爰有自鸣之钟，创于利马窦氏。虽形体之大小多所殊，而循环于亥子初无异。

至其后人之传教，推步益臻于神妙。帝乃命以钦天，纪官司于凤鸟；易刻漏以兹钟，建灵台于云表。显列众辰之图，深藏运机之奥。抉宣夜之渊弘，殚周髀之浩渺尔。

其外之可见者，加尺茎于圆上，俨窥天之玉衡。譬夸父之逐日，莫之推而勇行。辰标上下四刻之初正，刻著一十四分之奇赢。尺每交于一辰之疆界，则内钟之不可睹者，若为考击而闻声。始则宫商间发，继则剽栈齐鸣。玱玱丁丁，鏓鏓铮铮。随烟高下，从风飘零。既犹伦、夔之和律吕，渐若襄、旷之奏韶頀。逾半晷而稍歇，遇中正而愈鏋。盖如龙吟寂而虎啸旋起，猿啼息而鸡号迭兴。实动仪苍昊健行之无息，而一准朱轮飞辔之均平。赐谷虞渊，蚤暮不差于累黍；昆吾蒙汜，书宵罔忒于权衡。

故其为声也，不假鲸鱼之象，非由乐人之撞。四序流音于汉殿，奚关铜岫之颓；终年叶韵于丰山，岂尽繁霜之降。于以范围岁月，统章而无乖；消息寒暑，晦朔而勿爽。此其造历之密，不徒与太初、麟德为颉颃；制作之精，非仅同弘度、承天相揖让。知自此枫庭蓂荚，可勿生阶；彤陛鸡人，无烦戴绛。总由一机柚所自舒卷，若有群鬼神为之鼓荡。

于是深宫听之，不失九重之宵旰；在位闻之，毋愆百职之居诸。纵令雨晦风潇，而惜阴之士自识晨昏而运甓；即使终霾且曀，而刺绣之姬应知中昃而添丝。或处深山幽谷之中，若聆音而起，当弗昧于茅索绹之候；或居修竹长林之内，若辨响而兴，亦勿迷弋凫与雁之期矣。

余为辗转思维，末由悟其蕴；低徊俯仰，惟有叹其神。则知焉是钟者，诚默夺造化之工巧，潜移二气之屈伸。徇足媲铜仪玉箫，垂为典则而难改；且可配大挠章亥，祀之奕世而常新。迨将黜公输而褫子野，夫何周礼凫氏之足云。

文章前三段回顾了从远古神话传说时期一直到自鸣钟传入之前，中国人推算节气和计时方法的变迁，然后赞美了清朝顺治、康熙两代皇帝勇于创新的改革精神。

第四段介绍了自鸣钟的发声原理和基本构造，先描写了自鸣钟的外表，又描述了自鸣钟发出的美妙的声音，赞扬它报时的精准性。

第五、六段描写了自鸣钟起到的作用，以及用它代替传统计时器的原因，总结起来就是八个字"造历之密""制作之精"，因为自鸣钟的制造工艺特别精密，而且准确无误，有了它来报时，朝廷就不必耗费人力物力去设置报晓官这一无用之职，也不用每天都浪费时间去观察树影、观察太阳的位置来确定时间，更不会有遇到阴雨天气就无能为力的情况。

最后一段就是纳兰性德自己纯粹的赞叹之情了，抒发了他对于这种奥妙无穷的先进事物的欣赏。

整篇文章真实地表现纳兰性德对西方科技的赞赏，也表现了他先进的思想，文笔自然脱俗，在那个时代实在难能可贵。

康熙十四年（公元 1675 年）十二月，皇次子保成被立为太子。这虽说是一件国家大事，但谁当太子本来与纳兰性德没什么关系，偏偏他的名字中也有一个"成"字，这便犯了皇家的忌讳。

纳兰性德本名为成德，是纳兰明珠精心为其想出的名字，喻意其"君子以成德为行"。但是这却与太子的名讳相冲突，无辜的纳兰性德不得不改名。钱穆先生曾说："所谓尽性成德，性须成德，德须承性"，这是儒家思想的主张，或许这也是纳兰性德的感想吧，所以他把自己的名字成德改为性德。

康熙十五年（公元 1676 年）三月，纳兰性德补殿试，中二甲第七名进士。殿试分三甲，一甲有三人，即我们常说的状元、榜眼、探花。二甲第七也就是说纳兰性德在参加殿试的数百名考生中排名第十，可见其文采斐然。

纳兰性德中了进士之后，本以为可以实现心中壮志，一展抱负，可以征战沙场。但事与愿违，康熙帝怜其才能，决定将其留在身边，封他为三等侍卫。纳兰性德乍闻此消息，高中的喜悦立即被冲淡了。

后金刚刚建立的时候，满族的首领和一些高层的侍卫主要是由他们的家仆担任，后来由归附部落的宗室子弟担任此职。所以，从一定意义上来说，侍卫是家丁和奴仆的地位。作为一个侍卫，完全没有自己的自由，必须随时随地听从皇帝的差遣，任凭皇帝驱使。

纳兰性德从小就与康熙帝交好，这些自然是他了解的，所以他对于这个职位是很排斥的。但他再万般不愿，也只能领旨谢恩。

按照纳兰性德当时的考试成绩和高超的武艺，就算不能上阵杀敌，当个文官却也是理所当然。但康熙帝偏偏不顾纳兰性德的真正想法让他做了自己的三等侍卫。

这其中的原因有很多，也许是因为太过爱才，抑或是顾念着二人从小一起长大的兄弟情谊，不愿让纳兰性德离开自己。康熙能够成为一代明君，开创了一派盛世局面，绝不是如此意气用事之人。纳兰性德这样的人才即使品阶再高，那也是埋没了人才，而这恰恰可能是最重要的原因。

自古以来，上位者最忌讳的便是功高盖主，纳兰明珠的光芒太过耀眼了，如果他的儿子再表现出惊人的才干，身居要职，那么纳兰家岂不是如虎添翼，要只手遮天了吗？这便是帝王权术，不管你是否有这样的想法，他都会把这一切扼杀在摇篮里，不让你有建功立业、扬名立万的机会。这也是帝王的可悲，康熙难道不欣赏纳兰性德吗？难道他不想让纳兰性德为自己排忧解难，帮自己建立功绩吗？他想，但他不能这么做。

纳兰性德为国效力的梦想破灭了，他的羽翼甚至还未丰满便已经被折断了。他望着天上的明月，不禁想到了历朝历代那些同样踌躇满志的人。人这一辈子，总会有郁郁不得志的时候，只是，自己什么时候可以等到夜雾散去，看到黎明的曙光呢？

编著经典——以词为友,以书为伴

"癸丑病起,批读经史,偶有管见,书之别卷。或良朋莅止,传述异闻,客去辄录而藏焉。逾三四年,遂成卷,曰《渌水亭杂识》,以备说家之浏览云尔。"

康熙十二年(公元 1673 年),尚在病中的纳兰性德整日缠绵病榻,无事可做,甚觉无聊的他决定给自己找一点事情来做,于是开始了《渌水亭杂识》的撰写。渌水亭是纳兰性德平时读书写字、研究经史以及宴客的地方,也是京城中的才子们成群结伴吟诗作对的好去处。纳兰性德曾有诗云:

渌水亭

野色湖光两不分,碧云万顷变黄云。
分明一幅江村画,着个闲亭挂西曛。

渌水亭可不是普通的亭子，它在当时的京城是一道独特的风景线。渌水亭引人注目的不仅仅是它优雅古朴的外形，或者说精致巧妙的设计，更多的是它蕴含深邃的文化底蕴。它就像历史上的兰亭、沧浪亭一样，已经成为一代人心中的文化代表。

渌水亭之所以能够闻名遐迩，不仅仅是因为它有一个声名远播、才华横溢的主人纳兰，还因为它具有的历史意义：它促进了民族交融，缓和了民族矛盾，折射出那个时候的文化特点。

不过，渌水亭到底位于何处，至今也没能找到确切的答案。一说渌水亭就在纳兰明珠府的西园，即北京什刹后海北岸，现在的宋庆龄故居内，也就是现在的"恩波亭"。一说渌水亭在北京西郊的玉泉山东麓。这一说法缘自朱彝尊写的一首词《台城路·饮容若渌水亭》，词中有"一弯裂帛湖流远，沙堤恰环门径"一句。而据考，裂帛湖就位于玉泉山东麓。

不管渌水亭到底位于何处，纳兰性德时期的渌水亭俨然成了京城的一个文人聚集地，在这里，纳兰性德举办了多次游宴，以文会友，留下了很多精彩的词作。

纳兰性德曾在《渌水亭宴集诗》的序中写道："予家象近魁三，天临五尺。墙依绣堞，云影周遭。门俯银塘，烟波晃漾。蛟潭雾尽，晴分太液池光；鹤渚秋清，翠写景山峰色。云兴霞蔚，芙蓉映碧叶田田；雁宿凫栖，秔稻动香风冉冉。设有乘槎使至，还同河汉之皋；倘闻鼓枻歌来，便是沧浪之澳。若使坐对亭前渌水，俱生泛宅之思；闲窥槛外清涟，自动浮家之想。"可见渌水亭景色优美异常。

《渌水亭杂识》顾名思义，乃是由一篇篇杂文组成。这本书中既有描写各地的名人轶事，又有各朝代历史人物的事迹，还考据了很多的地理位置及地名的演变，当然最多的还是探讨诗词文化的变迁，音律的变化,以及历代著名诗人、词人的写作风格和特点。

从这本书可以看出,纳兰性德的知识面非常广泛,各个领域都有涉猎,而且文笔清新自然,文化底蕴深厚。

不久,刚刚痊愈的纳兰性德又开始了另一项工作。

纳兰性德痴迷于读书,而他的老师徐乾学则是一位藏书大家,所以纳兰性德常常在徐府的藏书楼"传是楼"中一待就是一天。看到纳兰性德对于书籍如此痴迷,徐乾学决定把一个久藏在内心的想法付之行动。

自清朝统一之后,统治者为了加强中央的权力,笼络民心,推行了满汉融合的制度,推崇儒学文化。康熙帝登基以后,更是开经筵日讲,修订《四书》《五经》,号召八旗子弟学习儒家经典,他还下令把儒家思想作为官方指导思想,倡导儒家的"三纲""五常"等道德观念。

作为翰林院编修的徐乾学一为迎合皇帝旨意,二为传播汉族文化,早有编纂儒家学说的想法,于是他把这个艰难的任务交给了纳兰性德,让他将儒家的经典书籍编汇成册。这是一个非常艰难而又充满巨大意义的任务,纳兰性德连想也没想就答应了老师的要求。

纳兰性德把这本丛书叫做《通志堂经解》,在编校经解的过程中,纳兰性德广泛收集相关书籍,并嘱托好友朱彝尊、秦松龄等帮他到藏书之家收购书籍,又查阅了徐乾学"传是楼"收藏的一百四十种历代文人的儒学见解。为了表明自己完成它的决心,纳兰性德把府中的"花间草堂"改名为"通志堂"。

但这项工作实在太过于繁杂和庞大,纳兰性德自从接手之后,剩余的一生都在为之努力,可惜一直到纳兰病逝也没能全部完成。纳兰性德死后数年,徐乾学才将其出版。

《通志堂经解》完成后,成为清代最早一部阐释儒家经义的大型丛书，共计一千八百卷。其中收录了自先秦到明朝以来历朝历代名人注释的经解一百三十八种。它的问世，引起了人们极大的重视，乾隆皇帝对其更是赞赏有加，认为"是书荟萃诸家，典瞻赅博，实足以表彰六经。"

纳兰性德编纂丛书时的心情，我们大抵可以从他为《通志堂经解》做的总序中窥得一二：

经之有解，自汉儒始，故《戴礼》著经解之焉于时分门讲授曰：《易》有某家，《诗》《书》三《礼》有某家，《春秋》有某家者，某宗师大儒也。传其说者，谓之受某氏学，则终身守其说，不敢变。党同抵异，更废迭兴，虽其持论互有得失，要其渊源皆自圣门。诸弟子流分派别，各尊所闻，无敢私并一说者，盖其慎也。

东汉之初，颇杂谶纬，然明章之世，天子留意经学，宣阐大义，诸儒林立，仍各专一家。今谱系之列于《儒林传》者，可考而知也。

自唐太宗命诸儒删取诸说为《正义》，由是专家之学渐废，而其书亦鲜有存矣。至宋二程、朱子出，始刊落群言，覃心阐发，皆圣人之微书奥旨。当时如临川、眉山、象山、龙川、东莱、永嘉、夹漈诸公，其说虽微有不同，然无有各名一家如汉氏者。

逮宋末元初，学者尤知尊朱子，理义愈明，讲贯愈熟，其终身研求于是者，各随所得，以立言要其归趋，无非发明先儒之精蕴，以羽卫圣经，斯固后世学者之所宜取衷也。惜乎其书流传日久，十不存一二。

余向属友人秦对岩、朱竹垞购诸藏书之家，间有所得，雕版既漫漶断阙不可卒读，钞本讹谬尤多，其间完善无讹者又十不得一二。间以启于座主徐先生，先生乃尽出其藏本示余小子曰：是吾三十年心力所择取而校订者。余且喜且愕，求之先生，钞得一百四十种，自《子夏易传》外，唐人之书仅二三种，其余皆宋元诸儒所撰述，而明人所著间存一二。请捐资，经始与同志雕版行世。先生喜曰：是吾志也。遂略叙作者大意于各卷之首而复述其雕刻之意如此。

在纳兰性德扈从羁旅的侍卫生涯中，编纂文书大概是他唯一的慰藉。康熙十五年（公元1676年），纳兰性德又与好友顾贞观编选了明末清初至今四十多年内的优秀词作，合力编写了《今词初集》一书。书中收录了一百八十四个词人的作品六百余篇，不仅仅表现了四十年间的词坛风貌，也有纳兰性德的点评，并且从历史发展的角度分析了词坛未来的趋势，因此有着重要的认识意义和美学意义。

第三章 仕途：
山一程，水一程

有人说，人活世上一遭，就是为了经受尘世的磨难。有顺境必然便有逆境，有巅峰自然便有低谷。十多年的扈从生涯让他产生过厌倦，也得到过施展抱负的机会，不可否认的是，边塞的寒苦、江南的秀丽不仅开阔了纳兰性德的胸襟，也提升了他的见识和词风。

随扈出塞——仕途从此拉开了序幕

康熙十七年（公元1678年），纳兰性德开始了随君扈从的跋涉生涯。

这一年纳兰二十四岁，他去的第一站便是塞外。康熙十七年三月份，大军浩浩荡荡向霸州一带进发，这一次康熙出巡的时间并不长，只有十几天的时间。同年九月份，康熙又出发去了河北遵化，并在滦河阅兵。

在滦河阅兵期间，纳兰性德夜宿河边，有感而发，写下了一首《菩萨蛮》：

菩萨蛮·宿滦河

玉绳斜转疑清晓，凄凄月白渔阳道。星影漾寒沙，微茫织浪花。金笳鸣故垒，唤起人难睡。无数紫鸳鸯，共嫌今夜凉。

"玉绳"是星名，北斗第五星的北面两星，《春秋元命苞》中记载："玉衡北两星为玉绳。""渔阳"，县名。纳兰性德这首词上阕运用白描手法，描写了滦河边的夜景。"玉绳斜转"表明已是深夜，此时月光如水，无比皎洁，让人怀疑是不是已经破晓了。"疑清晓"，说明是在睡梦中刚刚醒来，还有些恍惚，就好像李白《静夜思》中"床前明月光，疑是地上霜"一般，是一种错觉。

仔细看去，才发现并不是黎明将近，而是月光凄凄，照在了渔阳道上。下一句由远景转为近景，从天空转到地面。点点的星光投射到寒沙上，微弱的光芒映射出水中翻涌的浪花，一片凄凉。

上阕写景，下阕便转为抒情。"金笳"，胡笳的美称，是古代北方人常吹奏的一种管乐器。唐朝武元衡有诗《汴和闻笳》言："何处金笳月里悲，悠悠边客梦先知"。"故垒"，古时候军营四周筑造的墙垒。悲切的胡笳声在故垒中缓缓吹响，幽幽咽咽，如泣如诉，让人听了不自觉产生一种凄凉寂寞的感觉。胡笳的悲鸣吵醒了睡梦中的异客，便再也无法入睡。

纳兰性德一向怕冷，如今在孤苦的塞外更是苦寒，但他不说自己冷，而是说鸳鸯嫌冷。鸳鸯本是成双成对的，可以相拥取暖，连它们都觉得冷，形单影只的自己就更不用说了。夜晚的寒气逼人，让他难以入睡，但是他委婉地说鸳鸯怕冷，更加烘托了自己的孤寂落寞，用两者的对比来增强词作的感染力。

这整首词，既描写滦河夜晚的景观，也描写了纳兰性德内心的愁绪，情景相融，相得益彰。

南歌子·古戍

古戍饥乌集，荒城野雉飞。何年劫火剩残灰，试看英雄碧血，满龙堆。

玉帐空分垒,金笳已罢吹。东风回首尽成非,不道兴亡命也,岂人为。

这是一首边塞怀古词,文风慷慨悲凉,与他平常的儿女情长颇具不同,是难得一见的豪放之词。纳兰性德一行人远赴塞外,自然免不了途经某些古战场的遗址。"古戍"指古老的城堡、军营之类的戍边建筑;"饥乌"顾名思义,饥饿的乌鸦。首句写古战场因为经年累月的烽烟征战,白骨累累,血流成河,引得无数饥饿的乌鸦聚集于此,一派荒凉。"荒城野雉飞"化用刘禹锡的"麦秀空城野雉飞"一句,描写了渺无人烟的古战场阴森可怖的情景。

"劫火"是佛教用语,指世界毁灭时燃烧的大火,这里指兵火;"碧血"指的是为正义牺牲的有志之人流的血,语出《庄子·外物》:"苌弘死于蜀,藏其血,三年而化为碧"。"龙堆"是白龙堆的简称,地名,古西域的一处沙丘,此处可以理解为沙漠。

是哪一年的战火导致了现在这样的局面?一切都像残灰一般,毫无生气。百年前,这里还有英雄,还有壮士,可那些忠魂铁骨最终的结局,不都是埋骨于此,堆满沙漠,化为殷殷碧血了吗?

上阕纳兰描写了一幅凄惨悲切的荒凉场景,给人一种压抑悲凉之感。下阕继续描写戍边之地的萧瑟。"玉帐"指戍边将士中主帅所居的帐篷。军中将领的军帐如今空荡荡一片,再也不需要因身份的高低尊卑而分开营垒了,就连悲切的胡笳声也都停止了吹奏,一丝生气都看不见了。

"东风回首尽成非"化用了李后主的"小楼昨夜又东风,故国不堪回首月明中"。回首望去,前朝往事俱已成空,所有的是非荣辱都已经成为过去,那些征战都是没有必要的。一个"非"字,使纳兰性德的反战之心跃然纸上。

纳兰性德一向厌恶权利纷争,向往平淡隐逸的生活,所以他面对古戍荒芜悲壮的大漠之景,感到不胜悲慨,发出了"不道兴亡命也,岂人为"的哀叹。正所谓命由天定,历史的兴亡衰替不在于人为,而在于天命,那又何苦为了这些虚名而引起战火,导致民不聊生呢?

这首词反映了纳兰性德反对战争,期望和平的美好祝愿。他的边塞诗不似高适、岑参一般豪迈激昂,而是充斥着一股悲凉,这或许与纳兰性德天生多情的性格有关。

清平乐·弹琴峡题壁

泠泠彻夜,谁是知音者。如梦前朝何处也,一曲边愁难写。
极天关塞云中,人随落雁西风。唤取红襟翠袖,莫教泪洒英雄。

这又是一首行役塞上之作。"弹琴峡",地名,《大清一统志·顺天府》中有载:"弹琴峡,在昌平州西北居庸关内,水流石罅,声若弹琴。"算是出关必经之地。

"泠泠"拟声词,形容清脆的声音。用"泠泠"来形容流水,纳兰性德并不是第一人,唐代吴融的《李周弹筝歌》中就有:"又如石罅堆叶下,泠泠沥沥苍崖泉",西晋陆机《招隐诗》中也有名句"山溜何泠泠,飞泉漱鸣玉",唐代刘长卿也曾在他的《听弹琴》诗中写道:"泠泠七弦上,静听松风寒。古调虽自爱,今人多不弹",看似形容琴声,实则还是描写水声,是形容琴声曼妙,仿佛让人听见了山泉中的流水。

流水叮咚作响,清脆悠扬,用"泠泠"二字形容甚是贴合。而纳兰性德所述是"弹琴峡"的水声,能有此名,想必是水声悠扬宛若琴声,所以"泠泠"二字显得十分精妙。

高山流水,知音难觅。伯牙与子期因琴声相识,结为知音,自己面前也有美妙的"琴声",可是谁又是自己的知音呢?

"如梦前朝何处也,一曲边愁难写",像琴声一样婉转清扬的水声让纳兰性德不仅勾起了前尘往事。前朝如梦,愁绪无名,如今再也找不到丝毫的踪迹,连琴声都描绘不出这无边的愁绪,到底该如何抒发呢?

整个上阕,都是围绕纳兰性德的听觉引起的愁情,让人无限感慨。

下阕写景,从听觉转为视觉,化虚为实。"极天关塞云中,人随落雁西风"化用自杜甫的《秋兴》的"关塞极天唯鸟道。江湖满地一渔翁"。"极天""云中"都是形容关塞的高而远,这一句运用了夸张的手法,渲染居庸关地势的高峻险要。边塞险峻,高耸入云,人在此显得极为渺小,就如猎猎西风中的落雁一般孤寂。

"唤取红襟翠袖,莫教泪洒英雄"一句又是化用,典出辛弃疾的《水龙吟·登建康赏心亭》一词:"倩何人唤取,红襟翠袖,揾英雄泪"。"红襟翠袖"指歌女,面对此情此景的苍凉,即使是英雄也不禁泪流满面,但男儿有泪不轻弹,怎能教英雄泪洒此地呢?唤来歌女,用秀帕拭去英雄的眼泪吧。

纳兰性德这一句虽是化用,但自然天成,语言简明,意境更上一层。

纳兰性德把这首词题于壁上,表达了他知音难觅、无人赏识的孤独寂寞之情,层层递进,用词苍凉,借景抒情,抒发了关塞远行中的惆怅。

一络索·长城

> 野火拂云微绿，西风夜哭。苍茫雁翅列秋空，忆写向、屏山曲。山海几经翻覆，女墙斜矗。看来费尽祖龙心，毕竟为、谁家筑？

首句写塞上的景色，大漠荒野之中，野火的绿光忽明忽暗，闪闪烁烁，游离到天际，好像与云朵连在了一起。凛冽的西风阵阵哀嚎，幽怨得好似战场上的冤魂在哭喊，不知这里曾埋葬过多少枯骨忠魂。

苍茫辽阔的秋日，大雁排着队伍振翅而上，纳兰性德看着眼前的景象，恍惚记起自己曾经把这样的情景画进过屏风中。

下阕的"女墙"指城墙上面呈凹凸形的小墙，有掩护守城士兵的作用。岁月峥嵘，世事变迁，想当初秦始皇耗费巨大心血，花费了无数人力财力修筑了长城，但是沧海桑田，他的血肉之躯早已淹没在历史中，这城墙之上的一砖一瓦却始终伫立在这里，日日夜夜与天地星辰相守。这长城，到底是为谁筑就的呢？

"祖龙"指的是秦始皇，最早见于《史记·秦始皇本纪》："三十六年……秋，使者从关东夜过华阴平舒道，有人持璧遮使者曰：'为吾遗滈池君。'因言曰：'今年祖龙死。'"有后人解释："祖，始也；龙，人君像；谓始皇也。"

纳兰性德这首词充满了强烈的忧患意识，和苍凉之悲感充溢满纸，深具感发的魅力，启人深思。

纳兰性德自幼便一直居于京城之中，很少踏足外界，他看惯了京城的繁花似锦，花红柳绿，乍一见到塞外的风霜苦寒，愁云凝重，暗黄天色，内心深处不由自主便生出了许多落寞与慨叹。

这是纳兰性德第一次远行，他茫然地跟随着车驾一路疾驰，前路未知。他发现自己并不喜欢这样的生活,所有的一切都被安排好了,他就像一个提线木偶一样,说什么、做什么都被固定好了,没有自己的自由和主见。

康熙十九年(公元1680年),纳兰性德改任上驷院,为皇上管理马匹。供职上驷院后,因着自身职责,纳兰性德常常到京师周边的牧场去监督放牧。这一年没有长途跋涉,让纳兰性德意识到,原来自己是厌恶这种扈从生活的,他厌倦塞外的苦寒,厌倦风雪兼程的跋涉,厌倦没有尽头的奔走,厌倦自己面对这些时的悲愁。

但是就算他有千般不愿,万般不甘,又能怎么样呢?他的心事没有人懂,他的想法没有人成全,他只能把这些愁绪藏在心底,努力不去想起。

出使梭龙——羁旅生涯的辉煌之作

纳兰性德崇尚自由，渴望建功立业，可现实与理想格格不入，他只能从事乏味平庸的侍卫之职。他曾对知己顾贞观说自己是"所欲施之才百不一展，所欲建之业百不一副，所欲遂之意百不一酬，所欲言之情百不一吐。"

在纳兰性德短暂的一生中，他唯一一次展示才能的机会是在奉旨考察梭龙的行动中。

关于梭龙这个地方，史料上并没有提及过，清朝的版图上也没有具体位置，至今也不知其到底位于何处。有学者认为可能是时间久远，记载有误，或者改了名字。据能够了解到的资料显示，纳兰性德出使梭龙是为了考察沙俄的情况，那么梭龙必定是位于北方与沙俄接壤处。清史上能够找到记载的，大体符合要求的只有一处地方，梭龙有很大可能就是索伦。

清代学者何秋涛在《朔方备乘》中写道：

其地人不尽索伦，有达斡尔，有鄂伦春，有毕拉尔，则其同乡而为部落者，世于黑龙江人，不问部族概称索伦，而黑龙江人居之不疑，亦雅喜以索伦自号，说者谓索伦骁勇闻天下，故借以其名以自壮。兹记黑龙江诸部事迹，以索伦冠之。

在康熙帝平定三藩叛乱的时候，沙俄趁着清廷忙于安抚内患，侵略黑龙江地区。三藩平定之后，康熙帝决定对沙俄用兵。

康熙派遣纳兰性德带兵以狩猎为名前往梭龙地区侦察具体情况。据《清实录》记载：

初鄂罗斯所属罗刹，时肆掠黑龙江边境，又侵入净溪里乌喇（精奇里江）诸处，筑室盘踞。上命人理寺卿明爱等，谕令撤回，犹迁延不去。而恃雅克萨为巢穴，于其四旁，耕种渔猎，数扰索伦、赫哲、飞牙喀、奇勒尔居民，掠夺人口。上遣副都统郎谈、彭春等率兵往打虎儿（达斡尔）、索伦，声言捕鹿，以觇其情形。

康熙二十一年（公元1682年），纳兰性德率精锐部队二百余人从京城出发，经山海关，过辽东，路经吉林，走水道渡松花江、黑龙江，抵达雅克萨附近。

姜宸英在《通议大夫一等侍卫进士纳腊君墓表》中记有：

二十一年八月，使觇梭龙羌。其地去京师重五六十驿，间行或累日无水草，持干糯食之。取道松花江，人马行冰上竟日，危得渡。仅抵其界，卒得其要领还报，上大喜。君虽跋涉艰险，归时从奚囊倾方寸札出之，叠数十纸细行书，皆添词若诗，略记其风土人物。

由此可见，纳兰性德在此行中写下了不少词作来记述这一次的艰辛行程以及北疆地区的山川景物。

在前往梭龙的途中，纳兰性德的寒疾再次发作。自从十八九岁那年因感染寒疾错过殿试之后，寒疾就变成了顽疾，每年都要叨扰他一段时间。

途径永平道，寒疾复发，于是他写下一首《临江仙·永平道中》：

临江仙·永平道中

独客单衾谁念我，晓来凉雨飕飕。缄书欲寄又还休，个侬憔悴，禁得更添愁。

曾记年年三月病，而今病向深秋。卢龙风景白人头。药炉烟里，支枕听河流。

征途的劳累加上心情的低落使得"老朋友"都提前光顾了。

纳兰性德在这一行中写下了无数脍炙人口的诗词，如《浣溪沙》：

浣溪沙

身向云山那畔行，北风吹断马嘶声。深秋远塞若为情！一抹晚烟荒戍垒，半竿斜日旧城关。古今忧恨几时平！

黑龙江边境一带，是纳兰先祖叶赫部生活的地方，他们在这里繁衍,也在这里灭亡。战场遗址上残留的蛛丝马迹,让纳兰联想到了当时人民磨难的痛苦,于是他写下了很多唏嘘战乱、渴求太平的词作。类似题材的作品有《满庭芳》:

满庭芳

须知今古事,棋枰胜负,翻覆如斯。叹纷纷蛮触,回首成非。
剩得几行青史,斜阳下、断碣残碑。年华共、混同江水,流去几时回。

这首词描写了纳兰性德站在荒废的村镇中,看着破败的墙壁,仿佛看见了那些百姓受到战火滋扰,家园破碎,纷纷逃窜的景象。于是不禁感慨往事的不堪回首,对于那些所谓的英雄人物为了追逐名利,以冠冕堂皇的借口不顾百姓安危大动干戈的不耻。天下事在纳兰性德眼里不过只是一盘棋局,输赢都是平常。

从纳兰性德的这些词中,能够看出他对待战争与和平的态度,以及既想借此行证明实力却又不想引起战争的矛盾。这次出使,是纳兰性德无可奈何的选择,并不是他的本愿,但既然已经来到了这里,他就一定会认真完成任务,因为这关系到国家的前途和百姓的命运。这首词充满了纳兰性德超越时代的人文关怀。

在这次出使随行的人员中,有一位叫做经岩叔的人,他是宫廷的画师,这次同行是为了绘制黑龙江流域山川要塞的地图,作为日后用兵的参考。

塞外天气恶劣,北风呼啸,天寒地冻。如此恶劣的环境下,同甘共苦的人之间最容易催发出友谊。所以,纳兰性德与经岩叔经过数月的朝夕相处，产生了深厚的情谊。

　　作为画师，他的任务不如纳兰重，只需绘制好图形后便可返回。经岩叔的任务完成后，便提前返回京师向康熙帝禀奏情况。纳兰性德作有《唆龙与经岩叔夜话》（唆龙即梭龙）一诗与《蝶恋花·十月望日与经岩叔别》一词来记录他们之间的友谊：

唆龙与经岩叔夜话

　　绝域当长宵，欲言冰在齿。生不赴边庭，苦寒宁识此？草白霜气重，沙黄月色死。
　　哀鸿失其群，冻翮飞不起。谁持《花间集》，一灯毡帐中。

　　临行前纳兰性德与他秉烛夜话，已是深夜，帐外一片寂静，只有淡淡的月光笼罩着大地。在这样艰难困苦的环境中，纳兰性德和经岩叔却仍旧悠闲地围炉而坐，阅读书籍，这种泰然自若，不受外界环境影响的从容心态实在是难得。可见纳兰性德不愧是满族人，就算畏寒，就算体弱，也仍旧不失刚毅的精神，体现出他坚韧、豪迈的心理素质。

蝶恋花·十月望日与经岩叔别

　　尽日惊风吹木叶，极目嵯峨，一丈天山雪。去去丁零愁不绝，那堪客里还伤别。
　　若道客愁容易辍，除是朱颜，不共春销歇。一纸乡书和泪摺，红闺此夜团圞月。

纳兰性德在词中勾勒了一幅天涯游子落拓不羁的凄凉景象，用真实、生动的语言描绘了当地的自然景观：凛冽入骨的寒风，吹动着干枯的枝叶，整日瑟瑟作响，读来使人倍感亲切。

此外，还有对边疆各民族生活的描写，如"落日万山寒，萧萧猎马还"，如"毡幕绕牛羊，敲冰饮酪浆"词句中没有典故，不作过多的辞藻修饰，却有一种自然天成的美感。语言上自然真切、明白晓畅。

纳兰性德在梭龙一直访察到十二月份才返程回到京师，把自己探查到的情报一一向朝廷汇报，为清政府对边疆的军事部署和战备计划提供了非常重要的依据。

据同出于徐乾学门下的纳兰同窗在《通议大夫一等侍卫进士纳兰君神道碑铭》中记载：

康熙二十一年秋，奉使觇梭龙羌。道险远，君间行疾抵其界，劳苦万状，卒得其要领还报。后梭龙输款，而君已殁，上时出关，遣宫使拊其几筵而哭告之，重悯其劳也。

由此得知，纳兰性德在梭龙期间颇得民心，为朝廷顺利开展军事活动，团结各民族共同抵御沙俄的入侵做出了巨大的贡献，加强了边疆各地区民族的团结，增强了朝廷的凝聚力。

这次任务的出色完成充分显示了纳兰性德的政治和军事才干，不久后，纳兰性德就晋升为一等侍卫。

康熙二十四年（公元 1685 年），清廷与沙俄在雅克萨开战，由于已经摸清了对方的地理位置,布兵防守,这场战役取得了胜利。清廷成功地阻止了沙俄的扩张与侵略,与其签下了《尼布楚条约》,纳兰性德功不可没。

告祭祖陵——随君出塞佳作多

康熙二十一年（公元 1682 年），纳兰性德先后两次到达东北：一次是在春天，跟随康熙帝告祭祖陵，这一行最远到达了松花江一带；一次是在秋天，纳兰性德独自领兵而去，为了考察沙俄侵略边疆的情况，去的是黑龙江边界一带。

《康熙起居注》载："二十一年三月二十五日，上至乌喇吉临地方……诣松花江岸，东南向，望秩长白山，行三跪九叩顶礼，以系祖宗龙兴之地也"；徐乾学在《纳兰君墓志铭》也有记述："二十七日，上登舟，泛松花江，往大乌喇。"

平定三藩之后，康熙帝决定到北方区告祭祖陵，这是康熙帝第二次北上祭祖，纳兰性德也随从左右。

这一年的春天，纳兰性德随着千军万马一路翻山越岭，浩浩荡荡地向山海关进发。纳兰于出塞途中写下了多首词作，更是写下了有名的思乡之作。

长相思·出塞

山一程，水一程，身向榆关那畔行，夜深千帐灯。

风一更，雪一更，聒碎乡心梦不成，故园无此声。

纳兰性德开篇便以直白的手法，通俗易懂写"山一程，水一程"，描绘行程的艰辛和漫长。首句运用了重复的表现手法，将"一程"二字重复使用，突出了这场旅程的遥远和曲折。走过一条条山路，行过一条条水路，一路跋山涉水，越来越远离家乡，每走一步便更加思念故土。

下一句"身向榆关那畔行，夜深千帐灯"，"榆关"是古地名，即如今的山海关。"那畔"即那边，山海关的另一边，指纳兰性德此时正身处关外。这一句点明了这场行程的方向，与现在所处的位置、时间。

"夜深千帐灯"，我们可以想象到那个画面，皇帝出行，仪仗队自然是浩浩荡荡、无比壮观的。入夜后，营帐中必定也是灯火辉煌。纳兰性德看着夜幕逐渐降临，就地扎营后，帐篷中挨个燃起了烛光。若是身在京城之中，家人也一定早已点上蜡烛，等待自己归家。可是如今这万千灯火却没有一盏是为自己而点。

灯光是黄色的，本该给人增添一股暖意，可是一想到此时自己的孤寂，便只觉得心冷了。两相比较之下，更加突出了纳兰性德思念家乡，厌于扈从的思想感情。

下阕开头"风一更，雪一更"描写塞外的具体情景。"更"表示时间，古时把一夜分为五更，每更大约两小时。"风一更，雪一更"，就是说整夜都是风雪交加。这一句照应了开头的"山一程，水一程",于重叠复沓中突出时间对于纳兰性德的漫长,侧面烘托他对于参与这场行程的不情愿和厌烦。

帐篷外风雪交加,彻夜不停,一阵阵交替着向帐篷扑打而来,嘈杂得人连静下心思念家乡都无法做到,更别说入睡了。本来路途就如此漫长而艰辛,好不容易停下来休整,天气又如此恶劣,身体一向虚弱又思乡心切的纳兰性德不由得生出了怨言:家乡怎么没有这么烦乱的声音呢?

一个"聒"字用得极其巧妙,生动形象写出了风雪狂暴的气势,写出了纳兰性德对这种天气的厌恶。

"夜深千帐灯"和"故园无此声"都是一片寂静的美景,却与静寂中更加凸显思念家乡的浓烈情感。纳兰性德这首词没有多加雕琢,以朴素自然的语言、自然清新的格调,表达了对故乡的深深依恋,委婉地抒发了对扈从生活的厌倦。

南乡子

何处淬吴钩?一片城荒枕碧流。曾是当年龙战地,飕飕。塞草霜风满地秋。

霸业等闲休。跃马横戈总白头。莫把韶华轻换了,封侯。多少英雄只废丘。

这首《南乡子》一改纳兰词往昔婉约、清丽的词风,用词潇洒豪放,用情凄凉悲怆,充斥着洒脱与豪迈,格调高,立意深,让人读来不由得拍手称快。

首句"何处淬吴钩"不禁让人想起唐朝诗鬼李贺的"男儿何不

带吴钩，收取关山五十州。请君暂上凌烟阁，若个书生万户侯"一诗。"淬"是淬火冶炼的意思，李贺写此诗是在呼吁天下的书生们，身为男儿，如今正逢乱世，何不放下功名利禄，投身疆场，马革裹尸，收复我大好河山。

纳兰性德上来便有此一问，可见也是一个有着铮铮傲骨的热血男儿，不愿意看着百姓遭受战火纷争，深陷水深火热之中，也想要为国效力，奉献身躯。可惜，他的抱负难有施展的空间。

如今自己面前只有荒城一座，枕着碧水幽幽，哪里还有吴钩的踪迹呢？枕碧流三字，出自五代时期的词人李珣的《巫山一段云》："古庙依青嶂，行宫枕碧流。水声山色锁妆楼，往事思悠悠"，只不过李珣是在富丽堂皇的行宫中以幽幽碧水做枕，而纳兰性德这里只有一座荒城，就连寻常物件都难以见到。两者对比之下，真是无比凄凉啊。

龙战地是指古时的战场，出自《易经》中的"龙战于野，其血玄黄"一句。玄黄指的是天地的颜色，古人认为天地代表着阴阳，其血玄黄就是说阴阳交战，损伤流血了。龙战，便是指阴阳二气的交战，后用来代指群雄割据的争战。

这里曾经是诸侯割据、彼此相争的地方，可是如今也只有偶尔经过的寒风发出几声呜咽，证明自己存在的痕迹。除了风声，便只剩下荒草萋萋了。那些千百年前为了天下兴亡、为了黎民百姓征战沙场殒身于此的人，现在还有谁记得呢？

"跃马横戈"是指手持兵器，纵马驰骋的样子，代指在沙场上作战。千秋霸业如今也轻易地在时间的流逝中消亡了，无论当初在战场上多么勇猛的人都已经白发苍苍了。

从古至今，已有千百代的兴亡更替，谁能史册长留呢？亘古不变的只有那天上的太阳、月亮依旧在追逐着彼此的身影。光阴如逝水，天地浩大，人身处其间只不过是微小的一粒沙尘，转眼间便灰飞烟灭，不留痕迹。韶华如此可贵，自然要随心而活，笑对人生，千万不要轻易地用美好的年华去换取浮名呀！

"废丘"顾名思义，即荒废的土丘。"多少英雄只废丘"颇有苏轼的磊落，辛弃疾的风骨。有多少英雄一生为了追名夺利，最终落得个埋骨荒丘的下场，何等凄惶。这一句，可谓是整首词的点睛之笔，把纳兰性德的感叹和哀伤发挥到了极致，并且还有悠悠余韵，让人无限荒凉。

这一阕词的意境和格调丝毫不逊色于东坡、稼轩的怀古之词，妙不可言。

在纳兰性德追随康熙帝告祭祖陵的时候，叶赫族已经灭亡六十余年了，一个甲子都过去了。他站在萧索的城楼上，不禁想象，当年他的曾祖父是战死于何处呢？是在这座角楼，还是在那处草场？那场硝烟散尽之后，只留下了被战火摧毁的残垣断壁，留下了杂草丛生，这里的风声仿佛都带着悲鸣。

这里就是他的家族，是他未曾见过的故里，如果不曾经历那场战争，或许如今自己还会和他们一起仍旧过着当初那种打猎捕鱼、砍柴耕地的悠闲生活，也许不能衣食无忧，但至少自由自在。

南巡返回——江南好，风景旧曾谙

康熙二十三年（公元1684年），康熙帝第一次南下，先后到达南京、苏州、无锡、镇江、扬州等地，纳兰性德依旧在扈从之列。纳兰性德对于江南一直是非常向往的，他早就想见识一下孕育了那些至交好友的家乡，是不是真如他们口中所说人杰地灵，温婉可人。

同时，他又早已厌倦了这样束缚的羁旅生涯，每一次出行对他来说都是一次漫长而又艰辛的旅途。他热爱自由，却像一只雀鸟一样被囚禁在笼中。

但是，江南的美景彻底征服了他，那莺歌婉转，小桥流水，渔舟晚唱都是纳兰梦想中的生活，于是，纳兰性德一路走一路写下诗词，记录自己游历中所见到的美景：

梦江南·江南好

【其一】

江南好,建业旧长安。紫盖忽临双鹢渡,翠华争拥六龙看。雄丽却高寒。

"建业"是南京的故称。南京曾经是六朝古都,历史悠久,在岁月的沧桑里依旧屹立不倒。但纳兰性德却说它是"旧长安",意思是说,当时的南京已经有所衰败,再不复当日繁华了。"紫盖"指云气,古人常用紫气东来比喻吉祥的征兆,或者代指王者之气。"双鹢"是一种鸟,这里绘有这种图像的船。"翠华",是用翠鸟羽毛装饰的旗子。《汉书》中司马相如传一篇里有记载:"建翠华之旗",联系后面的"六龙"来看,这里是代指皇帝的车驾。古代车驾的规模非常讲究,皇帝的车驾是六匹马。

这一首词描写了康熙帝巡视南京时的盛况,根据《熙朝新语》中的记载,康熙巡视南京时,"父老从观者数万人"出现了"古今未有之盛举"。

【其二】

江南好,城阙尚嵯峨。故物陵前惟石马,遗踪陌上有铜驼。玉树夜深歌。

这一首描写的仍旧是南京之景。"嵯峨"形容山势高峻,坎坷不平,这里形容城楼的错落有致。"故物陵前惟石马"这一句化用了杜甫的《玉华宫》中"当时侍金舆，故物独石马"一句。"铜驼"即铜铸的骆驼，这里是说在大街上还随处可见前朝的遗迹，足见旧时的繁华喧嚣。"玉树"并非是玉制的树，而是指歌曲《玉树后庭花》，这首曲子是南朝陈后主所作，被后人视为亡国之音。纳兰性德用在这里是指婉约柔美的歌曲。

【其三】

江南好，怀古意谁传。燕子矶头红蓼月，乌衣巷口绿杨烟。风景忆当年。

"燕子矶"是地名，今南京非常著名的一处景观，位于长江边，三面临水，状如飞燕，故得名。"红蓼"一种秋天开放的花，开红花，形状像穗子。"乌衣巷"仍旧是南京的名胜古迹，是旧时大族王、谢两族居住的地方。

纳兰性德这首词是在感叹王朝的兴衰，历史的更替，不论曾经有多繁华，如今都变成了过去，早已物是人非。

【其四】

江南好，虎阜晚秋天。山水总归诗格秀，笙箫恰称语音圆。谁在木兰船。

纳兰性德写这首词的时候，已经离开南京，抵达了苏州。"虎阜"即虎丘，地名，苏州的名胜，位于西北阊门外，又叫做海涌山。相传春秋五霸主之一的吴王阖闾死后被埋葬于此，葬后第三天发现一只老虎盘踞在其坟墓之上，故名虎丘。"诗格"即诗的风格，纳兰性德意思是说，虎丘的山水景色确如诗中所描述的那样极富诗情画意，令人心动。

晚秋时节，在虎丘上居高临下，远望秋景，山水如画，隐隐约约传来了吴侬软语的吟唱，配合着美妙动听的笙箫之声，简直是听觉的盛宴，好想见识一下在木兰船上歌唱的姑娘呀。

【其五】
江南好，真个到梁溪。一幅云林高士画，数行泉石故人题。还似梦游非。

"梁溪"是水名，位于无锡市，源出惠山，一路流向太湖。开头一句"真个到梁溪"，竟然真的到了梁溪！纳兰性德为何如此激动呢？只因梁溪乃是知音好友顾贞观的家乡。他自从下江南以来，一直想着好友们曾经向他描述过千百遍的景象，最让他心驰神往的便是梁溪，如今真的到了这里，怎么不叫人欣喜若狂呢？

"云林"指的是元代著名画家倪瓒，字云林，他是无锡人，而纳兰性德的好友中，严绳孙最善长画山水，并且也是无锡人，所以这里是代指严绳孙。他曾经看过严绳孙为无锡所作的画，一山一水，一泉一石，如今到底是亲眼所见，还是在梦中进入了好友的画里神游呢？

【其六】

江南好,水是二泉清。味永出山那得浊,名高有锡更谁争。何必让中泠。

"二泉"即阿炳《二泉映月》中的二泉,位于无锡市西郊的惠山,唐朝时茶圣陆羽评其为"天下第二泉",所以被称为"二泉"。二泉的泉水水质极佳,最适合用来烹茶,宋朝时曾被作为宫廷贡品,所以康熙皇帝途经此处时便停留数日,在此品茗。"味永出山那得浊"一句,化用了"在山泉水清,出山泉水浊"一句,意思是说,二泉的泉水虽然出自山中,但是水质清纯,没有受到一丝一毫的浊气污染。纳兰性德此句除了赞扬泉水,亦是在喻人,虽然自己身处污浊的官场之中,但是自己高洁的品性并没有受到污染。

"名高有锡更谁争",二泉名满天下,谁能够与二泉相争?看来只有天下第一的中泠泉了。有锡即是无锡,这个地名的来历是一个非常具有趣味性的历史典故。据传,最早的时候,无锡附近有一座山,山上盛产锡,就命名为锡山。随着人们的采挖,锡山上的锡到了汉朝时逐渐被采完了,便更名为无锡了。

中泠泉,亦作中零泉,位于镇江市方石山的东面,有"天下第一泉"之称。纳兰性德此句表达自己对于二泉的赞赏,"何必"意思是说,你水质的纯净已经举世难寻,天下无双了,何必让中泠泉压你一头呢?这一句同样是自喻,纳兰性德自认为自己的才干不输于任何人,却始终没有出头之地。他有感于此,不由得为二泉感到不甘心。

【其七】

江南好,佳丽数维扬。自是琼花偏得月,那应金粉不兼香。谁与话清凉。

"维扬"就是扬州市的别称。这里的佳丽指的可不是美女,而是美丽的景色。纳兰性德说江南的好风景当属扬州,那么扬州到底有哪些美景呢?下一句"自是琼花偏得月,那应金粉不兼香"做出了回答,自然是扬州的琼花和月色了。

扬州后土祠有一株琼花,乃是绝世珍宝,只此一株,宋代韩琦有诗云"维扬一枝花,四海无同类"。正所谓快乐是需要分享的,美景自然也是一样,孤芳自赏有何意义?扬州月色撩人,琼花香气馥郁,如此美景,有谁能与我一起欣赏呢?

【其八】

江南好,铁瓮古南徐。立马江山千里目,射蛟风雨百灵趋。北顾更踟蹰。

"铁瓮",即铁瓮城,镇江北固山前的一座古城,是三国时吴国建立的,形如瓮。"南徐"是镇江的旧称。

"射蛟"一句是用典,汉武帝南巡时曾经在江心射蛟,《汉书·武帝纪》中记载:"五年冬,行南巡狩……自寻阳浮江,亲射蛟江中,获之。""百灵"指神灵,是说汉武帝的勇猛连神灵也纷纷趋避。

"北顾"即北固山,在今江苏镇江市北,形势险要,风景秀丽,有"京口第一山"之称。远眺北固,横枕大江,石壁嵯峨,山势险固,因此得名北固山。纳兰性德站在北固山上,望着波涛汹涌的江水,想起了汉武帝勇武射蛟的故事,只觉得物是人非,沧桑变化,多少历史兴亡,一时间无限踌躇。

【其九】

江南好,一片妙高云。砚北峰峦米外史,屏间楼阁李将军。金碧矗斜曛。

"妙高"即妙高山,镇江市金山的最高峰,形势险峻。宋代僧人了元曾在峰上建有妙高台,此处因势高,所以常常有浮云围绕,宛若仙宫。

"砚北峰峦米外史,屏间楼阁李将军"一句又是用典。"米外史"即宋代大画家米芾,"李将军"是唐朝将军李建。

相传,南唐李后主曾得到过一方名砚,不过手掌般大小,奇妙的是砚台的四周雕刻着三十六座山峰,每一座都只有手指那样小,所以被称作砚山。南唐灭亡后,这方砚台落到了米芾手上。米芾用这块砚台在镇江甘露寺旁边换得了一块地皮,建了一所宅子。

而李建是唐代宗室,官至左武卫大将军,此人虽是武将,却是一代绘画大家,尤其喜欢用金、碧等浓墨重彩,常画一些富贵辉煌的亭台楼阁。

纳兰性德这里运用这两个典故,是想表达镇江妙高山的美景,就像米芾和李建笔下的画作一般超然物外，在夕阳的映衬下更显得金碧辉煌。

【其十】

江南好，何处异京华。香散翠帘多在水，绿残红叶胜于花。无事避风沙。

这是江南，是知交好友的家乡，是一个陌生而又熟悉的地方，在纳兰性德看来，江南与京城并没有两样。正所谓"游人只合江南老"，此心安处，便是吾乡。"无事"是没有必要的意思，江南风光秀丽，风轻水多，气候湿润，不像北方那样干燥，动不动便是黄沙漫天，所以没有躲避的必要。

这一首是总写，是对以上各个篇章的一个概括。

纳兰性德这组词共十首，乃是连章之作，首句皆以"江南好"开端，仿效了欧阳修赞颖州西湖的十首《采桑子》的写作手法。组词中从南京写到苏州、无锡、扬州、镇江各地的美景，歌咏了江南的秀丽与繁华，以及各地遗迹的雄伟。除了咏物，更多的是吊古伤今的感慨，对于繁华易逝的、兴亡更替的伤感。

虽然一路的美景让纳兰性德颇有收获，但是看过了江南的湖光山色之后，更加激起了他心中归隐山林的强烈愿望。

在纳兰性德扈从江南的时候，顾贞观已经北上赴京了。于是，他给身在京城的顾贞观写了一封书信，信中说：

夫苏轼忘归思买田于阳羡，舜钦沦放得筑室于沧浪。人各有情，不能相强，使得为清时之贺监放浪江湖；何必学汉室之东方浮沉金马乎？倘异日者，脱屣宦途，拂衣委巷，渔庄蟹舍，足我生涯。药白茶铛，销兹岁月，皋桥作客，石屋称农。恒抱影于林泉，遂忘情于轩冕，是吾愿也。然而不敢必也。悠悠此心，惟子知之。故为子言之。

纳兰性德的性情不适合官场的左右逢源，他是个天生的隐士、天生的词人，这一次江南之旅，被江南的水光山色所浸染，更加激发了他胸中那赤子的天性。他多想像苏轼那样，于山水之间买下一块田地，过着悠然自在的生活，就算因为迷恋这里的风光而忘记了归家的路也甘之如饴；他还想像苏舜钦那样，即使官场失意，放逐流落，但是却可以寄情于山水，建居室于沧浪亭旁。

他本该是长在山林中的野花，向着阳光自由生长；亦或是海边翱翔的飞鸟，饮山川雨露，栖梧桐枝头，而不是像现在这样，被束缚着。他应该有自己的一番天地。

这次南巡，是纳兰性德最后一次随扈出游。南巡回京的纳兰性德，是真的累了，倦了。在京城，早已有一位佳人等候许久，那是对他倾慕已久的才女沈宛。但是他还没来得及高兴，便又迎来了一场伤心。

早在南巡途中，他就收到了好友著名诗人吴兆骞病故的消息。这位好友蒙受冤屈，遭到放逐近二十年，受尽风霜。纳兰性德与一众亲友耗费心力，散尽钱财好不容易把他营救回京，不到三年时间就溘然长逝了。

刚进家门的纳兰性德换上一身素衣，马不停蹄地为好友准备后事。他看着早生华发的好友，看着他至死都忧愁满面的面容，更加坚定了辞官的念头。功名利禄犹如过眼云烟，虚无飘渺，却有很多人因为追逐名利不择手段，又有多少人为此无辜受到牵连。纳兰性德已经看透了这一切，他不愿被困在这牢笼之中，唯一的办法便是离开。

第四章　爱情：

才子自古多深情

　　纳兰性德为人放荡不羁、自由洒脱，但他的一生却为情所困：爱情、亲情、友情……纳兰性德把他一生的爱恋都交付给了唯一的挚爱——妻子卢氏，这个灵动、娇俏的女子填满了他整个心房，他辜负了太多的红颜，但谁又忍心去责怪这样一个痴情痴心的他呢？

青梅竹马——人世间最遥远的距离

都说："慧极必伤，情深不寿"，纵观纳兰词，我们发现，纳兰性德一生中的绝大多数词作都在描写男女之间的情感。他一生中出现过三位至关重要的女子，而这三段感情，无论是那青梅竹马的两小无猜，还是与妻子卢氏的相知相守，抑或是与才女沈宛的惺惺相惜，无一能够得到圆满，都以悲剧收尾。

那个本该无忧无虑的富家公子却写下了很多多愁善感的诗词，如果不是有过一段拼尽所有却仍旧求而不得的爱恋，怎么会写出那样婉约雅致而又相思百结、无奈悲伤的句子呢？

我们无从得知这位在诗词中让纳兰性德念念不忘，痴情至斯的女子是否就是那传说中的表妹，但我们可以确定，纳兰性德在与妻子卢氏相爱之前，确实有一位活泼明媚的女子伴随他度过那些寂寞的岁月。二人两情相悦，却最终被那一道高高的宫墙所隔。

我们不妨暂且就认为她是表妹吧，毕竟可以自由出入纳兰府，能够跟纳兰性德一起嬉戏的女子，如若不是宗族亲戚，我想身为父亲的纳兰明珠早早就会拆散这对金童玉女了吧。

就让我们从纳兰性德的词句中,来勾勒出这位聪慧温柔女子的轮廓吧。

如梦令

正是辘轳金井,满砌落花红冷。
蓦地一相逢,心事眼波难定。
谁省,谁省。从此簟纹灯影。

还记得那是春意阑珊之时,天色蒙蒙亮,无心睡眠的纳兰性德被井边取水的辘轳声所吸引。清晨的薄雾正浓,经过一夜风雨,落花带着水汽堆满了石阶,层层叠叠,凋零中透出一丝冷意。

这种时候,是谁在井边取水?纳兰性德不禁想见见这个人,于是披衣起床,推开了那扇相遇的大门。那是一个明眸皓齿、灵动纤巧的女子,不经意间的一个眼神交汇,从此一颗心便有了牵挂,再难平静。纳兰性德有心想要表达自己的爱慕,却又无法揣测出对方的心意,怕唐突了佳人。自己的心意谁能明白?谁能明白呢?从此以后,只能在独自辗转在竹席上,对着烛灯下自己的影子寄托相思了。

世间的女子都在想象,像纳兰性德这般文武双全、温润如玉的翩翩公子的内心会走进怎样一个女子,那一定是一个如他一般的渊博文雅,有着倾国倾城样貌的女子。毕竟,只有这样的妙人才配得上那个肆意潇洒、玲珑剔透的公子。

于是,这场初恋就这样不期而来。如一朵含苞待放的花儿,静静弥漫着芳香。

这首小令的首句就点明了二人邂逅的地点。对于出生于钟鸣鼎食之家的纳兰性德来说，辘轳金井本是再寻常不过的事物，但开篇"正是"二字把这一最普通的事物衬托出了分量，从此在他的心里有了不一样的地位，因为那是他与佳人初次相遇的地方。

"落红不是无情物，化作春泥更护花"，前人惯将落红比喻为无情之物，纳兰性德化用落红，一句"满砌落花红冷"写出了他当时伤感凄冷的心绪，同时也渲染了相遇之地的环境浪漫，并且象征了这段感情的最终结局。

"蓦地"一词表达出纳兰性德何等的惊奇与这场一见钟情所带来的冲击，从此这世上又多了一个为情所困的痴儿。

后来，他知道，那是他的表妹。那样的人儿，竟然是自己的表妹，纳兰性德觉得这是老天对他最大的恩赐。

十几岁的纳兰性德还没有经过磨难，没有经历过仕途的不顺，没有经历过爱情的痴缠。那时的他鲜衣怒马，阳光蓬勃，敢爱敢恨，所以，他怎会容忍自己的孤枕难眠呢？

于是，他开始追求自己心中那朵向阳的花。

他曾拥佳人入怀，大手包裹着小手，一笔一划教表妹描绘自己的名字；他曾陪同表妹在绿草连天的郊外策马奔腾，他牵着马，马上坐着她；他还曾在春风中，在冬雪里泼墨出表妹的一颦一笑。

他的目光里从此不再只有诗词与骑射，多了一道秀丽的身影。她的长发被清风扬起成了他眼中最美的风景，她衣袂间的玉石叮咚作响成了他耳中的天籁，她的一个似有似无的眼神就可以让他忘掉先生的唠叨，父母的叮咛。

在那个最好的年华里，他第一次在春风中握住她的手，第一次在夏日里为她编织一顶花环，第一次带人走近他内心的文学世界。月上柳梢头，人约黄昏后。纳兰性德常常牵着她的手，在曲折蜿蜒的回廊里游走,他们之间总有着说不完的话。

临江仙

昨夜个人曾有约,严城玉漏三更。
一钩新月几疏星。夜阑犹未寝,人静鼠窥灯。
原是瞿唐风间阻,错教人恨无情。
小阑干外寂无声。几回肠断处,风动护花铃。

表妹曾经失约过。那天晚上,更深露重,打更的人已经敲响了三更的锣鼓。天上只有寥寥的几颗星星围绕在新月旁边。时间缓缓流逝,已近深夜,但纳兰性德还没有入睡,因为他在等人。在这所有人都已经就寝的寂静深夜里,只有老鼠窥视着烛光,发出窸窣的声音,令人焦虑不安。

纳兰性德不由得开始想象,是什么原因阻断了相约呢?一定是有着像瞿塘峡那样艰险遥远的原因阻隔了约会。在那个男女授受不亲的年代,对未出阁的女子一向看管严格,一定是表妹偷溜出来的时候被逮了个正着,受到了训斥。若是不明白她的心,定会怪她的无情。纳兰性德相信,此时的表妹一定也在为失约而懊恼和歉疚。

纵横交错的阑干外,一片寂静。偶尔传来了响动,纳兰性德欣喜地推开窗探看,却发现原来是经过的风,吹动了护花的铃铛,徒叫人高兴一场,然后更加失落与断肠。

表妹生性散漫,爱好音律却不肯学习音律,每每兴致来时,都缠着纳兰性德为她吹奏曲子,她曾经不甚在意地说:"反正有你一辈子为我吹笛,我又何必再去学呢?"是啊,有自己在,她会与不会又有什么区别呢?那时的他又怎会想到,将来自己再也没有机会为她吹笛了呢？

现在回想起来，那段故事并没有多少惊天动地，那份感情也并没有多少轰轰烈烈，彼此也并不是真的就无可替代，但是回忆起来总是美好的，大抵越是遗憾，才越是美好吧。

"金风玉露一相逢，便胜却人间无数"，因为少年时候的相逢，让彼此在独自沉浮的岁月中有了知心人可以陪伴，喜悦时有人分享，伤痛时有人安抚，惆怅时有人开解，任性时有人迁就。

即使纳兰性德与表妹再亲近，也不能时时刻刻相守在一起。表妹的家并不在京城之中，因而二人很多时候都是相隔两地，书信往来。

采桑子

拨灯书尽红笺也，依旧无聊。玉漏迢迢，梦里寒花隔玉箫。
几竿修竹三更雨，叶叶萧萧。分付秋潮，莫误双鱼到谢桥。

夜深之时，躺在床上辗转反侧夜不能寐，最终披衣坐起，把油灯拨亮，铺好红笺，写满了整页纸，写完之后却依旧感觉无聊。

那么写的是什么呢？词句中已经给出了暗示。"红笺"，是一种特殊的信纸，制作精美，空间窄小，并且进行染色，辅以花瓣点缀。是以"红笺"二字一出，我们便知，这写的一定是相思之意了。

玉漏相当于古时候的时钟，是一种玉制的计时器，在诗词中一向指代夜晚的漫长。"寒花"，即指寒冷时节开的花，而玉箫则是代指女子。这句是说漫漫长夜，即使在梦中想要与爱人相会也有所阻隔。

下阕转而描写外面的景色。已经是三更时分了，窗外渐渐下起了小雨,打在稀疏的几根竹子上,一片萧条之意。末句中的"双鱼"与"谢桥"乃是用典。"双鱼"典出汉朝的《饮马长城窟行》"客从远方来,遗我双鲤鱼,呼儿烹鲤鱼,中有尺素书"。古人通信用的皆是布帛或生绢,为了美观,会将写信的绢结成鱼形,故"双鱼"代指书信。"谢桥",谢娘家的桥,有说指唐代的名妓谢秋娘,又有说指晋代才女谢道韫,总之都是象征着心爱的女子所在之地。

故末句是写希望能够把思念与寂寞都托付给这场秋雨带来的潮水,千万别误了书信的期限。

纳兰性德写此首词,开篇便是无聊,而且是"依旧无聊",因为找不到能完整表达相思之情的词句,道不尽自己的牵念,所以更加惆怅。但纳兰性德却情愿无聊想着对方而不愿入睡。由此可见对于佳人的思念之深。

纳兰性德每每收到回信,都要先拂去身上的灰尘,洗去手上的汗水,才欣喜接过那封小小的信笺。急切想要拆开以慰相思之苦,又怕看完之后会更加想念。

看着表妹那记忆中娟秀的笔迹,不由得想象表妹是怎样一笔一划、珍而重之写下这些等待与思念;在托人传信而来时,是不是低垂着头,酡红了脸,说不出的羞怯;收到自己的信时又是否如自己这般激动与踌躇。

而正因为相思难寄,一年半载只能见上几次面,所以见面的机会便变得格外珍贵。

鹧鸪天·离恨

背立盈盈故作羞,手挪梅蕊打肩头。欲将离恨寻郎说,待得郎归恨却休。

云澹澹，水悠悠，一声横笛锁空楼。何时共泛春溪月，断岸垂杨一叶舟。

　　远远地，便看见梅树下盈盈而立的倩影，故意做出害羞的姿态。等待的过程实在无聊，女子烦闷地揉搓着梅花的花蕊，任其掉落在肩头，袭来阵阵暗香。"盈盈"二字用来形容女子的形态再合适不过，清新自然，生动地勾勒出女子怀春又害羞的形象。

　　纳兰性德悄悄走近表妹身侧，渐渐看清她咬着下唇，又嗔又怒的样子，在爱人看来别有一番可爱。把手轻轻地搭上她的肩头，抚慰她的焦急。女子听到动静，猛一回头，看到来人后双颊绯红，却还要转过头去不理他。本来想与他诉说离别的哀愁，但是看到他之后，所有的哀愁都已随风而去，没有踪迹了。

　　互相依靠着坐在草地上，看着天上的云卷云舒，眼前的绿水悠然。一片闲适中，一声空灵的低声横空而来，泠泠之音锁住了寂寞的空楼。看着远处断掉的堤岸，低垂的杨柳在随风飞舞，溪水中随波逐流的一叶孤舟。不知什么时候才能够牵着对方的手，在春日的明月下共同泛舟五湖四海，快意潇洒。

　　　　落花时

　　夕阳谁唤下楼梯，一握香荑。回头忍笑阶前立，总无语，也依依。

　　笺书直恁无凭据，休说相思。劝伊好向红窗醉，须莫及，落花时。

　　这又是一场久别重逢。夕阳西下，刚刚下了学的纳兰性德得知表妹来的消息,急匆匆地前去寻她。即使心情急切,但是该有的礼数不可逾越,以免因此影响了表妹的名节。

在焦急万分的等待中,表妹从阁楼中被唤出,款款走下楼梯,暖黄的金光打在她的脸上,更衬得她明媚娇俏,白嫩纤细的手指如若柔荑。《诗经·卫风·硕人》中云:"手如柔荑,肤如凝脂",意思是美人的素手像初生的茅茎一样柔嫩纤小,肌肤像羊脂般光洁平滑。

佳人下得楼来,却盈盈立在阶前不说话,只是羞怯忍笑,让人摸不着头脑。久别不易,重逢可贵,本该是与情郎相会,一解相思之苦,但是佳人却但笑不语,一言不发。纵然是这样,在纳兰性德眼中,表妹依旧楚楚动人,明丽无双。

下阕道破伊人忍笑伫立,静默无语的原因:你明明在信中说好要来见我的,却失约于人,叫我一番苦等。既然书信中的凭约如此不足信,就不必再述说对我的相思了。

表妹一番嗔怒,惹得纳兰性德手忙脚乱地解释。看到纳兰性德如此慌乱和着急,表妹心下不忍,最终狡黠一笑:快看窗外的夕阳,这么好的春色,可别让我们耽误在琐事上,快珍惜我们来之不易的相处时光吧。

有道是"有花堪折直须折,莫待无花空折枝"。这阕词以温情旖旎的词语活灵活现地描写出恋人之间那种心心相印的缱绻缠绵,以及女子嗔笑亲昵的小儿女情态,极富情趣。

快乐时光总是短暂的,就在纳兰性德以为可以和表妹长相厮守时,上天给他开了一个莫大的玩笑。

清朝从顺治帝起就规定,满族八旗的官员家中,凡是年满十三岁不超过十六岁的女子,必须参加皇帝每三年一次的选秀女,目的是替皇室子孙指婚。

被选中的秀女有两种结果,一是被皇上看中,被封为妃子充实后宫,二是被赐予皇子或者亲王、郡王以及他们的后代。

符合条件的表妹在家人的逼迫下无奈参加了选秀,谁知,这一去就成了二人的生离——表妹,竟被康熙皇帝看中了。

他曾拼尽全力争取这段感情,却始终抵不过现实。而父亲为了家族的兴衰存亡也不会允许自己反抗,他从父亲的决绝和母亲悲悯的眼神看到了自己的无能为力。

从此,他再也听不到表妹一声声柔情地呼唤"表哥",再也握不到那双纤长温暖的柔荑,再也不能为她拂去那随风飞舞的发梢,他的马背上也再没有那让天地都黯然失色的女子了。

进宫那一夜,灯火通明,人声鼎沸,处处都洋溢着欢声笑语。纳兰性德选择隐藏自己的悲伤与痛苦,送表妹一程,毕竟那是表妹一生中最美的时候。那凤冠霞帔不是为自己而戴,那明艳精致的妆容不是为自己而修,但自己怎么能够错过呢?当那辆镶着金丝绦的凤撵缓缓行驶过来的时候,他看到表妹头戴凤冠,身披凤袍,精致的妆容下是一双泫然欲泣的眼睛,无助凄凉。

所有人都在笑,说着祝福的喜话,举家的欢腾更加映衬出两个人无声的悲哀。放下车帘的那一瞬间,纳兰性德恍惚看见了表妹眼角的泪珠。他多想冲上去抱住她,带着她远走高飞,但理智告诉他,他不能。他要顾忌的不仅仅是个人的悲喜,更是整个纳兰家族。

于是,他只能把自己的感情埋在酒里,埋在诗里,埋在剑里。他疯狂喝酒,只求一醉;拼命练剑,希望能够填满内心的空缺;不知疲惫地挥笔泼墨,来淡化这段悲伤。

可是,忘记岂是一件容易的事情?越是喝酒,内心的愤怒与不甘就越清晰，那种无奈让自己心如刀割，千疮百孔，就连最爱的诗词也无法稀释自己对于表妹的思念。从此以后，他就多了一个习惯，在每一个满月的日子里，立在屋顶，遥遥对着紫禁城的方向吹一首曲子，那首表妹最爱的曲子。

梦江南

昏鸦尽，小立恨因谁？
急雪乍翻香阁絮，轻风吹到胆瓶梅，心字已成灰。

世界上最遥远的距离，并不是生死分离，而是我知道你就在墙内，你知道我就在墙外，仅仅一墙之隔，却再也无法相见。

在表妹刚进宫的那段时间里，纳兰性德会经常性失神，一个人愣愣待在两人曾经走过的地方，一待就是一天，曾经一提起诗词歌赋就神采飞扬的人眼眸中再也看不见光亮。

又是一天的黄昏，连乌鸦群都已去追赶落日，羽翼影影绰绰淹没在暮色之中，是谁让纳兰性德依旧站在那里呆望？她过得好吗？天凉了，表妹体质虚寒，没有自己在身边，她的手还会暖吗？

谢道韫曾形容大雪"未若柳絮因风起"，此刻在纳兰性德看来，翻飞的柳絮也像那飘洒的急雪，散落到香阁里，又被轻微的晚风吹到了胆瓶中的梅花之上。此句纳兰性德反用典故，颇具新意。

"心字"即刻有心字的香，此句乃是一语双关，烧成灰烬的何止是香，更是词人的心。

木兰花

人生若只如初见，何事秋风悲画扇。
等闲变却故人心，却道故人心易变。
骊山语罢清宵半，泪雨霖铃终不怨。
何如薄幸锦衣郎，比翼连枝当日愿。

永远难以忘记初见时的惊艳，人与人之间，若是始终都像初见之时那样，就像是初夏时的画扇那般刚刚好，该有多好？

汉代才女班婕妤由于被人嫉妒，受到陷害，被汉成帝冷落，于是写下一首《怨歌行》，以扇子自比："出入君怀袖"，夏天时的团扇一刻不离手，是眼中最重要的存在。但是秋风一起，再好的扇子也会被抛弃在一边。

再亲密的感情也只是曾经沧海，再也没有了当时的心动。明明是你这位故人轻易地变了心，却反过来怪我变得太快。"故人心尚永，故心人不见"，故人的心还是当初那颗心，但是心里的人早已发生了变化，拥有当时那种心意的故人早已不在了。

唐明皇与杨贵妃曾是那般恩爱，于七夕节时在长生殿许下盟誓"在天愿作比翼鸟，在地愿为连理枝"，但最终曾经的温情暖语、山盟海誓也敌不过世事变迁，成为哀怨。唐贵妃香消玉殒于马嵬坡，只剩下唐明皇一人听着雨夜中的铃声肝肠寸断。

纳兰性德无数次遥遥对着宫墙自问：为何薄幸的人都这么容易变心？难道曾经的誓言只有许诺的当时才作数吗？

这首词作于表妹入宫一段时间之后。也许为了不让纳兰性德太过于伤心，做出傻事；也许是皇上真的对表妹关怀备至，呵护有加，以致表妹移情于他。总之,入宫之后的表妹在另一个人的陪伴下,渐渐走出了悲伤,走进了另一个人的怀抱。

对此,纳兰性德不能不说是不怨的,那样纯粹美好的一段感情,如今只换来背叛与悲痛,如何能不怨?

纳兰性德想到他们曾经一起看日出日落,看潮涨潮落。表妹轻轻依靠在他肩头,两人虽默默无语,却能从两颗跳动的心中感受到那份炽热的情感。

但纳兰性德岂是如此气量狭隘之人,毕竟那曾是他用心爱过的人。即使早已换了人间,早已变为"曾经",但有情不必终老,无情未必就是决绝。如今这样,已是最好,只盼你能幸福。

他在表妹入宫后,便一心希望着她能得到君王的宠幸,依旧被人捧在手心,无忧无虑地笑。但君王向来是多变的,有几个能如他一般专一痴情呢?后宫之中最不乏的就是如花美眷,似玉佳人,表妹耿直爽快,定是做不来那种勾心斗角、步步为营的争宠之事的。以她的性子,在这偌大的皇宫之中该如何生存下去呢?

昭君怨

深禁好春谁惜,薄暮瑶阶伫立。别院管弦声,不分明。
又是梨花欲谢,绣被春寒今夜。寂寂锁朱门,梦承恩。

皇宫向来是富丽堂皇的,有着寻常百姓家没有的华贵装饰。普通百姓家的花草树木早已凋谢,而深宫中还仍是一片春意盎然,仙花玉树。但这大好的春色有谁去怜惜呢?听闻表妹并不受宠,在这个薄暮时分,她是否一个人孤独地伫立在庭院中的石阶上,就像无人欣赏的墙角之花一样孤芳自赏呢？

在她独自立在风中时，又是否听到了隐隐约约从别的庭院中传来丝乐管弦声以及热闹的笑谈声，让她更加黯然神伤呢？

又是一年梨花凋落的时候，去年今日，还有自己陪着她，逗她开心，温暖她的心房。如今能带给她温暖的只剩下那透着晚春寒意的绣花被子，表妹心中该是怎样的伤悲啊。

女子一旦进了宫，就如那易谢的梨花，命运就再也不受自己控制了。表妹在宫中没有亲人，没有朋友，形单影只，唯一的期盼就是希望皇上能偶尔想起她来。可是时光逝去，青春不再，日日期望却又日日失望。罢了，罢了，如此冷清寂静的夜里，还是落下朱门，做个好梦吧。愿在梦里，她能够得到君王的宠爱。

但上天并没有听到纳兰性德虔诚的祈愿。表妹的娘家势力单薄，不能给她倚靠，而她直爽率真的性子也为她招来了许多无妄之灾，后宫的争风吃醋堪比朝堂的风云诡谲，又岂是表妹一人之力可以抗衡的？

入宫一年后，表妹便渐渐失去了圣恩。都说色衰爱弛，但是在佳丽三千，粉黛无数的后宫中，就连色衰爱弛都是一种奢侈，往往都是色未衰，爱已弛。或许表妹不谙世事的性格一时给君王带去了欢乐，带来了恩宠，但时间久了，君王就会疲倦了。身为天子，每天要为家国天下的政事烦恼，回到后宫中谁还想再费尽心思讨佳人一笑？谁不想要一位善解人意、温柔体贴的女子陪在身侧，纾解烦闷？

表妹所面临的处境，纳兰性德万分焦急，但心有余而力不足。表妹即使再不受宠，那也是皇上的妃子，别说帮她，便是连见一面也是不可能的。

野史传言中，纳兰性德曾经借着国丧，宫中大办道场，趁机扮为僧人混进宫中去见表妹。且不说这种事情有没有发生的可能，要知道，那种封建集权的年代，在皇上的眼皮子底下私会后妃，一旦被发现，便是死罪。而且皇宫守卫森严，要经过层层搜查，层层询问，混进去的难度可想而知。

其次，就说以纳兰性德的为人，也绝不可能做出这种罔顾人伦、大逆不道的事情。纳兰性德虽说一生为情所困，痴情至斯，但绝不是被情爱冲昏头脑的人。以他的审时度势，断然不会冒如此巨大的风险去做这件事情。

当时，纳兰性德还没有入国子监，也不是堂堂御前侍卫，只是凭借着父亲的余荫在勾栏瓦舍中一名颇有盛名的书生罢了。以他的身份就算见到了表妹，除了会给二人带来杀身之祸，让家族受到牵连之外，没有丝毫作用。

就在纳兰性德的担忧与无能为力中，岁月一点一滴地走过，表妹终于在郁郁寡欢中香消玉殒。从此，二人都解脱了。

虞美人

银床淅沥青梧老，屧粉秋蛩扫。采香行处蹙连钱，拾得翠翘何恨不能言。

回廊一寸相思地，落月成孤倚。背灯和月就花阴，已是十年踪迹十年心。

这首诗写于表妹逝去十年之后，此时纳兰性德的爱妻已逝，仕途坎坷，知音难觅，正是郁郁难平、无限伤感之时，无意间走到了这处勾起相思的地方。纳兰性德从未忘记过这个在少年时期陪他欢闹陪他笑的女子。

"银床"乃是对于井栏的美称，自与表妹相识之后，水井这一寻常事物便在纳兰性德心中成了特殊的存在。井栏边堆满了落叶，萧瑟的梧桐树在秋风与秋雨的摧残下更显寥落与凄冷。"秋蛩"指蟋蟀，蟋蟀在秋风的肃杀下不再鸣叫，当年的枝繁叶茂生机勃勃，而今也在时间的洗涤下显出老态。这是纳兰性德与表妹初次相遇的地方，可曾经流连在井边的倩影再难寻到踪迹。

传说吴王在山间种植香草，到了香草成熟的季节，便有美人泛着扁舟沿着小溪前往采摘。这条小溪充满了香草的甜美与美人的芳踪，便被成为"采香径"。纳兰性德便是用此典来比喻表妹曾经流连之地，是如此珍贵而浪漫。"连钱"是一种圆形的香草，因大小与铜钱相似，得此称谓。旧日心爱女子的所行之处已经长满了青苔，荒草凄凄，人迹罕至。

"翠翘"为女子的头饰，形状像翠鸟尾上的长羽。纳兰性德在昔日旧地捡到了一只当初表妹遗落的翠玉首饰，不由得想起，曾经有一次二人在此嬉戏打闹时，表妹不小心遗失了一件翠玉首饰，寻了许久也未寻到，娇嗔埋怨自己。当时自己表面浑不在意，任凭她责怪自己，想尽办法哄她开心，却在夜深人静时独自前来为她寻找，始终一无所获。当初怎样也寻不得，如今主人不在了，却寻得了。可惜，斯人已逝，胸中十分伤感却又无处倾诉。

如今故地重游，心潮起伏难定。相同的旧日回廊，相同的风景，但时光飞逝，物是人非。曾经依偎相伴的佳人早已远去，徒留一地的相思成灰。月亮钻出云层，月华如水，遥遥映出自己孤独的影子，如今也只有这轮皎洁的明月陪着自己了。

花阴月影之下，已是十年光阴难寻。十个春夏秋冬的轮回，十年的魂牵梦萦，可是表妹却从未来过纳兰性德的梦中，叫他连半点踪迹也无处可寻。相思催人老，但真情从未改变，难以忘怀。

十年，是一个悲伤的年限。古往今来，仿佛只要一牵扯到十年，就是一段悲伤的故事。

十年，苏轼曾对着万顷松涛悼念妻子，开头一句便是"十年生死两茫茫"，把凄惶扩大到无穷尽，但最终也只能对着一座孤坟话凄凉；十年，容若在草丛中拾得一只翠玉手饰，却也是有话不能言，"十年踪迹十年心"更是将凄凉无尽蔓延。

因为他们的知心人早已不在身侧，倾诉给谁听呢？谁能懂呢？不可说，不能说，也无人可说。

原配卢氏——众里寻他千百度

如果说年少的纳兰性德有表妹的陪伴，是最为轻狂、志得意满的时候。那么及冠后的纳兰性德在经历了与表妹的分离、因病缺考殿试这些无常世事之后，能让纳兰重新变得意气风发的事情只有一件，就是他与妻子卢氏的相遇、相知、相守。

身为纳兰家的长子，名满京城的才子，脱尘出俗的纳兰性德始终难逃俗世的枷锁，逃不过娶妻生子的命运。

依照纳兰性德的显赫身世，结发之妻自然也必须是大家闺秀，门当户对。因此，饱读诗书、知书达理的卢氏就自然而然成了"考察对象"。

卢氏是两广总督卢兴祖之女。卢兴祖乃是汉军镶白旗人，文武双修，精通谋略，颇受皇上重用，官拜两广总督、兵部右侍郎以及都察院右副都御史。出身名门的卢氏，从小更是受到"传唯礼义""训有诗书"的文化熏陶，无论是才学、性情，还是家世、样貌，与纳兰性德都可谓是天作之合。

在纳兰性德好友叶舒崇为卢氏撰写的墓志铭上写道："夫人生而婉娈，性本端庄，贞气天情，恭容礼典。明珰佩月，即如淑女之章；晓镜临春，自有夫人之法。幼承母训，娴彼七襄；长读父书，佐其四德。"可见其不仅才貌双全，而且贤良淑德、大方得体，治家也颇为擅长。

最为巧妙的是，纳兰性德是满人，却一心钟爱着历史悠久、博大精深的汉文化；而卢氏是汉人，从小就精通汉学，在入旗之后，受到满汉融合的影响，对满人文化也有所了解。因此，对于纳兰性德来说，卢氏不仅仅是妻子，更是知音，是灵感的来源，是精神的寄托。

也许有人会认为，因着父母之命、媒妁之言而结成的包办婚姻会让纳兰性德幸福吗？纵观他一生所作之词，有妻子陪伴的那段时光，无疑是他最自在潇洒、最快乐的。

如果说表妹是年少时的春心萌动，那么卢氏便是纳兰性德一生挚爱，是他一生中最深之情。

初闻定亲的消息时，身为纳兰家的长子，他明白自己身上的责任，即使他不喜欢对方，也不会让父母难做，让那个女子难堪，他不是那种无故迁怒别人的人，甚至他早已在心底暗暗起誓，那个从未谋面的妻子也许自己用尽一生也不会爱上她，但一定会尽自己最大的努力照顾她、珍惜她。

康熙十三年（公元 1674 年），在某个喜气盈盈的夜晚，华灯初上，纳兰府张灯结彩，迎来送往，每个人脸上都洋溢着喜气。纳兰性德身披红绸，骑在高头大马上缓缓注视着那道盈盈而来的身影，看着她一步一步走上花轿，自己随着她摇曳的衣袂一点一滴地清除掉心里那些属于表妹的记忆。

随着鞭炮声的响起,纳兰性德跃下马,踢开轿门,看着卢氏扶着轿门的那只纤长白皙的手,递上大红的绣球,牵着她走入家门。跨火盆,踩瓦片,拜高堂,每走一步,纳兰性德都会在心底告诫自己:从此以后,这个女子就是你的责任,你要爱护她,让她幸福。

傧相立在前侧,嘴中高喊着"一拜天地,二拜高堂"的喜话,纳兰性德看着面前娇小的女子,郑重地弯下脊梁。

拜完天地,新娘子由喜婆牵去房间等候,作为新郎官的他还要面对长辈亲朋的祝福与叮咛。挨个敬完酒,在好友的簇拥下,半醉的纳兰性德踉踉跄跄地踏入新房。

珊瑚的屏风别致而又充满着古韵,把房间的格局一分为二:外间贴着大红的喜字和对联,月光遥遥从窗户洒落进来,铺满一地的银光;隔着屏风看到在清风下摇曳的烛光以及打在屏风上的窈窕身影,暖黄的烛光把内间渲染地分外温暖。

一冷一暖的色调让纳兰性德猝不及防地意识到"家"的感觉。从小,父亲就忙于政务,很少有时间陪自己,而母亲为了夫君的事业顺遂,无后顾之忧,劳心劳力地总管一家事务,也很少陪在自己身边。那种有人陪伴、有人等候的滋味他已经很久没有感受过了。现在不一样了,从此以后无论是寒冬还是盛夏,都有一个人在等他。

纳兰性德慢慢走向卢氏,他看见坐在床上的人因为听见了脚步声而紧张地不停绞着手指,原本白皙的手面因为用力变得通红。纳兰性德拿过一旁绑着红花的秤杆轻轻地挑起盖头,卢氏含笑抬头看他,眼波流转,不惊艳却隽秀,正是"清水出芙蓉,天然去雕饰"。明明羞怯地面若桃花,双颊绯红,却偏偏故作镇静地直视着自己,只是那羽翼般微微颤抖的睫毛早已出卖了她的紧张。

纳兰性德不禁心头一动，这个女子妙极！纳兰性德转身拿来两杯合卺杯装着的酒，递过一杯给卢氏，二人交杯饮尽。纳兰性德放下杯子盯着卢氏，而卢氏也始终倔强地与之对视，没有一个人开口说话，就像流动的熏香一般安静。

良久之后，纳兰性德突然想起汉人成亲时有一种叫做合髻的传统，他一直心向往之。于是翻箱倒柜地找出一把剪刀，剪下自己的一缕头发，然后将剪刀递给卢氏。正要向她解释用意时，只见卢氏深深看了他一眼，便挽过自己的青丝爽快地剪下一缕。然后主动要过纳兰性德手中的头发，熟练地绾成了一个同心结。

纳兰性德不禁更觉有趣，这个让如此挑剔的父母都满意的女子果真不同于凡人。纳兰性德轻柔地帮卢氏取下头上繁琐沉重的头饰，珠钗碰撞间叮咚作响，在寂静的夜里显得尤为清脆。

第二天醒来，纳兰性德便为卢氏写下了第一首词，而他也许未曾想到卢氏会成为他灵感的来源，更想不到他为爱妻所写的词竟有大半是悼念之词，只叹天意弄人啊。

浣溪沙

容易浓香近画屏，繁枝影著半窗横。风波狭路倍怜卿。
未接语言犹怅望，才通商略已惝腾。只嫌今夜月偏明。

这是一首描写恋人初次相见的词。上阕写景，渲染了初见时的环境与气氛。月光皎洁，将几枝横斜的疏影投放在轩窗之上，浓郁的熏香迷蒙了绘有彩画的屏风。"风波"二字颇有深意，写出了纳兰性德当时的心境。对于表妹仍未忘怀，心绪难定，在此时与卢氏

"狭路相逢",卢氏的倔强与娇羞让人心生怜意。

下阕则描写相遇之后纳兰性德感慨万千的心理。"商略"原为商讨之意,此处谓交谈。"懵腾"一词典出唐代韩偓《马上见》一诗中:"去带懵腾醉,归成困顿眠",有迷糊、陶醉之意。

未曾相识的两个人初次相见,双方都有些无话可说的怅然之感,只能先偷偷观望对方。不说话则已,一开口就让纳兰性德陶醉了。今夜如此明朗的明月,照亮了每一个细微的表情和动作,但碍于面子教人无法细细欣赏美人,纳兰性德从未如此恼恨过明月。

下阕简单的三句话就生动精妙地表达出纳兰"偷恋"的小情态,教人看了不禁一笑。

新婚后的纳兰性德得到了短暂的假期,不必每天在习武场和书院之间来回奔波。清闲下来的他,不再一心沉浸在诗词歌赋中,因为他身旁多了一个如花美眷。

这一天从早上起就淅淅沥沥地下起了小雨,纳兰性德温完书后,走到窗边远眺缓解疲劳。远远看见卢氏一袭绿萝轻纱,一手拎着食盒,一手撑着一把油纸伞。不知食盒中装了什么重要的东西,她把整把伞的重心都压在上面,生怕进了水,自己两鬓的碎发都已被雨水打湿了。烟雨蒙蒙中,款步走来的卢氏转过回廊,神态秀丽,摇曳生姿,让纳兰性德不由心中一动。

纳兰性德德才兼备,文采飞扬,除了词写得好,画也画得好,但很少为人作画,因为任何让人怦然心动的人、任何令人心驰神往的风景,都不能有让他想要定格下来的冲动。唯一的例外就是他的妻子卢氏。

也许是卢氏的某一个小动作,某一个小表情,突然拨动了纳兰的心弦,让纳兰起了作画的心思。

浣溪沙

旋拂轻容写洛神,须知浅笑是深颦。十分天与可怜春。
掩抑薄寒施软障,抱持纤影藉芳茵。未能无意下香尘。

"旋",散漫、随意的意思。"轻容"是一种没有花纹的薄纱。纳兰性德用轻容来替代画纸,在如此轻盈的纱布上为女子画像,更能体现出女子的袅娜身姿。

"洛神"即宓妃,传说中的洛水女神,国色天香,昳丽无双。三国时曹子建曾作《洛神赋》"翩若惊鸿,婉若游龙"来形容洛神的天生丽质,故后人常以洛神代指美女。此处指的就是画中人卢氏。"颦"本意是皱眉,这里引申为忧愁。

上片首句便交代事情,是为女子花画像。"轻容""洛神""深颦"几个词语连用,生动传神地表达出纳兰性德当时爱怜而又珍视的心态。随意地拂拭着薄纱为洛神一般美丽的她画像,她连忧愁时皱眉的样子都像是在浅笑。上天把你生得如此美丽可爱,那楚楚动人的模样就像是身边缓缓流淌的春光,动人心魄,惹人怜爱。

下片描写画中的情景。"软障"指布幔,"藉"站立,"芳茵"指华美的褥子。只因画中人太过纤弱和清瘦,纳兰性德忧心她抵挡不住如此寒凉的气候,于是在画中为卢氏添上了布幔和香褥御寒。如此微小的细节,体现出纳兰性德对卢氏的无微不至以及满腔的怜爱。

最后以一句"未能无意下香尘"作为收尾,照应了前面洛神的比喻。"香尘"本来是佛教用语,乃是"色、声、香、味、触、法"六尘之一。宋代柳永在《柳初新·大石调》中有言:"遍九阳、相将游冶,骤香尘、宝鞍骄马",指的是女子走路时扬起的芳尘,此处应引申为凡尘人间。

纳兰性德看着画中人,越看越觉得卢氏超凡脱俗,不似人间女子,她定是那不小心落入凡间的凌波仙子。

末句运用浪漫的手法将眼前人与画中人合二为一,竟不知是我照着她画了一幅画,还是伊人从画中走了出来。颇有些庄周梦蝶的意味。

整首词清新洒脱,写得情意绵绵,既体现了纳兰词的真与情,又是纳兰性德幸福婚姻的写照。

蝶恋花

露下庭柯蝉响歇。纱碧如烟,烟里玲珑月。并著香肩无可说,樱桃暗解丁香结。

笑卷轻衫鱼子缬。试扑流萤,惊起双栖蝶。瘦断玉腰沾粉叶,人生那不相思绝。

初读纳兰性德这首词,不禁让我想起杜牧的《秋夕》:"银烛秋光冷画屏,轻罗小扇扑流萤。天阶夜色凉如水,坐看牵牛织女星"。这首词描写了一个暮夏的夜晚,纳兰性德与卢氏的生活场景。上阕前三句写景,后两句刻画了两人心意相通的温馨氛围。

庭院中的树木渐渐凋零,夏蝉也到了歇息的时候,秋天的气息近了。夜晚,露水早早与树木作陪,卢氏添了一件外衣,碧绿的轻纱薄如云烟,在她嬉戏玩闹的动作里依稀能从轻纱中看到玲珑的月亮。玩累了,卢氏便来到纳兰的身旁,两人肩并着肩,一同看着那小巧、皎洁的明月。"樱桃"代指恋人,"丁香结"本意是指丁香的花蕾,此处指浓郁的愁绪。有些话,面对恋人的时候不好意思开口,但只要有对方陪在身边,即使愁肠百结也一洗而空了。

下阕,描写了卢氏的稚气举动和音容笑貌。"鱼子缬"是一种绢织的配饰。孩子心性的卢氏,靠在丈夫的肩头,手指玩弄着衣衫上的配饰,一件平常简单的物件,她也能玩得开心不已。坐了一会儿,她便又被飞舞的流萤吸引了目光,起身拿着小扇去捉萤火虫。萤火虫没捉到,却惊起了草丛中栖息的蝴蝶。这样美好的场景叫我怎能不用一生来思恋?

此词由景及情,浑然天成,笔调轻快,富有情趣,传神地描写了夫妻之间恩爱两不疑的美满生活。

卢氏就像一朵解语花,只需一个眼神就能懂得纳兰性德所有的想法。

杂 忆

春葱背痒不禁爬,十指掺掺剥嫩芽。
忆得染将红爪甲,夜深偷捣凤仙花。

纳兰性德曾多次将自己和卢氏自喻为李清照夫妇,我们可以想象,文采相当的夫妻生活该是怎样的诗词画意。

纳兰性德痴爱汉学,常常灵感来了埋头书案就是一整天。那一天,他又沉浸于文学世界之中,提笔立于书桌前沉思,忽觉背上有些瘙痒。卢氏正坐在一旁读书,见到他怪异模样不禁笑出声来,惹得纳兰性德幽怨地看了她一眼。

卢氏边笑边站起身来，倾身上前温柔为他搔背。青葱十指就像剥了皮的嫩芽一般。

还记得有一次，已是更深露重，卢氏却调皮偷跑出去摘花园中的凤仙花。摘得花回来后，央求他将花捣成汁液，然后伸过自己皓如白雪的双手，让纳兰性德给她的指甲染上鲜红的凤仙花汁。

在纳兰性德埋头苦读时，卢氏会送上一杯清茶，轻柔地为他按摩头顶，拂去疲惫；在纳兰性德完成一首新词后，卢氏会珍重接过未干的墨宝，一句一句地低吟浅唱，那些文字到了她嘴里，仿佛就有了生命；纳兰性德在习武场挥汗如雨时，卢氏会盈盈候在一旁，适时为他擦去汗水。

他轻揽佳人入怀，一同细读唐人杜荀鹤的《松窗杂记》，两人围着火炉，煨着小酒，为哪个故事写得更好争论不休；在百花争春的河岸旁，读《世说新语》中荀奉倩"不辞冰雪为卿热"的深情故事，为他们的恩爱而感动不已；读李商隐的十年相思，读他的"千里孤坟无处话凄凉"，为了柳枝的爱情黯然神伤。

卢氏曾问丈夫，世间最悲的字是哪一个？纳兰性德思索良久，无以为答。

卢氏看着他，说是"若"字。世人常说，当初若能怎样怎样，此时便能如何如何，只得寄托于渺茫的希望，因此只要出现了"若"字，就表示无能为力、无可奈何，所以"若"字代表遗憾，代表无可挽回。这个字，只是失意者自欺欺人罢了。

纳兰性德心头一震。是啊，"若"就好比：人生若只如初见。

婚后一年，卢氏怀孕了。怀有身孕的卢氏行动变得极为不便，尤其到了冬天，裹着厚厚的棉衣，就更难以走动了。于是，纳兰性德每日为卢氏梳头、画眉。

清晨的阳光洒进屋子，卢氏端坐在梳妆台前，如瀑的长发垂落到腰际，乌黑而又秀亮。纳兰性德手中握着一把精致的桃木梳，自上往下，动作轻柔，生怕会引起她丝毫的不适。铜镜中映出女子秀丽的面庞以及纳兰性德认真小心的面孔。

卢氏看着镜中的二人，忽地伸出手来，为纳兰性德抚平紧皱的眉头。

卢氏的眉弯弯的，长长的，如碧螺，如青黛。纳兰性德立在卢氏面前，一只手捧着她的脸，一只手认真地为她画眉，仿佛对待一件艺术品。经过漫长的勾画之后，纳兰性德终于松了口气，他这双舞刀弄枪、舞文弄墨的手终究不适合画眉这样细致柔软的事情。

初春的一个午后，正是乍暖还寒时，天气虽然依旧寒冷，但草木已经摆脱了萧条之意，渐渐焕发出生机。

纳兰性德和卢氏并肩走在花园小径上，纳兰性德一直为新词中的一个字而烦恼，故而走得异常缓慢，卢氏不打扰他，一直安静陪着他。

纳兰性德嘴中不停地念叨着，忽然灵光一现："是了，就是这个字！"激动地想要与卢氏分享，一转头，却发现身边早已没了卢氏的踪影。他急忙往回寻找，只见卢氏遥遥望着一枝桃树入了神。纳兰性德顺着望去，才发现桃树已布满星星点点的花苞了，在灰色的天空下，这点红显得异常可贵。

卢氏回过神来，提起罗裙，娇笑着跑向树下，伸手去摘，却白费功夫。于是左右看了看，挦起袖子，搬来一块青石，踩了上去，终于得偿所愿摘到了花，衣袖随着她的动作缓缓垂落，露出纤细的手臂。

纳兰性德看她颇为喜爱的样子，便说："喜欢的话就摘下来，找个花瓶养在屋里。"卢氏闻言,回头嗔了他一句:"喜欢难道就要据为己有吗?"说完,伸出手掌,拢着一朵花骨朵,小心翼翼珍视着,笑容满面,正是她这个年纪该有的姿态,明媚肆意。

纳兰性德觉得,这一生,也许都要沉沦于这灿烂的笑容中了。

有时候缘分,真是很奇妙的一件事情。纳兰性德曾将一首三年前所作的词拿给卢氏点评:

贺新凉

疏影临书卷。带霜华,高高下下,粉脂都遣。别是幽情嫌妩媚,红烛啼痕休泫。趁皓月、光浮冰茧。恰与花神供写照,任泼来、淡墨无深浅。持素障,夜中展。

残缸掩过看逾显。相对处,芙蓉玉绽,鹤翎银扁。但得白衣时慰藉,一任浮云苍犬。尘土隔、软红偷免。帘幕西风人不寐,恁清光、肯惜鹣衾典。休便把,落英剪。

那是纳兰性德十七岁的时候,上元佳节,他陪着母亲到京城广源寺进香祈福。他一向不问鬼神,于是便一个人信步于后院。

灯火阑珊,月光如水,纳兰性德走到一处,忽的听见一群女子清脆的诵书声。斑驳的月影之下,聚集着一群施粉黛、卓盛装的旗人少女。

他注意到,在众多的背诵声中,有一个声音最为柔和纤细,那声音就像缓缓东去的流水,空灵而又悦耳。

纳兰性德心中就像一直沉睡的湖面忽然有了波纹,他凝眸望去,那是一个白净素雅的女子,嘴角含着浅笑,在一众百媚千娇的少女中，仿佛一缕清冷的月光。

　　才子做起此等事自是不太擅长的，很快纳兰性德就被某个心思灵动的女子发现了。灵机一动的纳兰性德，顺着众女子唱和的韵脚，即兴地为一支枯萎的白梅花作了这首《贺新凉》。但除了他，又有谁知道，这首词不仅仅是咏物，更是一语双关地咏那位超然出尘的女子呢？

　　卢氏读了这首词之后，缄默良久，仿佛痴了，而后一字一顿地说，这首词，我似曾相识。

　　原来，卢氏就是那个白梅般的女子，这词中的字字句句都是为她而咏，原来他们的缘分早已注定。

　　像纳兰性德这种充满才情的词人总是处处留情，他可以对一只路过的鸟兽留情，为春日中的一朵野花留情，为世间万物留情，为它们写下一篇又一篇充满感情的诗词。想要拴住他的心谈何容易，但是卢氏做到了，纳兰性德一生中的大部分作品皆是为她而作。

　　可是，无常才叫人生。昨昔，他们还沉浸在喜悦中，于阳光灿烂的日子里携手外出踏青。可是转眼，那些幸福的时光便都成为了残忍的回忆。

卢氏死难——那时很慢，一生只爱一个人

卢氏的到来，就像一场小雨，滋润了纳兰性德几近干涸的心灵，不但让纳兰性德心中的枯木回春，而且催生出了更嫩、更有活力的枝芽。但命运之轮总是在不经意间推动，在纳兰性德最幸福的时候上天给了他一个致命的打击。

康熙十六年（公元 1677 年）五月三十日，这个纳兰性德用一生铭记的日子，卢氏死于难产。这场突如其来的灾难，让纳兰性德还没来得及体验为人父的喜悦，就迅速坠落到深渊中。

命运的玩笑何其残酷，是自己犯了什么错吗？纳兰性德一直在问，如果是自己得罪了上苍，为什么所有的不幸都要降临在这些无辜的人身上？表妹是这样，卢氏也是这样。难道自己不配拥有爱情吗？

她才二十一岁，人生应该还有很长，他们说好的未来还没来得及实现。她原本应该和自己白头偕老；应该和自己一起守着孩子长

成他们期许的那个模样；应该笑着、闹着、鲜活着，而不是冷冰冰地躺在那儿。

别院已经挂满了白绫，喜事变成了丧事。不过几天没有了女主人，整个院子就好像失去了生气，蒙上了一层浅浅的灰。纳兰性德沿着墙走，手指缓缓划过她生活过的地方。书桌上，她曾研磨描画，提笔写字；床沿边，她曾为自己在灯光下缝补衣衫；小轩窗，她曾无数次倚在这里，看着自己习武练箭；亭中，她曾为自己斟酒倒茶，月下抚琴，任风吹起娉婷袅袅的衣带。

浣溪沙

谁念西风独自凉？萧萧黄叶闭疏窗。沉思往事立残阳。
被酒莫惊春睡重，赌书消得泼茶香。当时只道是寻常。

那该是一个凄凉的傍晚，秋天已至，寒气袭人，纳兰性德独自一人站在斜阳下，看黄叶飘落，天地一片萧条，紧闭的雕花小窗再也等不到那个用芊芊素手为它拍打灰尘的女子了。

看着天边的一抹余晖，纳兰性德恍惚想起，曾有佳人在春日午后醉困沉睡，面如桃花，眼角含春，让人不忍心惊动；又好似看到了那本被翻得卷边的旧书，每每用饭之后，二人便会对坐饮茶，各自拿出同一本书，随手翻开其中一页，由一方说出某人某事，另一方回答出这件事记载在书中的哪一页哪一行，答对的人方可饮茶。

有一次，妻子输了，便亲自为纳兰性德烹茶、奉茶，她沏茶的动作行云流水，叫他看痴了。待到妻子将茶杯举到口边时，纳兰性德玩性心起，一把握住了妻子的玉手，妻子手腕突遭袭击，整杯茶都泼在了纳兰性德的衣服上,氤氲的袅袅热气带着茶叶的香气,映着妻子娇羞的脸,这香味至今都不能叫他忘怀。可叹当时居然觉得这是再寻常不过的日常琐事,如今已成为了奢望,再不能重来。

这首词虽只有四十二字,却完全把纳兰性德对妻子的思念之情表达得淋漓尽致。开篇"谁念"二字,纳兰性德明知已是"独自凉",再无添香红袖在侧,却还是偏执着"谁念"。仅此二字,就已经令人肝肠寸断,奠定了整首词哀伤的基调。而"凉"的何止是天气,更是人心。夕阳自古就寓意着惋惜与遗憾,君不见,古往今来,多少名士都在哀叹夕阳:马致远"夕阳西下,断肠人在天涯";李商隐"夕阳无限好,只是近黄昏";元稹"红树蝉声满夕阳,白头相送倍相伤",无一不带着浓浓的愁绪,更何况是残阳。在残阳下沉思往事的纳兰性德,又该是何等的悲伤。

三年的时间,怎够一生来怀念?初见妻子卢氏,不能说是喜爱的,作为政治联姻的双方,即使喜乐的鼓声冲天,心里也只有未知的忐忑与无奈。那个他即将相伴一生的妻,会是怎样的一位女子?

盖头被揭开,那是一个明眸皓齿,善解人意的女子,他心动了吗?我想是的。但是妻子真正走进他的心中,是在一个雨后。夏天的天气总是说变就变,突如其来下了一场大雨,纳兰性德在书房看书,往日只要自己在书房读书,妻子总是会静静地陪在旁边,不时地为他沏一杯茶,送上一盘他最爱的水果或点心。今日却久久不见卢氏,纳兰性德看着手中的书也无心去读了,便出门寻她。寻遍了四处也不见她的身影,突然想起前几日妻子特别开心地告诉他,后院里的荷花有一朵已经露出了尖角,便向后院寻去。转过回廊,看见妻子撑着两把伞蹲在池塘边,一把遮着自己,一把护着刚刚开放的荷花。

那般纯真、美好的画面,让纳兰性德不忍心出声破坏。妻子似是心有灵犀一般感应到了他,在雨帘中转过头来。两人相视良久,不由得笑了起来。他笑妻子的天真和善良,妻子嘲笑他的慌乱和紧张。

纳兰性德突然间发现,原来他们有着如此相似的地方,一样的"痴傻",一样的孩子气,一样的天真。

由上阕的沉思往事自然地引起了下阕与妻子相处的旧日时光。"被酒莫惊春睡重,赌书消得泼茶香。"春日醉酒,午后酣睡,闺中赌书泼茶,茶香四溢,满是生活的情趣。睡意正浓时最重要的是什么?就是无人打扰,四周清净。仅仅普通的"莫惊"二字,就写出了夫妻二人的深厚情感,写出了纳兰性德对于妻子的体贴入微,关怀备至。

此处乃是纳兰性德借用南宋词人李清照与丈夫赵明诚的典故,李清照和赵明诚经常在一起讨论学问,互相鼓励和促进。纳兰性德以自己和妻子比作赵明诚、李清照夫妇,喻意说明妻子卢氏有着可与李清照相比的才情,表达了自己对妻子深深的爱恋,以及往日与妻子举案齐眉的幸福生活。

纳兰性德此意是以乐事写愁心,以乐景衬哀情。往日的甜蜜已经变成了无法挽回的伤痛,当痛到了极致,再多的哀伤与无奈也只能化作一句"当时只道是寻常"。是啊,当时看来的生活琐事,寻常情景,现在却可望不可即,只能在心里追忆。

整首词由上阕的凄凉孤独转入到下阕的盎然意趣,读来却丝毫感觉不到欢乐,大抵所有美好的事物都是稍纵即逝的,正是因为遗憾,才成就其美好。

这七个字读来已痛彻心扉,更何况纳兰性德自己,更是字字泣血。除了无尽的思念,对于卢氏,纳兰性德是非常懊悔的。与卢氏结为夫妻后的两年中,纳兰性德奉老师徐乾学之命,主持编纂《通志堂经解》,大多数时间都花费在此。而且,作为御前侍卫,纳兰性德必须寸步不离地保护康熙皇帝的安全,所以他与爱妻卢氏总是聚少离多,就连她怀孕的消息也是从家书中得知。她最辛苦的时候自己却不在身边,这一点让纳兰性德非常后悔。

南乡子·为亡妇题照

泪咽却无声,只向从前悔薄情。凭仗丹青重省识,盈盈,一片伤心画不成。

别语忒分明,午夜鹣鹣梦早醒。卿自早醒侬自梦,更更,泣尽风檐夜雨铃。

最深的痛并不是嚎啕大哭,而是眼泪明明止不住,却哭不出声来。纳兰性德为何哭?是为自己从前的"薄情"。他真的薄情吗?纵观纳兰性德的词作,他对爱妻的感情极其深重,无时无刻不在思念她。那么他为什么要悔恨自己薄情呢?

从纳兰性德的笔下,我们可以看出,他与卢氏情投意合,举案齐眉,本来是幸福美满的一对。但是天降不幸,硬生生拆散了这一对璧人。爱妻的骤然离世,让他措手不及,难以承受。他失声痛哭,却不知该怨谁。怨天地,还是怨命运?他无法向这些无形的东西倾泻心中极度的悲痛,所以他只能恨自己,恨自己当初没有珍惜与妻子在一起的美好时光,让自己的心灵有所依托。这种以恨自己才能支撑着活下去的痛楚,足见其爱之深。

在这无法排解的痛苦中,纳兰性德开始调节自己,他看着当时为卢氏所画的画像,那一颦一笑的音容相貌犹在眼前,他想要通过作画找到当时卢氏在身边的感觉,却难以握笔。

思念之苦既然无法排解,纳兰性德索性任它沉浸其中,任由感情倾泻,至少在悲痛的回忆里有卢氏相伴。于是他记起了与妻子诀别时的场景。

离别时的衷肠还言犹在耳,记忆犹新,常在梦里重演。在梦中,我们仍像是比翼双飞般恩爱幸福,但这样的好梦却总是在半夜被无端惊醒。

"卿自早醒侬自梦"一句乃是一语双关,你早已经醒来,我却还在梦中。用有卢氏的梦中来比喻生,用醒来后,没有卢氏的现实比喻死,表达了纳兰性德对于天人永隔的心酸和凄切。这里并没有直接言生死,而是采用了委婉的说法,既能安慰一下自己,减轻悲伤,又体现出纳兰性德始终不肯相信卢氏早逝的现实以及对她的浓浓爱意。

末句化用了白居易《长恨歌》:"行宫见月伤心色,夜雨闻铃肠断声",写的是唐明皇怀念杨贵妃的典故,纳兰性德曾多次在词作中借鉴此典故,就是为了抒发对于好景不长的悲愤。

"更更"即一更又一更,纳兰性德每每听着更鼓声,思念之情就愈发浓重,泣不成声。只好伴着风雨声和檐铃声,陷入无休无止的追忆和思念中。

这首词描写了纳兰性德对卢氏深入骨髓的思念,睹物思人的情伤更加缠绵悱恻,感情凝重。无声的哭泣才最痛彻人心,纳兰性德似乎已经忘却了所有尘事,把整个人都投入到对卢氏的怀念之中,虽说是"悔薄情"却更能体现出爱之切。整首词凄楚动人,催人泪下。

纳兰性德在卢氏去世之后,写下了无数催人泪下,情深意切的悼亡之词,并曾多次表达过想要追随卢氏而去的想法,其中有一首传世之作最为经典:

画堂春

一生一代一双人,争教两处销魂。相思相望不相亲,天为谁春。
浆向蓝桥易乞,药成碧海难奔。若容相访饮牛津,相对忘贫。

上阕乃是化用初唐四杰之一的骆宾王的《代女道士王灵妃赠道士李荣》:"相怜相念倍相亲,一生一代一双人",如此直白,不加丝毫修饰,显得情愈真,意愈切。而"黯然销魂者,唯别而已矣","销魂"二字道出了纳兰性德极度的悲伤和愁苦。因何愁苦?只因两个人明明是天造地设的一对,本应相守一生一世,却偏偏要两处分离,不能在一起。

整日里销魂伤神,只能互相思念,互相盼望,始终不能相亲。那么这满目春光又为谁明媚呢?爱妻已逝,纵使江南草长莺飞,塞北白雪皑皑,再秀丽的山川美景都在别人的眼里,从此与自己无关了。

下阕接连用典,以"故事"说故事。"浆向蓝桥易乞",实为倒装"向蓝桥乞浆易",此句用的典故乃是《太平广记》中裴航的故事:裴航与樊夫人同船而行,见到美人美景,不由心神激荡,赠诗一首,以表欣赏之情。樊夫人听后,同样以一首诗回赠,只是诗的内容却颇为离奇:"一饮琼浆百感生,玄霜捣尽见云英。蓝桥便是神仙窟，何必崎岖上玉清。"

裴航不解其意，甚为思虑。不久之后，他因故来到蓝桥驿，感到口中饥渴，便向一位路过的女子求水，却对女子一见钟情，追问之下，方知女子名为云英。

裴航这时忽然想起樊夫人所赠之诗，岂不是完全预料到了这件事吗？恍惚之间若有所悟。因对云英一见倾心，裴航便来到云英家中，向云英的父母求聘。结果云英的母亲向裴航提出一个条件："你想要娶我的女儿，就得给我找来一件叫做玉杵臼的宝贝。"裴航闻言，便去寻找玉杵臼，费了很多功夫终于找来了，又为云英的母亲捣了百日的神仙灵药。云英的母亲见状，便欣然应允了婚事。结果裴航和云英成婚后，竟双双飞升，成了仙人。

纳兰性德是想借裴航与云英的缘分来比喻自己与卢氏的爱情：像裴航那样的"蓝桥之遇"自己也曾经有过，并非什么难事。

下一句"药成碧海难奔"，仍是用典，讲的是嫦娥奔月的故事。纳兰性德用此典故，是说嫦娥纵然吃下了不死药也终究只能奔赴月宫，落得孤身一人的下场，就像自己，纵有如海深情，却也无法再与相爱之人见面。

"若容相访饮牛津"一句还是用典。晋代张华著有《博物志》，里面记载着一个古时流传下来的传说：大海的尽头处就是天河，每年八月，海边都会有人乘坐木筏从天河来到人间，一期一会，从不失约。未知的世界总是令人好奇的，于是一位冒险者在木筏上建起阁楼，载满粮食，从大海向东漂流而去。

不知道过了多久，突然有一天，这人行到一个地方时，抬眼望去，见到许多的城郭和屋舍，有很多女子在忙碌地织着布，一名男子牵着牛在水边饮水。这人便走过去向男子询问这里是什么地方。

男子回答说:"你回到蜀郡问一问严君平便知道了。"

严君平擅长占星卜卦,通天文晓地理,是当时有名的神算。这位冒险者来到蜀郡,找到严君平,向他解求疑惑。严君平掐指一算道:"某年某月,有客星犯牵牛宿",他口中的"某年某月"正是这位冒险者遇到男子的日子。"牵牛宿"指的是牛郎,而那位男子当时正牵着一头牛,难不成那位男子就是牛郎?那么这条河就是天河了?那城郭、屋舍,就是牛郎、织女这分隔两地的恋人一年一会的地方?

故"饮牛津"就是指传说中的天河,也代指与恋人相会的地方。纳兰性德用此典故,是想表达自己宁愿抛弃荣华富贵、世俗名利,也想与所爱之人相守的愿望。可怜纳兰性德用情至深,明知与爱人已天人永别,却仍旧幻想着有一天能够与爱人相会,就算付出一切也心甘情愿。

卢氏在纳兰性德的心中是一切幸福的源头,他一生只有一个小小的心愿,就是可以和卢氏白头偕老,可惜天不遂人愿,好梦难圆。

这首《画堂春》表达了他和卢氏虽不能同生,但却能同死的愿想。而这首词最终一语成谶,纳兰性德去世之时恰好就是卢氏的忌日,在迟了整整八年后,纳兰性德终究还是去寻她了。

卢氏死后,纳兰性德将其灵柩停于双林寺禅院一年有余,迟迟不舍下葬。在这一年中,他经常出入双林寺为其守灵,写下了很多悼亡词。

蝶恋花

辛苦最怜天上月,一昔如环,昔昔都成玦。若似月轮终皎洁,不辞冰雪为卿热。

　　无那尘缘容易绝，燕子依然，软踏帘钩说。唱罢秋坟愁未歇，春丛认取双栖蝶。

　　爱情顺遂时，痴恋中的男女往往都会感叹幸福；爱情不顺遂时，又会感叹辛苦，但往往又形容不出怎样个辛苦法。纳兰性德的一句"辛苦最怜天上月"道出了爱情说不尽的惆怅与烦闷。

　　首句中"昔"同"夕"。"玉玦"是半环形的玉，指代不圆满的月亮。这句话是说，天上的月亮，一个月三十天中，只有一天最为圆满，其余时候都是不完整的，就像爱情中的男女一样辛苦地等着、盼着，让人心生怜意。

　　"不辞冰雪为卿热"一句引用《世说新语》中的典故：荀粲与妻子情深意笃，妻子在冬天时受了风寒，高烧不退，全身发热难受。为了给妻子降低体温，荀粲就脱光衣服走到庭院中，等身体被雪冻冷之后再回到屋子里，抱着妻子的身体给她降温。

　　这是纳兰性德一个凄美的梦想，如果卢氏能像天上的明月一样日日皎洁，时刻陪伴着自己，那么自己也一定会像荀粲那样不畏寒冷风霜，用自己的身体去守护卢氏。

　　但梦想终归是梦想，现实是让人无奈的。燕子年年依旧，轻盈地踏在帘钩上，呢喃细语。可是"岁岁花相似，年年人不同"，自己与卢氏的尘缘早已断绝，如今只有孤魂一缕，孤身一人，天人永隔。

　　末尾两句化用经典。诗鬼李贺在《秋来》一诗中写到："秋坟鬼唱鲍家，恨血千年土中碧"，还有李商隐在《偶题二首》中曾言："春丛定是双栖夜，饮罢莫持红烛行"，这里纳兰性德完美融合了两首诗的意境：秋日里，我对着你的坟茔高歌一曲寄托思念，但即使已经哀悼过了亡灵，满怀的愁情却早已融入骨血，不减反增，难以消解。花丛中的蝴蝶都是成双成对的，可有情人却生死相隔，不能团聚，只盼死后能与你一起化作蝴蝶，在春天烂漫的草丛中双栖双飞。

  这首悼亡词写于康熙十六年（公元 1677 年）重阳节，卢氏离世百日之时。纳兰性德在《沁园春》一词的小序中曾写道："丁巳重阳前三日，梦亡妇淡妆素服，执手哽咽，语多不复能记，但临别有云：'衔恨愿为天上月，年年犹得向郎圆。'"梦醒后，纳兰性德回忆起当初夫妇二人短暂的幸福生活，甚为感伤，便以天上月为题作此词。一句"一昔如环，昔昔长如玦"，表达了纳兰性德无限的哀伤与怀念，对亡妻矢志不渝的真挚爱恋。

  在我看来，历史上写悼亡词最佳的只有三人："曾经沧海难为水，除却巫山不是云"的元稹；"十年生死两茫茫，不思量自难忘"的苏轼；然后便是"当时只道是寻常"的纳兰性德。

  在纳兰性德的悼亡词中，我们可以看出他无尽的追悔之意，那么一个多情的人，要有多爱一个人，才能用尽一生去怀念？

颜氏过渡——有一种爱叫做等待

纳兰性德为了卢氏悲,为了卢氏喜,同样有一个人为了他的欢乐而欢乐,为了他的悲伤而悲伤。世间痴情之人莫过于她,她便是纳兰性德一生中辜负最深的红颜。

与青梅竹马的表妹、爱妻卢氏和知己沈宛比起来,纳兰性德的侧室颜氏在他的生命中一直都是配角的身份。纳兰性德不曾给过她爱情,她却为了他孤守一生。命运就是这样不公平,而他一生爱着的人,芳魂早逝;纳兰性德习以为常,不甚在意的人却陪伴了他最长时间,从头到尾地存在于他短暂而辉煌的一生中。

颜氏拥有这样一份痴情,岁月不改。她也曾疲倦过,看他与表妹的花前月下,看他与卢氏的对镜描眉,看他与官氏的相敬如宾,看他与沈宛的相逢恨晚。那些故事,那些深情,都与她无关。明明她才是最先遇上他的,不是吗?原来,爱情并没有先来后到。

如果硬要给颜氏评一个地位的话,她更像是纳兰性德的亲人。

从纳兰性德记事开始,他的身边就有了这样一个存在。颜氏照顾他习武写字,照顾他穿衣吃饭;为他铺床叠被,为他端茶送水;下雨了替他打伞,天黑了为他提灯。她和别的丫环不一样,不会有得意忘形的时候,也从没有疏漏,总是淡淡地陪在他身边,在他所有不经意的时候。

她像一棵青松,既卑微又坚忍。也许是坎坷流离的经历历练出她的韧性,她好像对什么都不在意,无论遭受怎样的风雪和磨难,哪怕是暗无天日、无休无止的黑暗和寂寞,她也不会自怨自艾,更不会怨天尤人。她从不彷徨,清楚知道自己的命运,知道自己要走的路。

她是纳兰性德的贴身侍女,没有显赫高贵的身世,没有满腹诗书的才华,更没有秀丽无双的容貌,就像这天地间的一粒尘沙,随风飘摇。她的命运早就已经被安排好了,何去何从由不得她做主。

颜氏是最早嫁给纳兰性德的人,在卢氏进门之前,她就已经是纳兰性德的侧室了,并且生下了纳兰府的嫡长孙。按照史料记载,纳兰性德对这位侧室虽说没有爱情,但心中还是有她的一席之地。纳兰性德虽然只有短短三十年的寿命,但是子嗣颇多,共三男四女,其中一男四女皆是颜氏所出,像纳兰性德这种至情至性之人,若没有情自然也不会有性的。

史料上对于颜氏的记载少的可怜,只能从其子纳兰富格的墓志铭上窥得一二:"颜太夫人苦节持家,茹荼集蓼,赖前膝有此佳儿,差以自慰"。短短几句话,就勾勒出一个女子的一生。颜氏的姓名和家世皆不详,来历我们无从得知,但她后期的地位却极高。纳兰性德死后,康熙帝册封颜氏为一品诰命夫人,是除了皇后和妃子外满洲女子中的最高荣誉。但这并不意味着她受到纳兰性德的宠爱,不过是苦尽甘来罢了。

纳兰性德死后，正室官氏改嫁，沈宛离去，身边只有一个颜氏。康熙帝对纳兰性德情感复杂，欣赏他却又因为纳兰明珠的原因不愿重用他，纳兰性德的突然离去让他甚为惋惜，只好弥补他的身边人了，于是夫贵妻荣，颜氏从小小侧室爬到一品诰命夫人。

但是从纳兰富格的墓志铭中不难发现，与其说是依靠丈夫，其实母凭子贵的成分更多。历史记载中，纳兰性德的长子纳兰富格完美继承了纳兰性德全部的优点，并且有过之而无不及，不仅相貌堂堂，风度翩翩，才华更是了得，年纪轻轻就中了进士，是个不可多得的才子。可惜，这位一个模子刻出来的长子还没来得及有一番作为，仅仅二十六岁就英年早逝了。

卢氏嫁进来的时候，颜氏已经有了身孕，刚刚显怀。她独自倚在庭院中的树下，听着锣鼓喧天，看着喜色招摇。微风拂过，摇落了几片落红，颜氏想起了自己被纳为侧室的那一天，没有仪式，没有祝福，只是老爷一道命令，而自己不得不遵从。

见到卢氏的第一眼，颜氏就知道，那是自己比不上的人。且不论样貌，光论气质，人家是腹有诗书气自华的大家闺秀，而自己既不能识文断字，也没有大家风范，简直是天壤之别。

但是卢氏并没有瞧不起她，更没有为难她。她会在天冷的时候提醒自己多添衣物；会在女眷交往的时候主动拉上自己，帮自己增长见识；会在风和日丽的时候搀扶着自己外出运动，比她自己怀孕还要紧张。那个活泼明媚的女子，明明年纪比自己小，对一切未知都感到好奇，却像姐姐一样老成地照顾着她，没有丝毫芥蒂。她们二人就像亲生姐妹一样，一心为了同一个人着想。

颜氏知道纳兰性德爱对了人，只有这样的女子才衬得上公子这般的人物。于是她每日一炷香,晨昏三定醒,为卢氏和纳兰性德祈祷,希望他们能够白首不离,一世安康。

康熙十四年,颜氏顺利诞下一子,那鼻子、眼睛,都仿佛是和纳兰性德一个模子刻下来的。纳兰性德甚是欣喜,取名为富格。卢氏见了襁褓里的小家伙也非常喜爱,满月后,常常爱不释手地抱出去逗弄。

庭院中有一颗百年老树,早已是亭亭如盖,夕阳越发酡红,想要在落下之间散尽余热,丝丝缕缕的残光透过间隙洒落下来,配合着此消彼长的蝉鸣声,只有偶尔路过的一阵清风才能勉强带走一些夏日的烦闷。

卢氏坐在树下的秋千上,一手抱着富格,一首拿着罗扇为他轻轻扇着风,驱赶飞来飞去的蚊虫。怀中婴儿的一双大眼睛随着卢氏头上摇曳的金步摇叽里咕噜地转来转去,努力伸直了小手去够,但他实在太小了,试了几次都够不到,只好放弃。在秋千的摇摇晃晃下渐渐萌生了睡意,沉沉地睡去。

卢氏身后,疾步走来一位如玉佳公子,他走得很急切,脸上带着深深的笑意,不知发生了什么好事迫不及待的想要和妻子分享。卢氏听到动静,回头嗔了他一眼,看了看怀中的孩子,纳兰性德就心意相通地放慢了脚步,静悄悄地走到卢氏身边,轻轻揽她入怀,俯身在她耳边轻轻说了些什么,引得卢氏缓缓笑了开来,眉眼都弯成了一弯新月,那样和谐,那样美满。

颜氏独自站在窗前,怯生生地不敢靠近,生怕惊扰了这幅美好的画面。哪怕那孩子是属于她的,丈夫也是先属于她的。她就那样静静看着纳兰性德的轻声软语,温柔体贴,想象着把卢氏换成自己。在卢氏身边的纳兰性德,仿佛卸去了所有重任和锋芒,浑身上下都充满了温和与孩子气。

只是越看,越觉得失落,越觉得忧伤,颜氏看了一眼睡熟的孩子,放下窗户,不顾自己还虚弱的身子,一个人向花园里走去。

夕阳很快就沉了下去,空气中弥漫的淡淡的花香,萤火虫闪烁着微光在草丛里漫无目的地游荡。她走累了,就停在凉亭中歇歇脚,无意间瞥见了一只落在树上的纸鸢。她记得,这只纸鸢是纳兰性德为卢氏亲手做的。

当时恰缝微风三月,花儿开了,草儿绿了,卢氏缠着自己出门走动,她说怀了孕的人不能老是闷在房间里,要多出门走走,多找人谈天,不然生出来的孩子就不好看了。多么幼稚的想法啊,但就是让听到的人心里说不出的熨帖和温暖。

三月是最舒服的时候,万物复苏,阳光明媚。这个时候迎着风放纸鸢是孩童们最时兴的娱乐。别说是像卢氏这样已经嫁为人妇的,就是那些已经及笄的闺中少女也鲜少有再和孩子们抢玩具的了。但是卢氏不这样想,她丝毫不觉得自己已经过了做某些事的年龄,率性而为,想做就去做。而纳兰性德也就宠着她,由着她。

纸鸢就是那个时候断了线的,直直从天空坠了下来,落在枝头。颜氏看着纸鸢,就好像看到了自己飘摇的人生,一样地颤颤巍巍,没有根系,随时都可能断掉。

正想得入神,眼前募得出现了一片光晕,是一盏萤火虫做的灯笼,握着灯杆的是一只强劲有力的手,向上看去映着一张浅浅的笑脸。是纳兰性德。

纳兰性德柔柔说道:"我记得你是最怕黑的,所以来接你回去。"

于是颜氏脸上出现了一种不知是惊讶还是幸福的表情,也许两者都有吧。她甚至不敢动,连呼吸都屏住了,不敢相信眼前的一切是真的。

纳兰性德为她披上一件外衣,牵起她的手,慢慢往回走。她凝望着纳兰性德的面容,深一脚浅一脚被牵着走,将这一刻铭记于心。

后来,卢氏走了,永远离开了这个世界。她眼睁睁看着纳兰性德悲痛和沉沦,看着纳兰性德懊恼和悔恨,看着他带着无限的思念挥笔写下那一片片泣血的诗词。她知道自己帮不了他,能够为纳兰性德抚平伤痛的只有卢氏,但是卢氏不在了,没有人能够替代她。公子已经不再是原来那个公子了,他的心随着卢氏去了。

她唯一能做的就是在他需要自己的时候出现:当他酩酊大醉时把他扶回房间;在他哭得筋疲力尽时给他安慰,告诉他他还有自己,还有孩子;帮他邀来三两好友填补他心中的空缺。

纳兰性德虽一生为情所困,但并不是心智不坚、甘于堕落的人,他始终还记得自己的责任,自己的抱负。卢氏的离去虽然是他心中最痛的伤,但颜氏长情的陪伴,朋友真切的关怀,孩子渴望的眼神都让他为自己的沉沦而愧疚,于是他打起精神,把这份痛深埋在心底,只在夜深人静的时候独自舔舐伤口。

时间是最好的良药,政务的忙碌让伤口开始慢慢地愈合。康熙十七(公元 1678 年)年,卢氏去世一年后,纳兰性德开始了跟随康熙帝出巡的岁月。在往后的年月里,屡次出巡的艰辛和塞北的苦寒让纳兰性德写下了很多思家之作,其中有很多首更是直言思念家中的妻子。这时卢氏已经去世,续弦的官氏与纳兰性德没有感情,又未遇沈宛,所以这妻子指的是谁就不言而喻了。

菩萨蛮

问君何事轻离别，一年能几团圆月。
杨柳乍如丝，故园春尽时。
春归归不得，两桨松花隔。
旧事逐寒潮，啼鹃恨未消。

首句便是一句问句，"问君"君乃指词人自己，这句话是纳兰性德以颜氏的口吻质问的，质问纳兰性德为何如此轻视离别，一走便再无音讯。继而一句"一年能几团圆月"，仍旧是模拟颜氏的语气，哀怨地问他："一年之中能够合家团圆的日子又有几天呢？"此句平白近人，把二人聚少离多的怅然和无奈抒发得淋漓尽致。

这两句表面上看是颜氏在恼怒纳兰性德日久不归，实质上是写纳兰性德感同身受，体谅颜氏的辛苦和挂念，故有此自责一问。

二句是想象，纳兰性德扈从康熙帝出巡盛京时已是晚春，北方的天气却仍旧寒冷，一片萧条。但此时的京城家中应该早已是绿意盎然了。他无法看到家中的春色，只好在脑海中想象。"乍如丝"是形容柳条的形态，又细又长，仿佛丝线一般。就连北国的柳条也已经开始抽芽，吐出了新绿，那么故园早已该是春意阑珊，三春过尽了。这一句借景抒情，以两地景色的差异抒发了纳兰的思家之情。

后一句点出了"轻离别"的原因，并非是纳兰性德不思念家人，而是有家难归。春天已经快要过去了，我却仍旧不能归家，因为那归家的行船被松花江所阻隔了。

纳兰性德纵然归心似箭，但皇命难违，身不由己。表面上是怨念江水阻隔了归途，实际上是怨恨护驾的使命隔断了他归家之心。

这一句表现出了纳兰性德厌倦仕途的想法。

结尾一句写出纳兰性德的心境，他看着那寒冷的江潮，不禁追忆起悠悠往事，思念开始变得波澜起伏。"啼鹃恨未消"，意为杜鹃的遗恨仍未消亡。"啼鹃"即啼鸣的杜鹃鸟，一种鸟类，传说为蜀王杜宇失位后魂魄所化，又因其叫声为"不如归去"，故又名子规、杜宇。

传说中杜鹃的叫声悲切凄厉，让人听了便生出一股悲凉之意。自古以来，杜鹃就是无数文人墨客的常咏之物，杜鹃一出，就代表着思乡、怀人、伤春或者亡国感慨的悲情意象，如黄庭坚《醉蓬莱》："杜宇声声，催人到晓，不如归是"；柳永《安公子》："听杜宇声声，劝人不如归去"；白居易《江上送客》："杜鹃声似哭，湘竹斑如血"等等。

所以此处杜鹃之恨指的就是纳兰羁旅天涯、想念家乡的愁思。

整首词用语直白，通俗易懂，符合纳兰一向纯真的特点。但是首句的拟问和尾句的用典又为整首词平添几分柔情，让人读来婉转深情。

卜算子·塞梦

塞草晚才青，日落箫笳动。戚戚凄凄入夜分，催度星前梦。
小语绿杨烟，怯踏银河冻。行尽关山到白狼，相见惟珍重。

所谓"日有所思，夜有所梦"，纳兰性德跟随康熙帝出巡，时时思念家乡的亲人，以至于常常夜晚梦回故里，梦见与颜氏相聚，这首词写的便是对颜氏的想念。

"箫笳"是军中常见的一种管乐器,典出卢纶的《送张郎中还蜀歌》:"须臾醉起箫笳发,空见红旌入白云。"箫笳是边地独有的一种乐器,声音呜咽凄苦,在广阔的大漠中更显得萧瑟和苍凉。

首句写实景,描写入梦前的塞上景色,短短两句就勾勒出了塞上大漠的萧瑟风光:天色晚了,塞草萋萋,一片碧绿。夕阳缓缓下沉,黄昏的落日中,不知何处响起了幽怨的箫笳之声,这悲凉的乐声,不止入了耳,更是入了心。纳兰性德独立在荒草茫茫的塞上,听着沉郁的箫笳,更显得寂寞孤单,更加思念家中的颜氏。

"戚戚"形容人悲伤的样子。杜甫在《严氏溪放歌行》中曾言:"况我飘转无定所,终日戚戚忍羁旅",李清照更是有"寻寻觅觅,冷冷清清,凄凄惨惨戚戚",可见其愁惨。入夜之后,纳兰性德的心绪更加清冷凄凉,只好催促自己尽快入梦,在梦中引渡颜氏的魂魄到边塞来与自己相会。"星前梦"应是化用汤显祖《牡丹亭》中的一句:"生生独行无那,此夜星前一个"。《牡丹亭》又名《还魂记》,故纳兰性德用在此处是想说自己和颜氏夫妻情深,就像杜丽娘与柳梦梅一样生死不离,魂魄相依。

下阕已经入梦,描写的皆是梦中场景,勾勒出一副旖旎温馨的梦境。"烟笼寒水月笼沙",寒烟渺渺,早已笼罩了绿杨,河水也已经结了冰,让人不敢踏脚。一个"怯"字,生动形象地刻画出梦中妻子的胆小与羞怯,但是即使路途艰难坎坷,妻子却仍旧来到我的身边,在我耳边低语,诉说衷肠。两厢一对比,突出了妻子的坚定与深情,让这份情显得更加珍贵和震撼,更加让人感动。

星前月下,更深露重,纳兰性德在梦中和颜氏细语呢喃。他不禁想到,如此天寒路远,颜氏是如何来到自己身边的?

"白狼"即白狼河,是现在辽宁省的大凌河。纳兰性德想,颜氏一定是踏遍了关山，穿越千难万险，才找到了白狼河，遇着了自己。但是如此路途遥遥，历尽艰辛，最终却也只有道一声"珍重"。

面对日思夜想的颜氏，为何最终只说了一句"珍重"呢？只因"语尽而意不尽，意尽而情不尽"，纵有千言万语也诉不尽心中想念，最终只有化作一句"珍重"，便已包含了万般深情。结束句虽然平淡却情浓，给人一种悠然不尽之感，只此一句，便抵得上千言万语。

由此可见，纳兰性德对颜氏终究是有情的。莫说是朝夕相伴的人，就算种棵树，养只猫，十几年下来也变成了舍不下的牵挂，变成了沉甸甸的情意。只是这份情到底是爱情居多，还是亲情居多，只能说"子非鱼，安知鱼之乐"。我们都不是纳兰性德，又怎能知道他内心真正的想法呢？

清平乐

塞鸿去矣，锦字何时寄。记得灯前伴忍泪，却问明朝行未。
别来几度如珪，飘零落叶成堆。一种晓寒浅梦，凄凉毕竟因谁。

这又是一首戍边思念颜氏的词作。

"鸿"是大雁，"塞鸿"即边塞的大雁。大雁是候鸟，它们春天北去，秋天南往，从不失信。古诗词中凡出现"大雁"的意象皆是表达作者漂泊在外，远离家乡的无奈之情。

关于鸿雁，还有一段流传千古的佳话。民间传说中唐朝有一个叫做薛平贵的人，他出身贫寒却有勇有谋。遇到了宰相千金王宝钏抛绣球，因缘际会下接到绣球，二人结为夫妻。后来，薛平贵从军远赴西凉，辗转征战十八年。十八年中，王宝钏苦守寒窑等待丈夫归来。期间王宝钏因思念丈夫心切，便请求天空飞行的鸿雁为其传书，情急之下找不到笔墨纸砚，便撕下罗裙，咬破手指，以血写信。薛平贵收到信后，感动于妻子的忠贞和盼望之情，登上西凉王位后回到中原与妻子相聚。此后，鸿雁便就有了信使的意思。

"锦字"指书信，古时纸张还未被发明时，便用锦帛传递消息。此处乃是用典，据《晋书·列女传》记载，前秦时期，秦州刺史窦滔被流放，他的妻子苏氏非常思念他，便用布锦织出了一首《回文璇玑图》寄赠，虽说是图，实际无图，全文由八百四十个字写成，采用回环的方式书写，可循环读之，因而称为"图"。后来便把书信称为锦字或锦书。

开头便是一句感叹，秋天已经到了，大雁都向南迁徙赴约去了，可是妻子你的书信什么时候才能寄到呢？这塞外的秋景仿佛蕴含了无穷无尽的惆怅，教人徒惹心伤。

秋色深深，纳兰性德扈从出巡，行至塞上，看到成群的大雁向南飞去，却没有一只为他带来殷切期盼的家书，有家难归的无奈就像奔驰而去的江水，留不下一朵浪花。

下一句"记得灯前佯忍泪，却问明朝行未"虽然化用了韦庄的词句："别君时，忍泪佯低面，含羞半敛眉"，却青出蓝更胜于蓝，取其精华融合入自己的心境中，天然无华，可谓神来之笔。

纳兰性德惆怅着家书难寄，不由得想起临别时的场景：昏黄的灯光下，颜氏在为即将远行的丈夫整理行装。两人依依惜别，颜氏不想让丈夫忧心家事，便忍着泪水强颜欢笑，却还是忍不住询问：明天真的要走了吗？她是多想听到一个否定的回答啊！哪怕推迟一天也行呀。仅仅只言片语就描绘了一副温馨而又充满深情的画面。

下阕进一步描写愁思。"珪"同"圭"，是一种美玉，上圆下方。南朝诗人江淹有诗《别赋》曰:"秋月如珪",说的是月亮圆而缺。纳兰性德此处喻意月亮的阴晴圆缺,轮回反复,代指时间的流逝。"落叶成堆"语带双关,既是指落叶随风飘落叠成了堆,也是指纳兰性德对颜氏的思念一层层的叠加。

纳兰性德想到,与颜氏分别到如今,月亮已经历了几度阴晴圆缺,从春意盎然到现在的秋风萧瑟,遍地都是飘零的落叶,堆落如小山。早知如此,定当珍惜当日相聚的时光。

又是一个寒冷的夜晚,他独自入眠,夜半醒来后,却连一个完整的梦都没有,想要在梦里见到思念的人也是不能了。如此凄凉、冷清都是因为你不在身边!

"一种晓寒残梦,凄凉毕竟因谁"作为结句,写出了自己哀怨凄婉的心境,又迎合了首句的叹息,更加显得孤独寂寞,怅然若失,使人读来仿若置身铺天盖地的忧伤之中,凄凉难当。

这一阕《清平乐》可谓是纳兰性德相思之作中的佳品,用词幽凉婉转,让人感动不已。

浪淘沙

野宿近荒城,砧杵无声。月低霜重莫闲行,过尽征鸿书未寄,梦又难凭。

身世等浮萍,病为愁成。寒宵一片枕前冰,料得绮窗孤睡觉,一倍关情。

这又是一首塞上思闺之作。

首句描写由远及近,由视觉到听觉层层递进。"砧杵"指的是捣衣石和棒槌，古时丈夫征役守边，妻子会用砧杵替他们制作御寒的棉衣，故砧杵之声自古以来就代表着闺中妇人对丈夫的思念，或者是征人对妻子的思念。如乐府诗《子夜四时歌·秋歌》中有云："佳人理寒服，万结砧杵劳"；白居易《闻夜砧》："谁家思妇捣秋帛，月苦风凄砧杵悲"；孟郊的《闻砧》："月下谁家砧，一声肠一绝。杵声不为客，客闻发自白。杵声不为衣，欲令游子悲"，更是将客游他乡的悲苦抒发到极致。

纳兰性德随军出征，夜晚居住在荒外野地。寒冬，本该是夫人为丈夫制作棉衣之时，但自己远离故园，附近又没有人家，自然听不见捣衣声。虽然没有捣衣声入耳，思家之情却未减半分，更让他想念颜氏，想到她此时应该正在为自己制作棉衣。

"闲行"本来指闲庭信步，随意游走，这里指缓慢的行走。"过尽征鸿书未寄"一句化用了宋代赵闻礼的《鱼游春水》："过尽征鸿知几许，不寄萧娘书一纸"。

孤月低沉地挂在天上，一片湿寒，因思念颜氏而外出散步，却更引得神伤，倍添愁绪，还是不要再悄然缓行了。天边飞过一群南归的大雁，却始终没有收到颜氏寄来的家书。想要在梦中一见，得到些慰藉，却又难以成梦。纳兰性德用了一个"又"字，可见这种情况已经不是第一次出现，明知无用，却还是忍不住去尝试，表达出了纳兰性德无限的惆怅。

下阕纳兰性德有感于身世，写自己的经历和遭遇。"身世等浮萍"，此句有两重意思，一写纳兰性德感慨自己一生空有一腔壮志，却无用武之地，虽蒙获圣恩，但多年来不受重用，随波逐浪，就像那水上随风漂泊的浮萍；二写颜氏身世流离，无所依凭。纳兰性德想到自己和颜氏可谓是同病相怜，多年来身似浮萍，无依无靠，长久的凄清愁苦不禁渐渐使人染上了病态。

后三句转换角度,从对方的处境来写。"绮窗"用彩色雕画装饰的窗户,此处代指闺中思妇,即颜氏。"一倍"是加倍、更加的意思,"关情"即动情。在如此凄苦的忧愁中,自己这个堂堂七尺男儿都已经"病为愁成",更何况家中那娇弱的颜氏呢?寒夜漫漫,她一定也无心睡眠,等到清晨起床后,她的枕边一定被泪水打湿,凝成了冰。一想到她久久地伫立在绮窗边遥望自己,孤枕难眠,满腔的柔情也就更加地缱绻起来了。

这首月夜相思词,抒发了纳兰性德对颜氏的疼惜与思念。上阕由景及人,写出了如影随形的思念,下阕推开去写自己壮志难酬的悲苦以及颜氏的相思。纳兰性德如此至情至性,在自己伤悲之余,还想到家中独守空闺的妻子的感受,所以后三句转到对方的角度,想象颜氏此时的模样,使相思之情更浓,离别之恨更重。

于中好

别绪如丝睡不成,那堪孤枕梦边城。因听紫塞三更雨,却忆红楼半夜灯。

书郑重,恨分明。天将愁味酿多情。起来呵手封题处,偏到鸳鸯两字冰。

此篇所写,仍旧是对颜氏的思念。

首句"别绪如丝睡不成"化用梅尧臣《送仲连》中的"别绪如乱丝,欲理还不可",离别的愁绪点点滴滴萦绕在心头,剪不断,理还乱,让人辗转反侧,夜不能寐。自己一个人孤零零地躺在边城之地，形单影只，孤枕难眠。"那堪孤枕梦边城"，一句不由得令人想起秦观被贬途中写下的千古名句"可堪孤馆闭春寒"，同样满怀抑郁，同样寂寞怅然。

离愁总是挥之不去的主题，别愁离绪的痛似乎是这个忧伤的男子内心一道无法愈合的伤口，永远走不出来。

"紫塞"，语出崔豹《古今注》："秦筑长城，土色皆紫，汉塞亦然，故称紫塞焉"，指的是北方边塞。"红楼"泛指华美的楼房，一般指大家小姐的闺房，苏轼《水龙吟》有言："小舟横截春江，卧看翠壁红楼起"，即指代家中妻子所住的楼阁。

更声已经敲了第三遍，子夜降临，窗外淅淅沥沥地下起了小雨。边塞本就萧瑟，点点滴滴的雨水声更叫人惆怅。伴着滴落的雨声，想起家中的阁楼中，曾与颜氏在夜半时分于灯光下细细私语，是那样的温馨甜蜜，此时她是否也依旧为我留着一盏微弱的烛火呢？

边塞的一切似乎都能让纳兰性德联想到家中的娇妻美眷，可以看出他对颜氏的拳拳深情。很多纳兰词的爱好者为了凸显纳兰性德的忠情和专一，都牵强把所有描写爱情或者思念的词作强行套入到卢氏或者沈宛的身上去，似乎只有这样做，纳兰性德才是他们心中的"深情公子"形象。纳兰性德虽然痴情，但他的多情也不可否认，像他这样一个谦谦君子，至情至性，在他的感情世界里，只要是出现的女子，无一不受到他的尊重和怜惜，不过有孰轻孰重之分。

不可否认，卢氏是纳兰性德一生情感的寄托，是他一生所爱，他的长情我们敬佩。但他与颜氏的感情也同样不可磨灭。

上阕纳兰性德已经言明了自己对颜氏深深的思念，将思念之情抒发得酣畅淋漓，那么下阕自然便要开始想办法来纾解自己的思念了。颜氏远在千里之外，这份思念又该如何纾解？自然是"驿寄梅花,鱼传尺素"了。

"书郑重,恨分明"化用了李商隐《无题》中"锦长书郑重,眉细恨分明"。原诗中,李商隐写的是自己新婚不久后遭受到仕途上不公正的待遇,"情场得意,职场失意",妻子对此表达了深切关怀,这正与纳兰性德的处境不谋而合。虽然他与颜氏不是新婚,但二人聚少离多,每次相聚都充满了新鲜感,正所谓"小别胜新婚",而纳兰性德于仕途一道上总是充满荆棘,不受重用。纳兰性德化用此句,把自己和颜氏比喻成李商隐与其妻子,既表达了自己给颜氏写信时的郑重和仔细,也从侧面表达出颜氏对纳兰性德的关心和爱护,以及自己对不公平待遇的愤慨。

接下来一句"天将愁味酿多情"更可谓是神来之笔。"愁"与"多情"本就是同生一枝,相依相随。因愁才显得多情,又因多情而感到愁苦,正是这漫天飞舞的愁绪酝酿出更加浓烈的多情,一个"酿"字可谓是妙手偶得,独具匠心。

结尾由无边的怅然回到现实中来,以细节收尾,更觉精妙。古人写完信,放入信封中后有一个在封口处题签的步骤,纳兰性德珍而重之地写完家书后已是深夜,天气寒冷,只好一边呵着气暖手,一边在书信封口处签押。"偏到鸳鸯两字冰",有两种理解,一是偏偏写到"鸳鸯"二字的时候墨水被冻住了,二是写到"鸳鸯"二字时手被冻冰了,两种解释都说得通,不过前者更为通顺些。

纳兰性德用了一个"冰"字,可见在其写完信后很长一段时间没有装封,那么他在干什么呢?定是在想象妻子收到家书时的喜悦吧!如此神游在外,才以至于墨水都冻住了,可见其对妻子的思念之深。

只是这一句中"鸳鸯"二字令人颇为难解。封口处签押一般都是写"某某某亲启"之类的字样,"鸳鸯"难不成是人名吗?否则签押如何会签"鸳鸯"二字呢?还是有什么特殊的讲究,是夫妻二人的暗语?亦或是信笺没有塞好,露出了"鸳鸯"二字?到底实情如何,我们如今已不得而知,各人有个人的看法,不必过于求同。

纳兰性德这首词,才与颜氏分开便已相思,可见其如胶似漆,情深意重。但这并不是纳兰性德与颜氏的第一次分别,更不会是最后一次,他们是少年夫妻,相处时间最长,又一直聚少离多,所以分别已经变成了习惯,只是习惯了分别,却始终习惯不了思念。在另外一首词中,纳兰性德便详细地描绘了自己与颜氏离别之际的场景。

清平乐

画屏无睡,雨点惊风碎。贪话零星兰焰坠,闲了半床红被。
生来柳絮飘零,便教咒也无灵。待问归期还未,已看双睫盈盈。

首句点明写作时间和背景,这是一个风雨交加的夜晚,但是风雨交加的不仅仅是天气,更是人的心。纳兰性德和颜氏双双躺在床上,却没有进入梦乡。

那么为什么夜已深沉,却还不肯入睡呢?因为"雨点惊风碎"。纳兰性德没有描写风摧毁了什么,雨打败了什么,仅仅一个"碎"字便概括了一切,留给人无限的想象空间。

就因为风雨声而不肯入睡吗?恐怕并不尽然。"兰焰"是指烛花燃烬后烛心的形状似兰花。那一夜的雨来势汹汹,夹杂着猎猎风声,听得人阵阵心惊。夫妻二人和衣而卧,说不完的绵绵絮语,就连灯花长了也顾不上去剪,任其慢慢零落、燃尽,只留下孤零零一个烛心。

若真是因为雨声大作睡不安稳,那么为何连被子都不盖呢?风雨天气,不是更该注意保暖吗?所以,睡不着的原因自然不是因为天气,而是因为纳兰性德明天又将远行。

下阕首句是纳兰性德对自身遭遇的感慨,生来就是柳絮那般飘零的命运,身不由己,即使向上天祷告,亦或是咒骂也是没有用的,只能随风漂泊。

他们知道离别已是在所难免的事实。身为妻子,既然离别已经不可改变,那就只能盼望归期,希望丈夫早日回来。

"待问归期还未,已看双睫盈盈",正是"未语泪先流"啊。颜氏想问归期,却又不敢问,她害怕得到一个与预期不符、更加让人难过的答案。一想到他此去,山高路远,归期不定,分别如此之久,泪水就不听话地流了下来。秋波盈盈,眼含热泪,一副小儿女婉媚娇痴之态,跃然纸上。

于中好

冷露无声夜欲阑,栖鸦不定朔风寒。生憎画鼓楼头急,不放征人梦里还。

秋淡淡,月弯弯,无人起向月中看。明朝匹马相思处,如隔千山与万山。

纳兰的这首词相较上面几首更为直白,相思之情溢于言表。

首句便奠定了整首词的基调——冷。"冷露""栖鸦""朔风"

三个词连用,既点名了当时的季节,又栩栩如生地勾勒出塞上的萧瑟景象,使人读来仿佛身临其境,置身于辽远的大漠之上,寒风凄凄,冷入骨髓。

提起塞外的秋天,即使从不曾身处其间的人,脑海中也会浮现出一派萧疏冷落的景象。衰草连天,大漠孤烟,入夜后,更是满地寒霜雨露,不似京城夜市喧闹,塞外的夜晚总是寂静无声的。于是在这空无的寂静中,任何一点动静都十分引人注意。

风声猎猎,惊起了一群乌鸦扑棱棱地飞走,它们似乎也感受到了彻骨寒意,不肯轻易落下。这种时候,纳兰性德还未入睡,步步紧逼的风声和隐隐传来的鸦啼让他感到说不出的悲凉,又开始思念家中的颜氏了。

此一句以静写动,更加衬托出塞外的空旷和萧瑟。

"生憎","生"是程度词;"画鼓",绘有彩画装饰的鼓,此处指的是打更人敲的鼓。如此风凉露冷,纳兰性德心中本就凄惶不安,好不容易艰难睡下,刚刚入梦,便被一阵急促的鼓声惊醒。

这一句,交代了写作背景。"征人"一词表明纳兰性德正在出征的途中。征人远在千里之外,思念家中亲人,寤寐思服。既然现实中无法见到,只能到梦中寻求安慰。辗转中睡下,好不容易入了梦去,还没来得及见到佳人诉说衷肠,就被角楼传来的更鼓声惊醒,怎不叫人心生愤懑。好梦最是难留,更何况是刚刚入梦时被激烈的鼓声叫醒,自然是无比烦恼。

既然不让我这个征人在梦里回家,那么就只好披衣坐起,望月思人了。秋天的感觉还不是很浓厚,还没到万物凋零的时候,只有浅浅的秋意。天上挂着一轮弯月,就好像是颜氏弯弯的眉毛。如斯美景,岁月静好,若是在繁华的京城之中,定有无数有情之人花前月下，吟诗作对。可是在这孤苦的塞外，日日奔波赶路，又有谁有这个心情来赏月呢？

月亮，自古以来就代表了思念。见月起相思，又因见者的心境或浓如烟霞烈火，或淡如朝露。而纳兰性德这一句，虽然语调极为清浅，却给人一种深深的惆怅和落寞，更加透露出独处天地间的寂寞和对妻子的思念。

尾句"明朝匹马相思处，如隔千山与万山"，明天又要启程了，这一去不知归期，等再到下一个地方的时候，与你的距离又增加了。他与颜氏之间即使隔着千山万水，却拉长不了心与心之间的距离。再次踏上征程，他依然会在心底思念着妻子。

世人皆说海水深不可测，但在纳兰性德看来恐怕海水之深远远不及相思的一半。因为即使大海再广阔再深邃，终究是有边际有底的，但是相思却无边无际，浩淼无垠。

颜氏其实是幸福的，不管纳兰性德爱她与否，她都已经在纳兰性德的心中留下了不可磨灭的痕迹，她占据了纳兰性德生活中所有一切的事情。他无论走到哪里心中都会念着她，无论做任何事情都会想起她，这样的感情和默契，又何必非要计较爱或不爱呢？

颜氏是知足的，她不求纳兰性德一心一意地爱她、喜欢她，她明白，纳兰性德的爱已经全给了卢氏，如飞蛾扑火一般不留一点余地，散尽了心中所有的温热。她只要能够在纳兰性德心中占有一席之地，哪怕只有一点点，也足够了。

她本以为日子就会这样一直过下去，一个怀念着他逝去的挚爱，另一个守着自己的爱，也许以后还会多出几个可爱的小孩子。可是再后来，纳兰性德带回来一位江南女子沈宛，原有的生活轨迹开始变化。

颜氏对沈宛是非常感谢的，感谢她让自己看到了原来那个恣意潇洒的纳兰性德。虽然并没有多大的改变，但他的脸上重新出现了笑容，即使很少见，也已经够了。后来又没来由地感到失落，自己耗尽全力却没有做到的事情，被那个沈宛轻易地做到了。

她常常会想，这样一个好姑娘是什么样子呢？一定长得貌若天仙吧，她多想见见那个勇敢的女子啊！可是她不能，她知道自己的身份。她虽然有了子嗣傍身，但还是很有自知之明的，从不敢逾越礼数。自从进了纳兰府之后，除了卢氏在的那几年跟着她出去交际外，从来没有踏出过府门一步，所以她始终没能见到那位盛名无双的江南才女，这也成为她此生最大的遗憾。

虽然没有见过面，但纳兰性德偶尔会说到她，说她今天又写了一首什么样的词，昨天又谱了一首什么样的曲，两个人又做了如何有趣的事情。说着说着，他整个人就会变得怅然起来，仿佛透过她看见了什么人的影子，然后轻轻叹道："她真得好像……"像谁呢？颜氏不由得也恍惚起来，纳兰性德所诉说的沈宛的一言一行、一举一动她都似曾相识，这些都是记忆中的卢氏啊！于是她不禁想，能够成为卢氏的影子和替身，究竟是可悲还是庆幸呢？

若干年后，纳兰性德走了，走得很突然，也走得很平静。卢氏的忌日即将到来，纳兰性德仿佛已经预感到了什么，邀齐了好友，甚是热闹了一番。他那几天很高兴，但不是兴高采烈，而是即将解脱的释然。

终于，五月三十日那一天，卢氏带走了他。

颜氏每次看着飘飘渺渺的纳兰性德是在想，如果有一天他走了，自己该怎么办？会是怎样一种局面？每次想着都会感到无比恐慌，但这一天终于到来的时候，她反而安心了，平静了。她想，原来是这种感觉，不会想哭，不会想闹，只是心空了一块。

靠着这点力量，她为纳兰家培养出了两位少年英才，却又在晚年经历了丧子之痛，白发人送黑发人。抚养纳兰家两代遗孤五十余年，于七十九岁寿终正寝。

康熙十九年（公元1680年），卢氏死后第三年，为了巩固势力，结交权贵，父亲纳兰明珠为纳兰性德重新选定了一门亲事。卢氏的离去带走了纳兰性德的半个魂魄，他的爱早已用尽了，而且传宗接代的使命他已经完成，膝下已有二子，所以他极力反对这门亲事。但纳兰明珠一向强横，强迫纳兰性德续了弦。

纳兰性德续娶的正妻后人曾经一度什么也不知道，因为无论是后期对于纳兰性德妻妾的追封，还是纳兰家族的族谱中，都没有这位续弦正室的信息。甚至诸多好友为纳兰性德撰写的墓志铭以及纪念铭文中都只用一句"继室官氏，某官之女"带过，姓甚名谁都无提及。纳兰性德恩师徐乾学为他所做的《成德墓志铭》刻石上好不容易有所记载，云曰："继室官氏，光禄大夫，少保一等公某某女。"，家族姓氏却又被凿去。如此讳莫如深，颇令人费解。

直到"文革"后期，纳兰性德石刻墓志拓文出土之后，才让这位正室的身世为人所知："继室官氏，光禄大夫、少保一等公朴尔普女，封淑人"，后又有手抄本的《纳兰明珠家墓志铭》被发现，上面也记载了同样了内容，后人才终于知道了纳兰性德的继室官氏的家世背景，原是正黄旗瓜尔佳朴尔普之女。

所谓"官氏"是"瓜尔佳氏"的汉译。这位继室与卢氏稍显逊色的身世不同，她的家世非常显赫，与纳兰家相比有过之而无不及。

官氏的曾祖父是清朝开国功臣——瓜尔佳氏费英东。说到这个名字，可能大家都不熟悉，但他的侄子大家一定都知道，就是那位让康熙帝头疼不已的大名鼎鼎的鳌拜。费英东是苏完部族长索尔果之子，后来跟随努尔哈赤建立后金，是当时的理政五大臣之一，他为人骁勇善战，屡立军功，被誉为"万人敌"。

官氏的父亲瓜尔佳氏朴尔普是纳兰性德的直属上司，担任领侍卫内大臣，后升任光禄大夫、少保，被晋封为一等公。据说两家之所以能够结成秦晋之好，是因为朴尔普看中了纳兰性德的才华，主动向纳兰明珠提出的。传闻朴尔普早就相中了纳兰性德这个乘龙快婿，不过纳兰性德已经娶了卢氏，如果再把女儿嫁过去做侧室，不免有些自降身份。再加上官氏年幼，便就此作罢。

谁想到多年后，卢氏仙去，朴尔普仍然还有这个想法，便找到了纳兰明珠提出此事。纳兰明珠一心想要掌权，有了这个亲家无疑是如虎添翼，自然乐得答应。

那么，既然官氏的身份如此高贵，为何在纳兰家族所有的记载中都是一笔带过呢？身为明媒正娶的妻子，何以死后不入纳兰祖茔呢？又为何只以官氏相称，连其父亲的名字都要凿去，如此避讳她的家族呢？

有认为，是不是其父做出了什么大逆不道之事，犯下了大罪，纳兰家族为了撇清关系所致？但浏览所有清朝历史的资料，并没有发现朴尔普曾经获罪于朝廷的记载，所以并不是因为这个原因。

那么，再想想封建时期的特点，其实并不难猜到原因。既然纳兰的族谱中查无此人，死后也没有葬入纳兰家的祖坟，那就说明官氏后来不再是纳兰家的人了，那么就只有一种可能：官氏于纳兰死后离开了纳兰家或者改嫁了。

也许有人会觉得官氏无情无义，连颜氏这样没有见识的妾室尚且能为了纳兰性德守节，辛苦持家，官氏身为正妻却轻易改嫁，哪有一点大家闺秀的样子？但其实官氏是纳兰性德生命中的女子里最可怜的一个了。表妹占据了纳兰性德的整个少年时代，是他懵懂的初恋；卢氏是他一生挚爱，为爱写下无数悼亡之词，至死方休；颜氏陪伴他的时间最长，无爱却有情，并且有争气的儿孙聊以安慰；沈宛是红颜知己，无情但有义。

只有官氏，没有得到过纳兰性德的半分怜惜，而且从她能够轻易脱离纳兰家族来看应该是没有子嗣的。要知道，对于古代的封建思想来说，丈夫去世了，为丈夫守节并不是美德，而是天经地义的事情，改嫁的女子势必会受到别人的唾骂。越是上层贵族越是如此，甚至还流行着殉葬制度。那么，作为贵族子女，丈夫又是权相之子，想要改嫁岂是随随便便就能办到的？必然有一个顺当的理由。那么没有为纳兰家诞下子嗣就是最正当的理由了。

前文说过，纳兰性德的子嗣共有三男四女，其中有记载的三个男丁中，长子纳兰富格是颜氏所出；次子富尔敦导致卢氏难产而亡；幺子富森是沈宛所育的遗腹子。剩下没有具体记载的四名女儿虽说没有有力的证据佐证，但根据一些模糊的记载来看，年龄上没有能与官氏对得上的，所以官氏应该没有为纳兰家诞下过一儿半女。

最关键的一点是，纳兰性德去世之时，官氏仍是妙华，年纪轻轻，就算她愿意为了纳兰性德守节，她的娘家也不会愿意看到女儿受苦。所以，官氏的离开是必然的。

纳兰性德一生中为青梅竹马的表妹写下很多缠绵婉转的词作；始终追忆着与亡妻卢氏的亲密时光，并且写下了无数篇感人肺腑的悼亡词；也曾对神似卢氏的沈宛写下许多怜惜之作；甚至在后来随君出征的岁月中，怀念家中亲人般的颜氏，写下一篇篇思家之作。

但是对于续弦官氏，在纳兰的《饮水词》中，没有任何一首词中能够找到丁点的蛛丝马迹证明是为了官氏而作，由此可见她在纳兰性德心里的分量。

官氏和卢氏不同。严格来说，卢兴祖虽说是封疆大吏，官至两广总督，但卢氏出嫁时其父早已过世，所以对于纳兰府的帮助并不大。如果说卢氏还是纳兰明珠关心儿子，真心为了纳兰性德好，千挑万选出的符合纳兰心意，弥补他情伤的人。那么官氏就是真正的政治联姻了，完全不考虑纳兰性德的个人感情，强硬执行的一门亲事。

一直到了成亲的那天，官氏都不敢相信自己真的嫁给了纳兰性德，原来在有生之年，自己还可以如此接近他。她简直不知道该如何感谢上苍。

她安安静静地坐在镜子前，她要以最美好的姿态去面对那个心心念念的人。喜婆在她耳边念叨着："一梳梳到尾，二梳白发齐眉，三梳子孙满堂……"她听着羞红了脸颊。可是这美好的祝愿最终却没有实现，没有白发齐眉，没有子孙满堂，有的只是满堂的冷清和寂寞。

掀开盖头的那一瞬间，她真切见到了那个令她日夜思念的公子，不是在梦中，是真实站在他面前的公子。但是，她也看到了他看自己的眼神，没有欢喜，陌生得很。她不由得握紧了手指，她想：果然，公子已经不记得她了。

她看着纳兰性德的嘴巴一张一合，淡淡地说着话，但她却听得心痛。纳兰性德说，他们两个的婚姻只是利益关系，自己配不上她，很抱歉让她受了委屈，以后会尊重她、照顾她。官氏没有听出纳兰性德话音里的疏离，刚想告诉他，不委屈的，这简直是天下最让人高兴的事了。纳兰性德又说了一句话,他说他的妻子只有一个。官氏蓦地懂了,她的公子不会喜欢她,他对自己只会有尊重,仅此而已。没关系,就算公子不喜欢自己,只要陪在他身边就可以了,于是她说:"这样正好,我也是这么想的。"

也许纳兰性德不记得了,但官氏永远记着他们的初见,不是那场闹剧一样的婚礼,是在一个阳光正好的正午。那一天,她好不容易缠着父亲得到了养猫的允许,就立刻令下人去给她寻猫。她从早上起就在房门口等着,一直等到了正午,远远便看见下人怀里抱着一团什么进了府门。跟他一起进来的还有一个丰神俊朗的男子。

她急忙跑上前去,想要接过猫。猫不是很小,看起来有四五个月大了,看着别人的眼神非常警惕。她看到那个下人的手背上已经被抓出了好几道抓痕。她试探性地摸摸它,想要把它抱过来,谁知道那猫狠狠给了她一爪,然后猛地一跳,顺着墙根想要跳上墙头。她急得大喊,手忙脚乱地招呼守卫去追。只见那名男子身形一转,轻轻向前一跃,趁着猫跳起的瞬间一把抓住了它,动作敏捷而又潇洒。

官氏顿时就看呆了。男子抓住猫后,礼貌地还给了一旁帮忙的下人,转身向父亲的书房走去了。

她呆呆地问守卫那是谁。守卫钦佩地告诉她:"他就是纳兰府公子,皇上身边的侍卫纳兰性德。"

纳兰性德,她反复咀嚼着这个名字,好像世间最珍贵的珍宝。从此,她的世界里只容得下这个人,所有人都为之失色了。

她知道,他是父亲的下属,她还知道他早已娶了如花美眷,两人恩爱不已,自己已是晚了一步。

后来，她还曾遇着他一次，那是在京城的上元灯会。一年之中，最隆重的当属春节，但最热闹的是元宵节。从过完年一直到正月十五整整半个月，整个京城张灯结彩，猜字谜、舞龙狮、放河灯、逛灯会、许愿祈福，还有各种各样的小吃，大街上车水马龙，人来人往，热闹极了。

这种热闹的场面，生性活泼的她怎能错过呢？于是，她带着丫环和小厮，偷偷溜出了家门。街道两边，站满了耍杂耍的人，这个在胸口碎大石，那个在吞剑，迎来众人的一阵阵喝彩声。除了杂耍的，就属猜字谜的围观者比较多，因为猜对字谜就可以赢得一盏河灯。

她左看看，右转转，偶尔才能出来一次的她看得目不转睛，恨不得长出四只眼睛来。然后，她看见了纳兰性德，还有被他呵护着的女子。那女子看上去身材有些臃肿，行为比较缓慢，神色也有些疲惫，但是她一直认真听着纳兰性德说话，强打着精神微笑，时不时帮纳兰性德整理一下被挤皱了的披风。

官氏心想这一定就是卢氏了，也不怎么样嘛，等到他们走近了，细看之下才发现原来卢氏是怀有身孕。她注视着他缓缓走近，准备好笑脸，想要和纳兰性德打声招呼，但是纳兰性德一直盯着卢氏，生怕她一不小心被碰到，始终没有转过头看自己一眼，就这么径直走了过去。倒是卢氏注意到她的目光，在擦肩而过时转头疑惑地看了她一眼，友善地笑了一笑。那一瞬间，她仿佛看到了一朵沉静的睡莲，婉兮清扬。

她就这样看着纳兰性德带着卢氏慢慢走远，然后停在一个卖糖人的小摊子面前，请求卖糖人的老丈教他，亲手给卢氏做了一个糖人。两个人并排而立，连背影都是那么相称。他们的手始终牵在一起,没有分开。

她觉得自己没有机会了。那样的一对璧人,自己根本插不进去,于是开始宽慰自己一定能找到一个比纳兰性德更加优秀的人。

可是,当她从少不经事的豆蔻年华长成一个亭亭玉立的待嫁之人,也没有等到那个强过纳兰性德的男子,却等来了卢氏去世的消息,等来了自己嫁给他的消息。那一瞬间,她以为听错了,她茫然地重复问她要嫁给谁。侍女高兴地一遍遍告诉她,是她心爱的公子。

一遍又一遍的回答终于让她回过神来,继而欣喜若狂,恨不得尖声高叫,让所有人都知道这件事情。她想,上辈子一定是做了天大的好事,这辈子才有这样的福分,她一定会做一个好妻子,让自己和纳兰性德成为世界上最幸福的夫妻。

可是原来,这一切都是自己的一厢情愿,没有爱情的婚姻,哪来幸福可言。她以为,活着的人一定可以比得过死去的人,以为自己终有一天能够感动他,让他看到自己的好。她不相信世间真有这样不死不灭的爱。

但她错了,她放下她的高傲,放下她的盛气凌人,为他洗手作羹汤,为他添衣叠被,为他管理家事,为他照顾孩子。可是无论她怎样努力,如何付出,纳兰性德一句客气的"谢谢"就把她推出远远的,让她无从着力。

你爱着他,他却爱着她,世间最痛苦的事情莫过于此。她开始想象,那是怎样一个人,能把纳兰性德迷得如此痴狂。那又是怎样一段情,能让他在失去后变得如此荒凉。

于是她开始读他的词,读他的"愿指魂兮识路,教寻梦也回廊",读他的"心灰尽,有发未全僧",读他的"无语问添衣,桐阴月已西"。一字字,一句句,锥心泣血,痛彻心扉。于是她看到了自己的无能为力。

她从进门开始,就注意到了颜氏。乍一看上去,她身上有一种独特的清冷韵味,让人觉得不好相处。但相处久了,你就会发现那是环境所致的保护色,她其实是一个外冷内热的人。

那么,就这样吧,只要能待在他的身边,余愿足矣。

官氏被他们的爱情打动了,不再想着代替卢氏,只想守着纳兰性德平静地过完一辈子。可是这个时候,纳兰性德却带回来一个沈宛,这叫她如何不气愤、不难过。原以为纳兰性德情深似海,不会再爱了,好不容易劝放手,结果他却喜欢上一个风尘女子。难道自己竟比不上那个卖唱女?这让自己所有的努力和付出看上去就像一个笑话。

所以,她不同意。身为正室,怎么可能允许丈夫迎娶一个青楼女子呢?这是对自己的蔑视。幸而父亲纳兰明珠的想法和她一样,在他们的合力阻止下,沈宛最终没能进得了纳兰府的大门,只能没名没分地躲在小院子里。

她还觉得不够痛快,甚至想狠狠教训一下那个不知好歹的女子。她觉得自己变成了话本里那些残忍恶毒、棒打鸳鸯的坏女人了,可是她忍不住,她不甘心。为了自己,为了颜氏,为了她们两个人的付出感到委屈,感到不值得。

直到颜氏告诉她,沈宛受到纳兰性德喜爱的原因是她有几分像故去的卢氏。她听了却只想发笑,这是一个多么冠冕堂皇的理由啊?好啊,那就让我去看看,你到底长得有多像。

颜氏一直安分守己,无关的事情从不过问。但是官氏不同,她才不管什么逾不逾矩,合不合适。一天清晨,薄雾还未散去,一辆马车悄悄地停在了德胜门的一角，一只纤纤玉手轻轻掀起帘子的一角，静静等着她要等的人。

没过一会儿，一个送菜模样的伙计拉着板车敲响了所谓"鸳鸯社"的大门，一位女子听到动静推开了院门，远远看来眉目秀丽，身姿曼妙，打扮得不是很华丽，但十分精致。伙计走后，沈宛将蔬菜交给下人处理，返身回屋。经过廊下时，逗弄了几下笼中的鹦鹉。从屋中拿出一架古琴，随意拨了起来，乐曲中充满了不知名的愁绪。然后，她看见她一夜未归的丈夫从屋子里走出来，靠在廊下的柱子上，专注地看着沈宛在弹琴。

官氏就这样呆呆地守了一个上午，然后她想，不一样的，即使才情相似，容貌相似，但她们的性情完全不一样，沈宛远远比不上卢氏。卢氏与纳兰性德是站在一个平等的地位相处的，她不需要耍手段来获得关注，也不会刻意降低身份来讨好纳兰性德。她不依附于纳兰性德，不必事事依靠他，而是自强独立的。他们之间的一切都是自然而然、发自内心的。沈宛却把自己摆在了一个低等的地位，总想着服侍他，取悦他，就像曾经的自己一样。然后借着容貌上的便利和才艺刻意吸引纳兰性德的注意。可以想象，她若是没有现在这样的才华和容貌，纳兰性德决不会多看她一眼。所以，怎么能说她们相像呢？纳兰性德不过是在自欺欺人、寻找安慰罢了。

官氏突然就失去了计较的力气。

这个结论不仅没有让官氏感到高兴，反而让她觉得更加可悲。原来自己曾经就是这样一幅模样吗？爱情真的太可怕，可以完全吞噬一个人的本性。她已经记不起原来的自己是什么样的，她想也许应该放手了。

日子就这么不咸不淡地过着，直到一声惊雷打破了平静，纳兰病逝了。官氏听到消息的第一想法不是难过,不是震惊,而是解脱,自己获得了新生,她该为自己活一回了。

康熙二十四年五月三十日(公元1685年),纳兰性德病逝。官氏于孝期过后请归,纳兰明珠同意了她的请求。最终,这个张扬的女子斩断过去,去找寻丢失的自己。

一代才妓——错误的时间遇到对的人

因为妻子卢氏的去世,纳兰性德此后的人生都沉浸在一种悲伤难耐的情绪中,爱妻心切的他写下了一首又一首情真意切的悼亡之词。他对妻子的深深爱意,夫妻之间平常的点滴往事,美好回忆,那种举案齐眉的美好爱情,在"人人争唱纳兰词"的流传中逐渐打动了另一个女子的心。

当三百多年前的纳兰性德在银装素裹的巍峨北方写下一篇篇泣血的诗词时,在小桥流水、庭院深深、烟波浩渺的江南水乡有这么一位佳人,她拥有美丽的容貌、优秀的文采,正为了纳兰性德的心伤而心伤,为了能换取与心上人相守一年,用尽了一生的时间。

微风乍起,吹皱了河水,引起一圈又一圈的涟漪。依河成街的水墨人家依次扬起了炊烟,河畔停着一艘又一艘华丽的画舫。其中有一个古韵风流的画舫中坐着一位不施粉黛的女子,素手焚香,胸前横放一把古琴,纤纤玉手轻轻拂过琴弦,动情地唱着一首哀转凄楚的曲子:一生一代一双人,争教两处销魂……

偶尔清风吹过画舫上的白纱，便能露出女子娇艳动人的面容，像一朵莲花，清冷而又高洁。

女子唱着不属于自己的歌，心痛着不属于自己的故事。她羡慕那个已经离世的女子，羡慕她受到的宠爱与怀念。爱慕着那个活着的未亡人，仰慕着他的痴情与文采。

诚然，像纳兰性德这样英俊潇洒的贵族公子本来就已经很吸引人了，更何况他还文采飞扬、至情至性，这样一个一往情深、风度翩翩的青年才俊对于一个流落坊间的风月女子来说，仰慕他、爱恋他，简直是再顺理成章不过的事情了。

女子一曲唱罢，起身缓缓走出船头致谢，起步间摇曳生姿，风韵流转。画舫里高朋满座，喝彩声一浪高过一浪，纨绔子弟们为博美人一笑一掷千金，更有人大喊着美人的名字："沈宛"，豪爽地当场示爱。沈宛，这个纳兰生命中最后一个占据了重要地位的女子，终于登场了。

沈宛，字御婵，是浙江乌程人，江南才女，著有《选梦词》。出生于江南水乡的她如同所有吴侬软语的江南女子一样温善和秀丽。

沈宛的身世，历史上无从考究。但她能够成为当时名噪一时的江南第一名妓，可见文化底蕴不低。有如此才情和修养的女子，却流落到烟花之地，多半也是一个有故事的人。

沈宛颇有柳如是之神韵，虽然流落风尘却洁身自好，并且凭借自己的满腹才情，以文会友，结交了很多江南才子。

纳兰性德常年在京，却并未听过她的事迹，更不会知晓有这样一个蕙质兰心的女子一首首地把自己写的词改编成曲，一遍又一遍地吟唱，为他神伤。

但缘分天注定，这两个当世让人艳羡的才子佳人，虽然相隔千里，可冥冥之中早有一根红线，指引着他们交汇到一起。

也许是偶然，也许是沈宛为了见到心仪之人而故意为之，他们这两条平行的线终于有了第一个交汇点，沈宛结识了纳兰性德的好友——顾贞观。

顾贞观与纳兰性德的交情我们暂且不表，且说这顾贞观认识沈宛之后，为沈宛的博学和才情所折服，又听闻其一心仰慕纳兰性德，心中便有了一个主意。

卢氏死后，纳兰性德思念成疾，身体状况每日愈下。身为他的莫逆之交，顾贞观自然也不好过，多次劝慰纳兰性德，却效果甚微。常言道，以毒攻毒，这为情所伤，自然也得用情来治伤。以沈宛的才情和修养，必能成为纳兰性德的红颜知己，若是能撮合二人，岂不是美事一桩！

于是，顾贞观给纳兰性德寄去了一封书信，向他介绍了沈宛，说她十分仰慕纳兰性德，常常把他的诗词谱成曲子加以传唱。纳兰性德看了之后，感到很讶异，他知道自己的词在民间流传甚广，但还是第一次听说流传到了青楼画舫之中。同时也很为沈宛的痴情所感动。

顾贞观趁热打铁，大肆赞扬了一番沈宛的大方得体、博学多才，还把沈宛所作之词《选梦词》一同寄去让他鉴赏。纳兰性德神思不已，当即回了一封信，并且连连慨叹，若有机缘一定要当面彻谈。

于是，纳兰性德与沈宛终于有了交集。沈宛曾写道"雁书蝶梦皆成杳"，由此可知，两人相见前一定曾以书信相交。纳兰性德惊奇发现，二人于文学上的见地竟然如此相同。两个人在书信的往来中越来越熟稔，越来越想见到对方。

康熙二十三年（公元1684年），纳兰性德步入而立之年。这一年，康熙巡行江南，不出意外地带上了御前侍卫纳兰性德，他短暂的一生中数次跟随康熙出巡，但温暖轻柔的江南却是第一次。

这一年的春天，草长莺飞，即使春寒料峭却不再寒心了，因为纳兰性德遇上了他此生的红颜知己，心中自生暖意。

初见沈宛的那一刻，纳兰性德仿佛再次看到了卢氏，一样的温婉，一样的才情，一样的柔美。纳兰性德和沈宛泛着一叶扁舟，如谪仙一般于春风中畅谈诗词歌赋。那样的自在悠然，纳兰性德已经许久不曾感受到了，他突然意识到自己原来还可以意气风发，还可以快意潇洒，原来的纳兰性德又回来了。

匆匆一会之后，纳兰性德不得不随着南巡的队伍离开，二人无奈分开。纳兰性德从此夜不能寐，辗转相思。但是二人相隔甚远，再多的思念也只能寄托在诗词之中。

遐方怨

欹角枕，掩红窗。梦到江南伊家，博山沈水香。
湔裙归晚坐思量。轻烟笼翠黛，月茫茫。

首句描写了词人此刻的状态。"欹"通倚，斜靠着。"角枕"，顾名思义，用动物的角制作或装饰的枕头。夜幕再次降临，掩下窗户，点起蜡烛，静静地斜靠着枕头，看那跳跃的烛火在窗户上拉长了影子。

简简单单两句话，就营造出一种慵懒倦怠的情绪。

既然现实中无法和你见面，那么就在梦中相会吧。"梦到江南"点明了纳兰性德思念的人正是远在江南的沈宛。因此，除了开头二句为实写，之后便全是梦境了。

"博山"即香炉，因造型与传说中的海上博山相似而得名。"沈水香"即沉香，古时的一种香料。

梦中我来到了江南，你所在的地方。博山炉中燃起沉香，一片烟雾缭绕，就像我现在的愁思。

"湔裙"即浣洗衣裳。"翠黛"古代女子用黛螺画眉，此处代指女子。我看见你在河边浣洗衣裳，洗完后却迟迟不肯归家，坐在河边不知在思量什么。是什么呢？自然是思念词人了。薄暮来临，轻轻一层水雾淡淡地笼住了她，就像茫茫的月色一般凄美。

这首小词婉转缠绵，运用梦境，以自己的相思来写对方的相思，甚是精妙。

那么，这样一个善解人意，充满才情的沈宛，纳兰性德爱她吗？从纳兰性德的词中我们不难发现，他对沈宛是欣赏多于怜惜，友情多过爱情。以纳兰性德的性格，如果真爱一个人，是会不惜一切代价对她好的。就像卢氏，为了让她风风光光下葬，纳兰性德整整停棺一年，大修祖墓，并且忙于并不喜爱的政务，只为做出成绩，帮她争取一个诰命的封号。

所以在纳兰性德心中，沈宛的地位是红颜知己多过知心爱人。他欣赏沈宛的文采，怜惜她的身世，感动于她的痴情。如果沈宛是男儿身，纳兰性德一定会像对待顾贞观等好友一般，与她成为知音，对酒当歌畅谈人生。只是凑巧，沈宛是个女子，她有着女性独有的柔软和敏感，除了在文学上，在心灵、在生活中也能给予纳兰性德慰藉，所以他们可以以伴侣的形式厮守。

在顾贞观的帮助下，沈宛最终脱离青楼，获得了自由身，孤身一人北上，到京城去寻找纳兰性德。

纳兰性德对于沈宛的到来，不能说是不高兴的，但随之而来的问题就是如何处置沈宛。纳兰家不可能允许沈宛进门的，别说娶她为妻，就连纳妾也是绝不会同意的。

最重要的是，纳兰性德清楚地知道自己的心，他对沈宛没有爱，他只是从她身上找寻卢氏的踪迹,获得安慰,这对沈宛不公平。于是,他向沈宛剖开自己的心,让她慎重考虑,不要轻率做出决定,他不希望沈宛将来后悔。但是沈宛早就知道,这样才是他心中的公子,而她正是因着公子的深情才爱上他的,不是吗?所以她不悔,她很坚定。

面对这样一个一心为了自己的痴情女子,以纳兰性德的温良宽厚,是不可能辜负她的。万般无奈之下,纳兰性德只能在京城买下了一处屋子,把沈宛安置在德胜门的一座别院里,并美其名曰"鸳鸯社",从此,两人一直保持着没有名分的夫妻关系。

于是在秋风迷人的京华里,才子与佳人,一段流传千古的佳话就这样不期然地发生了。数不尽的缠绵,说不尽的耳语。

二人虽无名分,但纳兰性德仍旧把沈宛当做妻子来看待,并于"新婚"后作了一首小令以作纪念。

浣溪沙

十八年来堕世间,吹花嚼蕊弄冰弦。多情情寄阿谁边。
紫玉钗斜灯影背,红绵粉冷枕函偏。相看好处却无言。

首句并非纳兰性德原创,乃是引自李商隐的《曼倩辞》中"十八年来堕世间,瑶池归梦碧桃闲",东方朔,字曼倩,是汉武帝时期一个受宠却又不得重用的臣子,李商隐写的就是东方朔的故事。

历史记载中,东方朔生卒年皆不详,相传,东方朔曾说天底下知道他底细的人只有星象家太王公。在他死后,汉武帝便召来太王公,向他了解东方朔的底细。谁知太王公也对此毫不知情,只说据他观察,十八年前,天上的岁星突然不亮了,但最近几天,天上的岁星又复明了。

汉武帝心有所动,仔细一算,自己认识东方朔正好整整十八年,原来他就是天上的岁星呀,自己居然与神仙错过了。

纳兰性德在此运用此典故,是想表达他所写之人超凡脱俗、风华绝代,尘世的美丽都无法形容她,在他心里就好似天上的仙女下凡一般。

那么,仙女下凡后,在尘世间过的生活是怎么样的呢?便是下一句"吹叶嚼蕊弄冰弦"了。这一句同样化用自李商隐的作品。李商隐在《柳枝诗序》中写到"柳枝,洛中里娘也……生十七年,涂妆绾髻未尝竟。已复起去,吹花嚼蕊,调丝撧管,作天海风涛之曲,幽忆怨断之音",柳枝,是李商隐的恋人,本是商人的女儿,后沦为歌妓。故"吹花嚼蕊"指吹乐,歌唱。"冰弦"就是冰蚕丝制作的琴弦。

这首词必是写给沈宛无疑了。他心中的仙女沈宛下凡尘后,整日里便是抚琴吟唱,推敲音律辞藻,一派风雅。

"阿谁"是纳兰性德自指。沈宛那样灵性的女子,有世间千万男子钟情于她,而她却偏偏喜欢自己,这简直是上天最大的恩惠。

这一句明知故问,无不充斥着新婚的甜蜜和美满。

下片首句"紫玉钗"出自明朝汤显祖《紫钗记》,讲述了唐代才子李益和歌妓霍小玉的一段爱情悲剧。纳兰性德用此意向,乃是有感于自己和沈宛所处的境况,不正与此二人一样吗?门不当户不对,有情却被阻隔,前途茫茫。

"红棉"指女子擦粉时用的粉扑。"枕函",是一种中空的,可以放东西的枕头。这两句生动传神地描写出一幅寻常夫妻的生活场景:纳兰性德进门时,就看见沈宛背着灯光坐在镜前细细描画,发钗斜插,美艳动人,从枕头中取出擦粉用的粉扑,不小心碰偏了枕头。粉扑在描画的过程中被传递上了体温，等到梳妆完毕，粉扑就慢慢变冷了。

沈宛从镜子中看到纳兰性德的身影，回过头来，眼波楚楚，深情款款。两人相看无言却也幸福如蜜。

有了沈宛陪伴的纳兰性德，勉强在他苦涩的人生中得到了一丝慰藉，他的脸上重新有了笑容，眼中有了神采。

在他们相处的短短半年中，也不乏琴瑟和鸣的时候，纳兰性德也为此写下过不少诗词：

浣溪沙

欲问江梅瘦几分，只看愁损翠罗裙。麝篝衾冷惜余熏。
可耐暮寒长倚竹，便教春好不开门。枇杷花底校书人。

"江梅"并非是江边的梅花。范成大曾著有《梅谱》，上面记载，江梅即是野梅，这里指的是佳人，即沈宛。

开篇二句看似在咏物，实则是在喻人，以拟人的手法借江梅的清瘦、高洁来衬托沈宛的孤傲。想要知道伊人有多瘦，只需要看看她的罗裙是否又显得肥厚了。那么伊人为什么会瘦呢？下面一句做出了解释。

"麝篝"是用来燃烧麝香的熏笼。"余熏"就是指香燃尽后的余热。"麝篝衾冷惜余熏"实为倒装，应为"衾冷麝篝惜余熏"。此句描写的是室内场景，伊人觉得被子变冷了，感觉不到温暖，便抬头去看熏笼，发现麝香早已烧完了，只残留着淡淡的香气和余温。

"衾冷"是诗词里一个经常出现的典故，正所谓"罗衾不耐五更寒"，被子冷，是因为心冷，孤枕难眠，心有愁绪。而正是因为愁，才让伊人瘦了。

下阕开头二句,运用对仗手法,布局工整。"可耐"同"可奈",即无可奈何之意。"倚竹"同样是诗词里的经典情景,典出杜甫的"天寒翠袖薄,日暮倚修竹",写的是贵族女子沦落后,依旧保持着高洁的操守。

"校书"是"校书郎"的简称,是一种官职,负责对皇家藏书进行整理校对订正。唐代王建有诗《寄蜀中薛涛校书》曰:"万里桥边女校书,枇杷花里闭门居",写的是唐代才女薛涛的故事,纳兰性德此处正是用典:薛涛幼时通音律,能作诗,父亲死后,沦落乐籍。她长大后才貌双全,名动一时。韦皋曾为她向朝廷奏请,赐其校书郎的官衔,因旧例所限,朝廷并未应允,但"女校书"一称早已传开,后人便把饱读诗书、博学多才的女子称为"女校书"。纳兰性德是借薛涛的故事来赞誉沈宛的才艺双绝。

天寒日暮,伊人久久倚着翠竹,即使门外春光无限,仍然大门紧闭,在枇杷树下与诗书为伴。

那么为何佳人会放着大好的春色不管,闭门谢客呢?那就不得不说残酷的事实了。才子佳人虽然是一段千古佳话,但在那个年代,名不正言不顺的沈宛连一个妾室都不算,在别人眼里,她就是一个没有地位的情妇,自然不会有人与她交好。加之她在京城人生地不熟,自然也没有好友相伴。

沈宛鼓起勇气,千里迢迢只身来到京城,和纳兰性德相会,与之相守。但纳兰性德并不是一个纨绔的富家子弟,除了情爱,纳兰性德还是相府公子、朝廷命官,有家人、有事业。更何况,纳兰性德于她并非情爱,深驻他心底的人不是沈宛,始终是已逝去的卢氏。

所以,沈宛与纳兰并不是时时刻刻都在一起。沈宛在京城的日子大多是寂寞和孤独的,只能一个人默默思念,默默等待,任凭时光在这百无聊赖中悄悄地溜走。

相见欢

落花如梦凄迷,麝烟微,又是夕阳潜下小楼西。
愁无限,消瘦尽,有谁知?闲教玉笼鹦鹉念郎诗。

上阕首句写景。秦观诗云"自在飞花轻似梦",春天即将过去,惊艳了一个季节的花朵缓缓凋落,从枝头落下,随着微风翩然起舞,如烟似梦,凄迷而又婉转。

"麝烟"即麝香燃烧时散发的香烟。麝香的香气已经渐渐消散,夕阳就像是在捉迷藏一样,也缓缓落到小楼的西边,消失不见。

这种等待对于沈宛来说早已习惯,她就这样静静站在院中,看着落红缤纷,夕阳西下,看着时光一点一滴地离自己远去。

"落花""夕阳"读起来就是一番衰败消极的景象,可想而知身处其间的沈宛是怎样一番说不清、道不明的惆怅。

下阕写人。人触景生情,而引发了无限忧愁,使得容颜消瘦,但又有谁能知道她的忧伤呢?纳兰性德知道吗?自然是知道的,但他却无能为力,所以情愿无人知。

末句化用了柳永《甘草子》:"却傍金笼教鹦鹉,念粉郎言语"。既然愁思无限,那么该如何派遣这种烦闷呢?沈宛便想出了一个办法,"闲教玉笼鹦鹉念郎诗"。既然闲来无事,便逗弄廊下的鹦鹉,教它诵念情郎赠我的情诗。

难道这样就不用愁苦了吗?在纳兰性德精炼的文笔下,我们仿佛看见，沈宛在听完鹦鹉念的诗之后更加惆怅了。举杯消愁愁更愁，原来是纳兰性德亲口给她念诗，如今念诗的人却变成了一只不解风情的鹦鹉，心里只觉得更加地空虚和心酸。

这首词看上去完全是毫不相关的几幅零散的画面，但被纳兰巧妙地串联在一起，以生动细腻的文笔娓娓道来了一个女子闺中的寂寞之情。

采桑子

明月多情应笑我，笑我如今。辜负春心，独自闲行独自吟。
近来怕说当年事，结遍兰襟。月浅灯深，梦里云归何处寻。

此首词，清新隽永，用词朴实自然，近乎白话，却意境幽深。整首词乃是化用苏轼、晏几道多首词合成，却能不落俗套，自成一派，是难得的佳品。

对于纳兰性德此词的写作目的，至今仍有争议。一些学者认为这是一首怀友之作，一些学者认为这是为沈宛而写的。

文中有"结遍兰襟"一说，"兰襟"代指良友，而纳兰性德生性喜好结交朋友，交友广泛，因此有人认为这首词乃是思念好友时所作。

但词中多用"春心""多情""梦里云归"等委婉之词，而且多次化用晏几道描写男女之情的词句。并且，"兰襟"一词也是别有它意，晏几道曾有词云"别来长记西楼事，结遍兰襟"，此句中的"兰襟"指的乃是女子的衣衫，元好问也有诗云"兰襟郁郁散芳泽，罗袜盈盈见微步"，句中"兰襟"同样是指美女的衣衫。

故，结合全词来看，这应是一首写情之作。

纳兰家不会任由纳兰性德与一个低贱的青楼女子厮混在一起，在家庭的施压下，纳兰性德与沈宛被迫分离。这首词就是分开之后纳兰思念沈宛而写。

开篇便是一句"明月多情应笑我"化用苏东坡的《赤壁怀古》，开篇就已令人惊艳。自古多情空余恨，纳兰性德一生情途坎坷，一心报国却又始终不得重用，仕途也不得志，正与苏东坡感慨相同。

纳兰性德的多情人尽皆知，就连他也曾自嘲，在一方闲章刻上"自伤多情"四字。纳兰性德此句是想表达，明月应该也在笑话我的多情，笑话我辜负了大好的春光，辜负了太多的情意，落得如今孤家寡人的下场。

一句"独自闲行独自吟"，朴实无华，写出了纳兰性德意兴阑珊、失落怅然的心绪。

纳兰性德对于沈宛，虽说没有男女之爱，却有相知之意，也曾度过一段美好的生活，沈宛的到来给了他一丝安慰，一丝火苗，如今只剩下纳兰性德独自一人，如何叫他不感伤。

下阕一开篇，便言"近来怕说当年事"。为什么"怕说"呢？后两句给出了答案。末尾两句化用了晏几道《清平乐》中的"梦云归处难寻，微凉暗人香襟。犹恨那回庭院，依前月浅灯深"。正是因为夜深人静，只有残月相伴，往事已经如流水一般再难寻回，让人失落，所以才"怕说"。

沈宛的离开变成了压死骆驼的最后一根稻草，就在纳兰性德与沈宛分开不久，世上再无牵绊的纳兰性德就一病不起，于卢氏的忌日当天与世长辞。

当时沈宛已经怀有身孕，并在纳兰性德逝世后安全产下一名遗腹子。在孩子被带回纳兰府后，沈宛就如同当时孤身一人来到北国一样，又孑然一身回到了江南。她把自己封闭在江南深深的庭院里，每天对着琴弦发呆，时不时泪如泉涌。她不再见任何人，不再过问任何事情，这大千世界已经与她毫无关联。她仿佛明白了当时痛失爱妻的纳兰性德的那种悲凉，那种绝望。

　　从此，她将长伴青灯，像当初纳兰性德一样把万千柔情化在词中，用一生的寂寞和思念去回味那仅仅一年的相守。

第五章 知己：

劝君更尽一杯酒

虽然出生于王孙贵胄之家，过着衣食无忧的奢侈生活，但纳兰性德并没有沾染富家子弟的纨绔习性。在他身上，我们窥见了魏晋名士的风骨，他与知己相交，与朋友唱和，制造出了"竹林七贤"相会的盛景，在历史上留下了浓墨重彩的一笔。

与曹寅——总角之交，一生为伴

清朝康熙时期，除了出现了纳兰性德这样的大词人之外，同样也横空出世了一位大诗人。这位少年英杰，年仅十五岁就考中举人，是真正意义上的天才。此人便是曹寅。

要想探寻纳兰性德的一生，曹寅是非常重要的一环。曹寅比纳兰性德小三岁，是纳兰性德所结交的朋友中年龄最小的人。

曹家与纳兰家族是都有从龙之功，但曹家并非皇亲，也非国戚。曹寅的祖父本来是明朝的将军，担任沈阳中卫指挥，明天命六年，奉命驻守在辽东。时值努尔哈赤率兵攻占了沈阳，曹家全家都成为俘虏。努尔哈赤看中了他的才能，并没有杀了他，而是把曹家人变成了满人的"包衣"。包衣在满族语言里是"家里的"的意思，也就是说曹家被努尔哈赤打入了奴籍，世代都将成为满人的奴仆。

后来努尔哈赤把曹家送给了多尔衮，而多尔衮掌正白旗，所以曹家也就跟着入了正白旗。曹寅的父亲曹玺成人后，跟随多尔衮一路南下，统一全国。

战争平定后，曹家便随着已经成为摄政王的多尔衮定居在京城。顺治七年冬，多尔衮病死。顺治帝在多尔衮死后剥夺了他的称号，并将其抄家，把正白旗也接管了过来，于是曹家就由王府的包衣转成了内务府的包衣，成为皇帝的家奴。

此时曹玺已经升迁为内廷的二等侍卫。所谓"内廷"，就是皇帝居住、处理日常事务的地方。顺治十一年（公元1654年），三皇子爱新觉罗·玄烨即日后的康熙帝出生后，曹玺的正妻，也就是曹寅的嫡母孙氏，被选为了三皇子的乳母。

康熙帝出生的时候，正赶上了京城大肆流行痘症，也就是所谓的"天花"。为了防止被传染，尚在襁褓之中的康熙帝不得不由乳母抱出紫禁城，暂住在西华门外的一座宅邸中。但两岁那年，他没能躲过此劫，还是患上了天花。幸而，在乳母孙氏的精心照顾之下，康熙帝渐渐痊愈。

康熙帝一直到五六岁，天花热度渐渐退散之后才回到皇宫，所以他整个孩提时代都是在曹家渡过的。从此，曹家与皇族的关系变得更加亲密了。

顺治十五年（公元1658年），康熙帝四岁、纳兰三岁的时候，曹寅出生了。康熙帝、纳兰性德与曹寅是不得不并提的三个人，他们三个人乃是总角之交，经常在一起讨论诗词歌赋。

曹寅曾在奏折里写道："臣自黄口充任犬马，蒙皇上洪恩，涓埃难报"。自古有"黄口小儿"一说，"黄口"本来指的是雏鸟的嘴，词意后来逐渐演变，被用来借指十岁以下的儿童。由此看来，曹寅在十岁以前应该就陪侍在康熙帝身边了。

所以，他们三个人称得上是从小一起长大的"青梅竹马"。不仅如此，康熙十一年，纳兰性德与曹寅还一同参加了顺天府的乡试，并且双双中举，一同拜入徐乾学门下。但曹寅乡试过后，便没有再继续考取功名了。历史研究者祁美琴女士在著作《清代内务府1998》里提到清朝的一项制度:"内府人员惟充本府差使,不许外任部院,惟科目出身者,始与缙绅伍",又说"凡内务府官员,一中进士,即不得在本衙门当差,须改分六部",也就是说,像曹寅这种出身的人只有通过科考才能做外官,而一旦中了进士,就不能留下担任内务府官员了,必须出任外官。

而曹寅后来接任其父曹玺的江宁织造郎中,属内务府专差,故没能继续参加科考,先是担任了康熙的侍卫。纳兰性德则继续参加了会试,一举中第,考上了贡生,却因病错过了殿试,直到三年后才又复考,中了进士二甲第七名,后来同样担任了康熙帝的三等侍卫。

康熙二十三年（公元1684年）,曹玺去世,曹寅回江宁奔丧,又奉旨协理江宁织造事务,次年五月才回京复命,任内务府慎刑司郎中。所以,从康熙十五年到二十三年整整八年的时间,纳兰性德和曹寅都在同一个职位上共事。

黄河走东溟,白日落西海,春去春又来,雁回雁又归。八年的时光里,他们常常伴着清辉,在皎洁的月光下并肩而行;他们一同策马奔腾,在猎场上雄姿英发;他们一起巡视边疆,遍尝民间疾苦,为百姓们牵肠挂肚;他们也曾切磋比试,刀枪剑戟、骑射六艺,全都手到擒来;他们也曾分担皇上的忧愁,一起出谋划策;他们更多的时候是在谈论诗词歌赋,谈论心中壮志,谈论遥远的未来。

曹寅和纳兰性德在共事其间,曾有过多次同题的吟咏,比如纳兰性德有《柳条边》,曹寅便有《疏影·柳条边望月》;纳兰性德有《青玉案·宿乌龙江》,曹寅也有《满江红·乌龙江看雨》,可见他们在一同跟随康熙帝出巡的时候,常常互有唱和来驱赶扈从的疲惫与无聊。

曹寅与纳兰性德少年时的经历非常相似，但后来的过程和结局却完全不一样。曹寅知道，纳兰性德是羡慕自己的，他从他的眼神中看出了难以掩饰的渴望和向往。他不像自己，自己可以活跃在朝堂之上，可以为民请命，建功立业，而纳兰性德却始终困在无边无际的大漠荒原之中，走不出那高高的围墙。

可这一切谁都无能为力，因为他们头上悬着的是高高在上的皇权，君让臣死，臣尚且不得不死，何况是这小小的束缚呢？纳兰性德只能遵从，然后把自己的希望、梦想寄托在身边这些朋友身上。

康熙二十一年（公元 1682 年），纳兰性德邀众好友齐聚花间草堂，于元宵佳节共同出游。曹寅亦在其列，并作词《貂裘换酒》：

貂裘换酒

野客真如鹜，九逵中，烟花刺感，嬉游谁阻。鸡壁球场天下少，罗帕钿车无数。齐踏着，软红春土。背侧冠儿推不转，闹蛾儿耍到街斜处。挝遍了，梁州鼓。

一丸才向城头吐，白琉璃秋毫无缺，打头三五。市色灯光争映发，平地鱼龙飞舞。早放尽，千门万户。蜡泪衣香消未得，倩玉梅手捻从头诉。细画出，胭脂谱。

康熙二十三年（公元 1684 年）六月，曹寅父亲病故。这一年，康熙帝首次下江南，纳兰性德随侍左右。队伍在路上途径江宁，便专门前去拜访。

自从赴江宁奔丧之后，曹寅便留下协理事物，与纳兰性德已是小别半年了。如今乍一见到好友，心中自然是无比高兴，闲谈之间，他便引着纳兰性德参观一些自己从小长大的地方。

曹家后院有一处亭子，是曹寅幼年时期读书写字的地方。康熙二年，曹家搬往此处时，曹玺亲手种植了一大片楝树，故取名为"楝亭"。十几年过去了，这些楝树如今已经枝繁叶茂，亭亭如盖。纳兰性德为了追念好友的先人，也为了安慰好友心中苦闷，便挥笔写下了一首《满江红》：

满江红·为曹子清题先人所构楝亭，亭在金陵署中
籍甚平阳，羡奕叶，流传芳誉。君不见，山龙补衮，昔时兰署。
饮罢石头城下水，移来燕子矶边树。倩一茎，黄楝作三槐，趋庭外。
延夕月，承晨露。看手泽，深余慕。更凤毛才思，登高能赋。
入梦凭将图绘写，留题合遣纱笼护。正绿荫，青子盼乌衣，来作暮。

文题中的"曹子清"即曹寅，子清是他的字。首句是对曹家的简单介绍。"平阳"是地名，相传是尧帝的都城，此处代指六朝古都金陵。

"山龙补衮"是指当时达官贵人在祭天等庆典活动时穿的礼服。山龙是指礼服上的山、龙形的图案。"兰署"即兰台，御史台之类的地方，是汉朝时皇宫中用来收藏典籍的地方。这两句是纳兰性德描述曹家享有的荣誉。

"石头城"是金陵的别称，位于南京市清凉山，南临秦淮河口。三国时期，吴国孙权在山上修建了石头城，交通要道、军事重地。

"燕子矶"，位于南京市栖霞区观音门外，有"万里长江第一矶"的称号，因山石直立江上，三面临空，就好像一只展翅欲飞的燕子，故名为燕子矶。"石头城"和"燕子矶"都是纳兰性德用来

代指金陵的，意思是说曹家位于这样的好地方，可以喝石头城里的水，可以栽燕子矶旁的树，实在是皇恩浩荡，圣宠非常啊！

下面一句开始叙述楝亭的由来：曹家的先人移栽了几棵黄楝在庭外，越长越茂盛，才有了楝亭。"三槐"是用典，相传周朝的宫廷外种有三棵槐树，每次上朝时，众臣朝拜天子都要面向三槐而立。

又有宋代邵伯温《闻见前录》卷八中记载：宋朝时有一个叫王祐的人，曾经亲手在庭院中之中了三颗槐树，说："我的子孙中必定有能成为三公的人。"后来，他的儿子果然成为一朝之相。后来世人便用"三槐"代称那些做大官的人。

纳兰性德这是在称赞曹家先祖的明智，效仿前人用黄楝代替槐树种于庭外，曹家未来必将鼎盛，也会培养出三公这样的人才。

"延夕月，承晨露"乃是语带双关，一说黄楝的生长过程，在一天天的岁月中，这几棵树饮朝露而长，枝叶繁茂；二说曹家的后代子孙生长于如此人灵地杰之处，定会有所作为。

下面一句"看手泽，深余慕"还是用典。"手泽"本意是手汗，《礼记·玉藻》中记载："父没而不能读父之书，手泽存焉尔"，便用来代指先人或祖辈的遗物，此处是指皇帝赏词的题字。

纳兰性德看到康熙皇帝为曹家亲自题的字，非常羡慕。这句是纳兰性德自谦了，含有对皇上的逢迎和对曹家赞扬之意。

"凤毛"一句又是用典，典出《世说新语·容止》："王敬伦风姿似父，作侍中，加授桓公，公服从大门入。桓公望之，曰：'大奴固自有凤毛。'"形容人拥有风度与才华，像他的父辈。纳兰性德引用于此，是想说曹寅继承了父辈遗风，拥有惊人的才能。

"纱笼"即穿在衣服外面的罩纱，是一种身份的象征。唐代末期，中书侍郎王定保官在《唐摭言》中写道："二十年来尘扑面，如今始得碧纱笼"，是说他二十年来贫寒交迫，奔波劳碌，现在终于苦尽甘来，能够穿上碧纱笼了。纳兰性德的意思是说曹家从祖上就非常显赫，现在地位更是不一般。

末句"正绿荫，青子盼乌衣，来非暮"，"青子"即没有成熟的青梅，"乌衣"此处是指燕子。这一句纳兰性德化用了两首前人的诗作：宋代张先的《倾杯·吴兴》"芳菲故苑。深红尽、绿叶阴浓，青子满枝头"和元代杨维桢的《题边鲁生梨花双燕图》"春风歌《白雪》，夜月梦乌衣"。这句是说，现在正是绿荫浓厚的时节，晴空朗日，亭畔的黄楝已经结出了青涩的果实，正等待燕子归来，希望它们飞来的时候别是傍晚。这一句是纳兰性德借景抒情，暗喻曹家此时正是最受重用的时候，是他对于曹家正值兴盛辉煌的赞誉之意。

这首《满江红》极尽赞美之词，称赞了曹家的历史和园亭，赞美了曹寅感人的孝心和超凡的才能，这不仅表明纳兰性德非常熟悉曹家的历史和家事，也从侧面表明了他和曹寅的感情非常融洽，情谊深重。

曹寅与父亲情深，父亲去世后，常常思念不已，于是便众邀好友，合力绘一幅《楝亭图卷》以表思念。如今恰逢纳兰性德在此，便邀请纳兰性德为其题跋。

曹司空手植楝树记

《诗》三百篇，凡贤人君子之寄托，以及野夫游女之讴吟，往往流连景物，遇一草一木之细，辄低回太息而不忍置，非尽若召伯之棠："美斯爱，爱斯传"也。又况一草一木，倘为先人之所手植，则睹言遗泽，攀枝执条，泫然流涕，其所图以爱之而传之者，当何如切至也乎！余友曹君子清，风流儒雅，彬彬乎兼文学政事之长，叩其渊源，盖得之庭训者居多。子清为余言：其先人司空公当日奉命督江宁织造,清操惠政,久著东南;于时尚方资黼黻之华,间阎鲜杼轴之叹;衙斋萧寂,携子清兄弟以从,方佩觽佩韘之年,温经课业,靡间寒暑。其书室外,司空亲栽楝树一株,今尚在无恙:当夫春葩未扬,秋实不落,冠剑廷立,俨如式凭。嗟乎!曾几何时,而昔日之树,已非拱把之树;昔日之人,已非童稚之人矣!语毕,子清怃然念其先人。余谓子清:"此即司空之甘棠也。惟周之初,召伯与元公尚父并称,其后伯禽抗世子法,齐侯伋任虎赏,直宿卫,惟燕嗣不甚著。今我国家重世臣,异日者子清奉简书乘传而出,安知不建牙南服,踵武司空。则此一树也,先人之泽,于是乎延;后世之泽,又于是乎启矣。可无片语以志之?"因为赋长短句一阕。同赋者:锡山顾君梁汾。并录其词于左。

前面曾经说过,纳兰性德与曹寅应是很小的时候就相识了,再加上纳兰性德的这篇题跋,很多研究者就认为曹寅是康熙帝的伴读,他们应该是从小一起长大的,因为纳兰性德有一句"伯禽抗世子法",这句是用典,典出《礼记·文王世子》,说的是成王的伴读伯禽替其挨打的事情。

成王是周武王姬发的儿子,武王伐纣灭商后没多久就病故了,众臣拥立他的儿子姬诵继位,便是周成王。周成王即位后,因为年龄太小,就由他的亲叔叔、伯禽的父亲周公旦辅政。一开始,周公旦给成王请了最好的老师授课,但成王性格顽劣,不服管教,老师骂不得打不得,一段时间后就教不下去了。周公旦对于如何教育君王感到很苦恼,于是就把周成王的堂兄弟、自己的长子——伯禽送进宫里做他的伴读。

伯禽比成王虚长几岁,非常懂事,性格温顺,品德优异。他进宫之后陪着成王同吃同睡,一起接受教育,这个所有人眼中的"优秀弟子"不负所望地起到了一定的模范作用。除此之外，每次成王犯了错误，周公旦都不会惩罚他，而是让伯禽替他受过，一是想起到杀鸡儆猴的震慑作用；二是想要借此引起成王的愧疚心理，让他自觉地安分一些。

因此，很多学者认为，纳兰性德用这个典故是想说曹寅也曾像伯禽一般替康熙帝挨打受骂过，得出了曹寅是康熙帝伴读的结论。但根据曹寅写的词来看却有些说不通。康熙二年，曹寅六岁的时候，其父曹玺就担任江宁充任织造，全家南下至南京。在南京，曹寅开始了文学上的启蒙，拜师马伯和。他曾写有《楝亭集·哭马伯和先生》两首：

【其一】

五十飘零霜鬓侵，旧时颜色杳难寻。魂归故国青山晚，梦绕枫林白雪深。几见文章甘没齿，谁知蒙难苦伤心？而今更有遗诗在，读向南天泪满襟！

【其二】

忆昔提携童稚年，追欢多在小池边。义熙老尽江门柳，姑熟新添括陇烟。天地以私贫一老，烽烟何日返山川。忍闻风雨秦淮上，六尺孤儿守旧毡。

这两首词写于马伯和逝世之后，用词真挚感人，由此可以看出曹寅与老师的感情是非常深厚的。而曹寅给同在马伯和座下学习的同窗好友钱穆孙的送别诗中写道："石桥执经予最少，十年同社夜台多。西州便是香河水，荒草频添驻马坡"，可见曹寅在马銮身边学习长达十年的时间。曹寅直到十六岁离开南京到京城应试，中举后便留在康熙帝身边当了侍卫,其后一路升迁辗转,再也没有回到老师身边去,所以可以推算出他尚在六岁稚龄之时就跟随马伯和了,怎么能有时间再去做康熙帝的伴读呢?

其次,历史上有明确记载的康熙帝的伴读为丁应元、明珠、伊桑阿和马尔汉等人,这在丁应元之子丁皂保的碑文上有所记载,而他的《恭志追赐御书奏对始末》中更是有清楚明白的叙述。而康熙四十年(公元1701年)时,康熙帝也曾感叹道他小时候的伴读现在只剩下明珠、伊桑阿和马尔汉了。曹寅卒于康熙五十一年(公元1712年),当时仍然在世,那么康熙帝亲口说出来的人当中何以没有曹寅的名字呢?

康熙三十四年(公元1695年),这一年距离纳兰性德过世已经十年整。曹寅早已接替父亲成为江宁织造,而张见阳也已升迁至庐江郡守。世事变迁,不变的唯有真情。

这一天,张见阳来访,曹寅高兴之余又邀请了当时的江宁知府施世纶过府一聚。三人在楝亭中秉烛夜谈,话题自然离不开已经过世的纳兰性德。兴之所至,张见阳即兴作了一副《楝亭夜话图》,曹寅兴致勃勃地要为其题词。他酝酿良久,触景生情之下,不禁又浮现出纳兰性德的音容笑貌,于是他写道:

紫雪冥濛楝花老,蛙鸣厅事多青草。庐江太守访故人,建康并驾能倾倒。

两家门第皆列戟,中年领郡稍迟早。文采风流政有余,相逢甚欲抒怀抱。

于时亦有不速客,合坐清来斗炎燠。岂无炙鲤与寒鷃,不乏蒸梨兼瀹枣。

二簋用享古则然,宾酬主醉今诚少。忆昔宿卫明光宫,愣伽山人貌姣好。

马曹狗监共嘲难,而今触痛伤枯槁。交情独剩张公子,晚识施君通纻缟。

多闻直谅复奚疑,此乐不殊鱼在藻。始觉诗书是坦途,未妨车毂当行潦。

家家争唱饮水词,纳兰心事几曾知?斑丝廊落谁同在?岑寂名场尔许时。

这首词古朴自然,犹如白话让人通俗易懂。首句乃是写景,上来就交代了时节,楝花已经衰败了,紧接着又描写了"蛙鸣""青草",再加上下文中的"斗炎燸""蒸梨""瀹枣"等词可以看出时间是在夏天。

交代了时间之后,便进入正题叙述事情,写庐江太守张见阳来拜访自己这个"故人",二人一起并驾齐驱,共游南京。接着描写两人之间的交情,称赞对方的门第以及高超的文采。

下面过渡,自然地引出了"不速之客"施世纶,继而简单介绍了一下酒宴上的食物以及当时的氛围。旧友相会,对月夜谈,可惜虽是宾主尽欢,但总觉得少了一些什么,冷清了许多。

少的是什么呢,自然是他们共同的好友纳兰性德了。施世纶是施琅之子,而施琅因为收复台湾的事情与纳兰明珠交好,故而施世纶与纳兰性德也有过往来。那么这样三个人聚在一起话题自然就离不开那个共同的人了。

曹寅想起了曾经和纳兰性德他们共聚一堂把酒言欢的情景,景至情浓,于是他回忆道:"忆昔宿卫明光宫,楞伽山人貌姣好,马曹狗监共嘲难,而今触痛伤枯槁"。"楞伽山人"是纳兰的号,曹寅回忆起与纳兰性德曾经一起值班的日子,纳兰性德面如冠玉,风度翩翩翩，一派谦谦君子模样，但内心却狂放不羁，不拘小节，他们常常互相开玩笑，来抵挡漫漫长夜的寂寥。

"马曹"指的也是纳兰性德，因为他曾经在上驷院供职，替皇上养马。而"狗监"说的便是曹寅自己了，因为他曾经在养鹰鹞的地方当值，替康熙养狗。这应该是两人互相给对方起的外号。曹寅想起当初他们两个互相嘲笑对方是马曹、狗监时那种意气风发、年少轻狂的模样。如今想来，这些触动人心的往事只能让人哀伤不已。

纳兰性德已经走了整整十年，这十年里，自己不是没有结交过新的朋友，但没有一个及得上纳兰性德的风采，而且纳兰性德对待朋友"多闻直谅复奚疑"，他直率体贴，从不怀疑朋友，得友如此实乃三生有幸。以前不曾体会他淡泊名利的心态，如今才知晓富贵荣华就像是行走在泥泞之中的车轮，只会给人生增添负担罢了。十年过去了，官场上往来更替，注入了很多新鲜血液，已经有很多人淡忘了纳兰性德曾经存在的痕迹，但他的词作《饮水词》却仍旧家家争相传唱。可即便能够将他的词作倒背如流又如何呢？纳兰性德真正的心事又有几个人能体会？

可叹自己现在已是两鬓斑白，落寞孤寂，还有谁与我同在？纳兰性德呀，诗坛少了你显得寂寞宁静许多呀！

从这首词中，不难看出曹寅对纳兰性德的了解之深，而且他用词酌句直抒胸臆，更显得情真意切。

说到曹寅和纳兰性德，《红楼梦》是避免不了的话题。只要是对纳兰性德有兴趣的人就不得不去读《红楼梦》，而凡是喜爱《红楼梦》的人又一定会去读纳兰词。纳兰性德与《红楼梦》似乎有着千丝万缕的关系。

《红楼梦》的作者曹雪芹是曹寅的孙子，他出生的时候，曹寅早已驾鹤西去。曹雪芹完全不可能从爷爷口中得知关于纳兰性德的事迹，编纂成书的可能性更是微小，所以硬说纳兰性德是"贾宝玉"的原型实在有些牵强。

要说这第一个把纳兰性德与《红楼梦》扯上关系的人，那是赫赫有名、开创了一派盛世的乾隆皇帝。相传，当年和珅把《红楼梦》拿给乾隆皇帝观赏，他读后说道："此盖为明珠家事作也"。直接就把两者划上了等号。

而许多蛛丝马迹也表示着，纳兰性德与《红楼梦》确实脱不了关系，比如宝玉不好仕途，这一点与厌倦官场的纳兰性德也颇为相似。他在妻子卢氏的忌日时写下一首《金缕曲·亡妇忌日有感》回忆妻子"滴空阶、寒更雨歇，葬花天气"，而《红楼梦》中便有黛玉葬花的桥段。

《红楼梦》中宝黛初见，宝玉用"颦颦"二字给黛玉作表字，并且解释道："西方有石名黛，可代画眉之墨"。探春说他是杜撰而来，实际这个典故出于纳兰性德的《渌水亭杂识》："齐堂村在西山之北百余里，产画眉石处也"。而纳兰性德也很喜欢用"颦"字来形容女子的黛眉，比如他有一首五言绝句"美人临残月，无言若有思。含颦但斜睇，吁嗟怜者谁？"比如他在《临江仙·寒柳》中曾言："叶干丝未尽，未死只颦眉"，还有一首《浣溪沙》，其中这样写到："病余常是怯梳头。一迳绿云修竹怨，半窗红日落花愁，惜惜只是下帘钩"。

如果不知道这几句诗词的出处，我们肯定会误认为都是《红楼梦》中描写林黛玉的诗词，句句读来分明就是林妹妹那恹恹多病、愁思不尽、潸潸泪流的形象。

这些只是所谓"证据"的其中一些，但事实到底如何，我们终究无法得知。

康熙五十一年（公元1712年），垂垂老矣的曹寅斜靠在楝亭的石凳上，他看着天上的明月，缓缓流淌着清辉，一如当时，可是却再也等不来那个气宇轩昂、温润如玉的公子了。

恍惚间想起了年少时的记忆，他记得闲暇之余，他们经常会聚在渌水亭中，或把酒临风，感叹历史兴衰；或挥毫泼墨，一表心中志趣。

曹寅还记得纳兰性德因壮志难酬时的郁郁寡欢；记得他看见边塞百姓流离失所时的悲天悯人；记得他和妻子在一起时脸上的神采飞扬，更曾记得卢氏去世后，他的痛彻心扉，醉生梦死。

那些本来已经模糊了的记忆，如今变得清晰而又深刻。他多想时间走得慢一些，可以让他多一些时间回味。

他们少年相识，共同度过彼此一生中的风华正茂，却没能一起历尽人世沧桑，纳兰性德走得太早，英年早逝。想来"自古美人如名将，不许人间见白头"，越是天资卓越，越是不能长久。

曹寅已经感觉到了隐隐的召唤，他知道自己很快就将伴着夜幕沉沉睡去，再也不会醒来，他要去见见那个并肩作伴的故人了。可自己已经是满头白发，而纳兰性德仍旧是当初那个风姿秀丽的模样，那个日夜思念的好友，如今还能认出自己吗？

与张见阳——相逢莫过于相识

纳兰性德一生为情所困，但困住他的不仅仅是爱情，还有友情。虽说知己难求，纳兰性德一生中却结交了很多志同道合的莫逆之交。在他心中，交朋友不存在民族的限制，更不存在门第观念，只要心意相通，不管是乞丐还是王孙，都是他的朋友。

康熙年间，河北直隶丰润县出了一位名噪一时的人物。此人文画双绝，尤其擅长作画，画工出众，清代绘画著述《国朝画识》称其"性温厚博雅，画得北苑南宫之沉郁，兼云林之飘淡，尤妙临摹，盖其收藏颇多，故能得前人笔意。书宗晋唐，更善图章"。

此人名为张纯修，字子敏，号见阳，工部尚书张自德之子，祖籍河北丰润，出生于清顺治十四年（公元1657年）。同年，他的父亲张自德考中进士，双喜临门。后张自德升任工部尚书，全家迁居于北京西山。

张见阳虽是汉人，却隶属满洲正白旗，为内务府包衣，曾历任招民县知县、广东督粮道、广陵署江防同知、庐州府知府。

张见阳才艺超群,书画诗文俱佳。关于他的画艺、他的作品见载于《图绘宝鉴续纂》《八旗画录》《清画家诗史》等。张见阳绘画作品及相关资料传流不丰,仅存作品显现其清劲笔力、幽深意境,在文坛画苑广受赏誉。

在北京丰台太子峪发现的《清诰授中宪大夫江南庐州府知府加五级见阳张公墓志铭》中有载"与长白成公容若称布衣交,相与切剀风雅,驰骋翰墨之场,其视簪袚之荣,泊如也",可见其与纳兰性德的深厚情谊。

说起张见阳和纳兰性德的认识,要缘于两人共同的好友——曹寅。张见阳与曹寅的祖上乃是同乡,明朝永乐年间均居于河北丰润。曹家后又出关,迁到辽宁省铁岭,但与丰润的关系并没有中断,与张家更是常有往来。

努尔哈赤建立后金政权后,于后金天命四年攻下铁岭,曹寅祖父被掳。后跟随清兵征战,成了正白旗的包衣,多次征战有功被封了官职,赐正白旗。多年后,张见阳之父张自德也被攻入关内的清军挟持,一路被带到辽东。曹寅的祖父便引荐张自德加入正白旗,与曹家同在一旗。张自德后来之所以能够官至工部尚书,也有曹家引荐的原因。

故此,张家与曹家乃是乱世中的患难之交。

康熙九年(公元 1670 年),张见阳承蒙祖荫进入国子监读书。次年,十七岁的纳兰也入了国子监就读,两人有了交集。

曹寅闻听此事后,深知纳兰性德这个至交好友"结遍兰襟"的个性,而张见阳无论是性情还是才华都是上乘,这样志趣相投的两人怎能不为其牵桥搭线呢?

于是纳兰性德与张见阳经由曹寅的介绍,纳兰性德与张见阳就此相识,并且一见如故,志同道合,结为异性兄弟,文采飞扬的两人为后人留下了无数精彩的词作。纳兰性德去世后,张见阳对他甚是怀念,每每与曹寅相聚,话题便总也离不开纳兰性德,追思之语仿佛说不完一般。张见阳最爱画兰花,自纳兰性德离世后,他所画的每一幅兰花图都会在上面誊写纳兰所做之词。曹寅曾在为张见阳的画作《墨兰图》上为其题字,特意点出:"(他)每画兰,必书容若词。"

不止如此,为了一表思念之情,他还整理出纳兰性德的遗作刊刻成集,并为其作序,使《饮水诗词集》能够流传于世。序中说:"所以为诗词者,依然容若自言,'如鱼饮水,冷暖自知'而已。""如鱼饮水,冷暖自知"岂不是对纳兰性德一生最好的概括吗?仅仅八个字,足见其对纳兰性德的深刻了解。

张见阳画工了得,集百家之长,既有董源、米芾的沉郁顿挫,又兼得倪瓒的安逸平淡。此外,他尤善于临摹,收藏品非常多,结识纳兰性德后,他便赠给纳兰性德其中一部分藏品。纳兰性德收藏的宋人李公麟绘的《五马图》、元人王振鹏绘的《龙池竞渡图卷》以及明人王绂绘的《墨竹图》等除了纳兰性德的印章外,均印有"张见阳""子安珍藏印""见阳图书"等字样。

张见阳年纪比纳兰性德大一些,故而他们结拜之后,纳兰性德一直以"兄长"相称。在他写给张见阳的信中曾说道:"又承吾哥不以贵游相待。而以朋友待之,真不啻饱以德也。谢谢!此真知我者也。当图一知己之报于吾哥之前,然不得以寻常酬答目之。一人知己,可以无恨,余与张子,有同心矣"。

纳兰性德言称张见阳"不以贵游相待",意思是说他明白张见阳与他交往并不是为了攀高结贵、趋炎附势,而仅仅是因为志趣上的相投和品性上的欣赏。

康熙十五年冬,纳兰二十二岁寿辰那天,曾写了一阕《瑞鹤仙》

寄赠给张见阳，词云：

马齿加长矣。枉碌碌乾坤，问汝何事，浮名总如水。拚尊前杯酒，一生长醉。残阳影里问归鸿，归来也未？且随缘，去住无心，冷眼华亭鹤唳。

无寐。宿醒犹在，小玉来言，日高花睡，明月阑干，曾说与，应须记。是蛾眉便自，供人嫉妒，风雨飘残花蕊。叹光阴，老我无能，长歌而已。

此时的纳兰性德本该是人生最得意的时候：仕途上，他刚刚高中进士，被康熙帝钦封为三等御前侍卫；家庭中，他夫妻生活美满，膝下已有一子，而且卢氏也有孕在身，正该是人逢喜事精神爽才对。可在这阕词中，却不难看出纳兰性德的惆怅和悲愤，充斥着浓浓的叹息。

那是因为纳兰性德并不如表面上看起来那样风光与快乐。他虽然已有官职，但却无法过问朝堂之事，只是一个被人呼来喝去的侍卫，他赫赫有名的父亲，除了给他带来富贵的生活和高贵的身份以外，还给他带来了别人的嫉妒和诬陷，仕途之路并不顺利。

他觉得自己有可能这一生都没有机会施展抱负，因此非常苦恼烦躁。这种苦闷又无法和家人诉说，只能从知他懂他的知己好友那里寻求安慰了，可见纳兰性德与张见阳交情甚笃。

据二人共同好友看来，纳兰性德与张见阳的交往是"以诗词唱酬、书画鉴赏相交契"。纳兰性德雄姿英发，文采飞扬，张见阳才华横溢。两人都精通于断句填词、创作诗词，常常互相交流，倚声唱和。在张见阳所创作的《语石轩词》中就有二人唱和的诗词：

菩萨蛮·看杏花和容若韵

杏林几处花如织，朝来竞著寻山屐。满地落残红，难禁昨夜风。
远沙平似镜，人在春波影。携酒坐花间，相看谁最闲？

前调·咏兰和容若韵

弱影疏香，乍开犹带湘江雨；随风拂处，似共骚人语。
九畹亲移，倩作琴书侣；清如许，纫来几缕，结佩相朝暮。

前调·寄容若

薄宦天涯冷署中，相思人隔万山重，泪痕和叶一林红。
鹿鹿半生浑似水，飘飘两袖自清风，浮云遮莫蔽寒空。

这三首词文风清新隽永，纯净真切，颇具纳兰词的风格，可见张见阳在赋诗作词上受到了纳兰性德不少影响。

除了互相唱和诗词外，张见阳还常常把自己创作的画作拿给纳兰性德鉴赏，让他品评，而纳兰性德也是尽职尽责，给出了很多中肯的建议：

"前来章甚佳，足称名手。然自愚观之，刀锋尚隐，未觉苍劲耳。但镌法自有家数，不可执一而论，造其极也"；

"令弟小照可谓逼肖，然妆点免少俗耳。吾哥似少不象，而秋水红叶，可无遗憾也"。

从这些评论中,我们可以看出纳兰性德对张见阳的作品并不是因着朋友的关系而一味称赞,而是给予他公正积极的评价,实事求是,欣赏他的优点,指出他的不足。

纳兰性德与张见阳的志同道合不仅仅是因为他们俩的文采风流,更多的是因为他们共同的德行。纳兰性德虽生于贵胄之家,但他从不存在门第之见,他对所有朋友都一视同仁,平等对待,不因贵贱分远近。而张见阳虽然身份地位不算高贵,但也并不因此自卑,在他眼里,纳兰性德不是世人眼中的权相公子,只是他的朋友。他们彼此坦诚相待,平等相处。

纳兰性德不仅不以贵公子自居,对于民族血统更是没有偏见,一视同仁,不仅如此,他还十分欣赏那些有文采的汉人,非常同情那些受到压迫和剥削的汉族文人雅士。他言行统一,并不是嘴上说说而已,他身体力行地去结交那些受人歧视的汉人,与他们成为朋友,真诚相待。张见阳同样经常援助那些贫困潦倒的汉族士子,或是用词作和画作慰问,或是以银钱相助,或是为他们谋求出路,寻求庇护。他也喜欢办酒会,邀请那些精通诗文、工于书画的朋友一起游玩共赏。

康熙十八年春,康熙帝有感于很多真才实学的学子因为不擅长八股文而屡次落第,不能为朝廷所用,于是开设"博学鸿词",让各地地方官和当地商绅推举一些公认的有学识、有才干的名士直接参加这一考试。这一举措吸引了很多饱读诗书、才高八斗的汉族学士。

张见阳借着这个机会在自己的山居中举办了一场空前盛大的吟游盛宴,邀请了满汉两族中的有志之士。纳兰性德自然也在被邀之列。

门庭深深,松柏森森,草木茂盛,小径悠长,山间的别院远远看去一派幽静,走近了却能听到不时传来的爽朗笑声。满院都是白衣长袍的书生，他们三五成群，或是吟诗作对，或是谈论时事，或是鉴赏书画。

张见阳拿出珍藏的好酒一一斟给众人品尝，暖风徐徐，酒香飘满了小院，醇厚的香味让人未饮便先醉了。要说文人的交友之道，只要脾性相和、志趣相投就能成为朋友，所以这次酒会不仅加深了两族人文化习俗的交流，更消除了一些偏见与隔阂，增进了两族人之间的友谊。

在张见阳的影响下，纳兰性德接触到了更多汉族文人子弟，逐渐养成了很多汉人习性，也开始热衷于举办酒宴来以文会友。

这一年夏天，正是"接天莲叶无穷碧，映日荷花别样红"的时候，纳兰性德效仿张见阳，借着赏荷花的由头，在纳兰府中的渌水亭中同样举办了一场酒会。

这场酒会热闹非凡，纳兰性德也感到胸中的闷气消散不少。既然是以文会友，那么作为东道主自然要身先士卒，沉吟许久后，他写下了《渌水亭宴集诗序》。然后他向到场的客人们提出赋诗的要求："宁拘五字七言，不论长篇短制，无取铺张学海，所期抒写性情云尔"，即是说，不用拘泥于五字还是七言，也不管篇幅的长短，更不需要有什么华丽的辞藻来体现自己有多么高深的学识，只要诗出于本心，兴之所至即可。

这场集会让纳兰性德找到了久违的快乐，让他暂时忘记了那些非议和苦闷，也使他结识到了很多志趣相投的新朋友。

酒宴结束后，趁着兴致正浓，纳兰性德与诸位好友集力共建了几间茅屋，名曰"花间草堂"，成为以后他们诗词唱和的聚会场所。

相聚的时光总是短暂的。康熙十八年（公元 1679 年），张见阳远赴湖南，出任江华县县令，虽是升官美事，但对于这对知己来说，却令人愁苦万分。从此相隔万里，再难相见，如何高兴得起来呢？

菊花新·用韵送张见阳令江华

愁绝行人天易暮，行向鹧鸪声里住。渺渺洞庭波，木叶下，楚天何处。

折残杨柳应无数，趁离亭笛声吹度。有几个征鸿，相伴也，送君南去。

"江华"位处湖南省西南部。由此可见这是纳兰性德送别张见阳时所作之词。时值暮春，晚风残照，纳兰性德黯然目送张见阳远去。

首句劈头就是"愁"，而且是"愁绝"，极度忧愁。"鹧鸪声里"，词中是代指张见阳奔赴的目的地——江华。鹧鸪的意象在古诗词中颇为常见，有着特定的内蕴，传闻鹧鸪的叫声听起来像"行不得也哥哥"，对于离家在外的游子，很容易勾起满腔的离愁别恨。

离别总是让人伤感的，知己好友的离开更让人愁断肠。友人你即将到遥远的江华县赴任，此时此刻为你送行的我只觉得极度忧愁，连天色也仿佛懂得人的想法，有意识地变暗了。

下一句"渺渺洞庭波，木叶下"化用了屈原《九歌·湘夫人》中"袅袅兮秋风，洞庭波兮木叶下"一句。此句乃是想象，等你到了赴任之地，想必已经是深秋了，江南那无边无际的湖水上定是飘满了落叶。正所谓"无边落木萧萧下"，秋色迷蒙，令人感到分外凄凉。友人这一去，便是千山万水，不知何日才能相见。

"吹度"是吹送。晚风拂柳，友人远行，自然该以笛声相送。幽怨的笛声中，张见阳已经远去，用作离别想念的杨柳已经被折断了无数次，本应趁着长亭中离别的笛声就此作别，但纳兰性德却始终不舍得离开，定定地看着好友的背影渐行渐远。

"征鸿"即大雁，大雁秋来南飞，春来北往，归有定期，总会勾起漂泊流离的离人愁绪。天边远远翱翔着几只大雁，原来不舍你离开的并不是我一人，它们也在陪着我送你远去。

此首词采用了虚拟手法，想象了友人赴任之地的苦寒，表达出他对友人忧心不已的深切情感。

相比纳兰性德的爱情相思之词，这首送别知己的词用词简洁利落，少了几分旖旎，多了几分大气。

踏莎行·寄见阳

倚柳题笺，当花侧帽，赏心应比驱驰好。错教双鬓受东风，看吹绿影成丝早。

金殿寒鸦，玉阶春草，就中冷暖和谁道？小楼明月镇长闲，人生何事缁尘老。

这首词是在张见阳离开后，纳兰性德有感于扈从生涯的疲累和对闲适生活的向往，向好友表达心中所想的作品。

首句"倚柳题笺，当花侧帽，赏心应比驱驰好"写的是一种纳兰性德想象中的文人雅士应有的生活：春日正好时，懒散倚着刚刚抽出丝来的柳树，邀上三两好友一起填词作诗，斜戴着帽子在花间行走是何等的惬意快活。这样的风流共赏、悠闲自在岂不比那侍驾奔波，来回驱驰的生活好上百倍！

"倚柳题笺"，指的是一种赋诗作对的舒适悠闲的生活。"侧帽"，就是斜戴着帽子，泛指一切洒脱不羁的装束。"倚柳题笺，当花侧帽"一句引用自南宋刘过《沁园春》的"傍柳题诗，穿花劝酒"，形容文士的风雅。"侧帽"一词用的是北朝美男子独孤信的典故,典出《周书·独狐信传》,传中记载:"(独孤信)在秦州,尝因猎,日暮,驰马入城,其帽微侧,诘旦,而吏人有戴帽者,咸慕信而侧帽焉"。

独孤信,鲜卑族人,是北周的一名大将。此人虽是武将,但史上记载其"美容仪,善骑射"。独孤信为人大方得体,穿着讲究,是著名的美男子,他的一言一行都受到当地百姓的模仿,是人人追捧的对象。有一次他外出打猎的缘故入城晚了些,为了赶在城门关闭前回到家里,他快马加鞭,一路疾驰。极速之下,头上的帽子被风刮歪了,也来不及扶正。不明就里的百姓以为是他故意为之,纷纷效仿。第二天,城里到处都是模仿独孤信侧戴帽子的人。

纳兰性德用这个典故,表达了自己对独孤信的欣赏和羡慕。独孤信文能治国,武能安邦,睿智无双,风度翩翩。反观自己,虽然有功名在身,也为了朝廷做事,但不过是在皇上身边日夜劳碌、鞍前马后罢了,始终没有建功立业、一展抱负的机会。

纳兰性德早年曾把自己的词作整理成集,并命名为《侧帽集》,足见其对独孤信的仰慕。纳兰性德以此自喻,除了表明自己同样风流雅致外,又何尝不是为了抒发心中的遗憾呢!

纳兰性德并不是卖弄之人,此词一开头便渲染自己潇洒不羁、风流倜傥实在有些异常。但紧接着一句"赏心应比驱驰好",就点出了纳兰性德自诩风流的意图。他是为了对比,拿过去的理想与眼前的现实做对比,来强调扈从生涯的庸碌与无趣使他白白辜负了如此令人赏心悦目的生活。

前一句是纳兰性德想象中的美好生活,接下来一句就是残酷的现实生活了。纳兰性德虽然厌烦这样的"驱驰"生涯,但又有多少人能离得开这滚滚红尘呢?他心中明白,不该任由自己在这熙熙攘攘中堕落,一天天看着满头黑发变成白发。

纳兰性德无力改变自己的生活,他只是觉得当初的选择是个错误。可惜世间没有后悔药,一失足便已成千古恨。

下阕抒情,面对好友,自然要把心中的抑郁尽情抒发一番了。纳兰性德身为康熙帝的近臣,长伴君左右,在皇宫中出入无阻。在外人看来,他深得皇上器重,风光无限。可在纳兰性德自己看来,他就像是"寒鸦"一般无所依靠,像石阶旁的"春草"一样孤独。在皇宫中做事,其中的甘苦冷暖只有自己知道。

如今的处境,进退完全由不得自己:想要马革裹尸,醉卧沙场,已经没有这个机会了;想要归隐山林,过安闲自在的生活,皇上同样不答应。面对如此深深的无奈,他也只能化作一声长长的叹息:"人生何事缁尘老",这一句感叹充满了无限的苍茫之感。"岁月催人老",自己到底还要因为多少无谓的琐事而早生华发呢?

纳兰性德每每在小楼上望着天上的明月,都觉得自己的生活实在太过寡然无味。明明有一腔壮志却不能施展,只能碌碌无为一生,任凭时光就这样缓缓流逝,人也被凡尘俗事耗去年华。

可再多的怨恨和感叹都无济于事,时光不会因为他的唏嘘而凝滞,现实更不会因他的苦闷而改变。纳兰性德仍旧只能乖乖地做他的御前侍卫,每天重复着无聊的生活,独自咀嚼个中冷暖。

菩萨蛮·过张见阳山居,赋赠

车尘马迹纷如织,羡君筑处真幽僻。柿叶一林红,萧萧四面风。功名应看镜,明月秋河影。安得此山间,与君高卧闲。

张见阳在赴任江华县令之前曾居于京城西山,山中风景优美,极为僻静。这一阕词是张见阳南去之后,纳兰性德路过其京城故居,又勾起了自己对于平静淡泊生活的向往,因而有感而作。

首句描写自己的近况:身居京城,出门便是纷杂红尘,车水马龙来来去去,好不喧嚣热闹。"车尘马迹"出自宋代朱熹的《卧龙庵记》:"余既惜其出于荒堙废壤之余,而又幸其深阻敻绝,非车尘马迹之所能到",本就是形容一种繁华景象,再加上"纷如织",更是让人在脑海中出现了一副门庭若市、川流不息的都市情景。

古往今来,有多少人忙忙碌碌,倾其一生就为了能够过上如此繁华精彩的生活,"宝马雕车香满路""玉勒雕鞍游冶处",但这不是纳兰性德想要的。纳兰性德生于高门府第,从小锦衣玉食,所以他对贵族生活的约束感到厌倦,他羡慕陶渊明那种"采菊东篱下,悠然见南山"的日子。

纳兰性德对张见阳曾经居住在这样一个优美的环境中感到甚为羡慕,那么到底是怎样一个"幽僻"的环境能让纳兰性德发出如此直白了当的感叹呢?下面两句给了答案:"柿叶一林红,萧萧四面风",看那柿子林,漫山遍野,青翠欲滴,中间却夹杂着片片红影,就像是天边灿烂的晚霞。清风徐徐从四面八方吹来,引得树叶飒飒作响,飘来阵阵柿子的香味。

艳羡归艳羡,即使再钟情于山水,还是不得不面对现实。现实如何呢?"看镜"则引用自杜甫《江上》一诗:"勋业频看镜,行藏独倚楼"。杜甫在这首诗中嗟叹自己年华已逝,所追求的功勋却始终没有达成。此处是用前车之鉴来告诫自己,千万不要为虚名所累,最终落得对镜慨叹的处境。人生必将归于尘土,而自己有幸得此倏忽之身,自然应当用来遍观春花秋月,赏遍尘世美景,才不辜负来人世间走一遭。"秋河影"指的是天上的银河,用在此处更加增添了名利的虚幻意境。

纳兰性德看着眼前的美景不觉心旷神怡,再想到自己那单调乏味的侍卫生涯,"功名"有何用?人生在世,所有功名利禄不过都是过眼云烟,还不是像那镜中花水中月般虚无缥缈。容颜易老,这些年来为人辛苦,替人奔波,哪曾替自己活过?

所以接下来,他感叹"安得此山间,与君高卧闲"。既然功名难就,年华易逝,不如就抛下浮名,栖息于这青山绿水中,和你一起卧枕山中,听鸟语,闻花香,以天地为被,整日饮酒写词,赋诗为乐,闲适快意。

这一句迎合了开头"羡君筑处真幽僻"一句。之所以"羡",是因为有心为之却不能为。纳兰性德没有办法抛开那些压在他头上的职责,所以不能归隐山林,过想要过的生活,所以才说"羡"。此句中"安得"两字是"怎样才能"的意思,这就说明了纳兰性德想要归隐山林只是一种期盼,真正实现的那一天遥不可及。

纳兰性德一直心存壮志,想要建功立业,却始终未能如愿。好友张见阳如今有机会为百姓请命,造福一方,纳兰性德便把自己的梦想寄托在友人身上,写信赠曰:"念古来名士多以百里起家者,愿足下勿薄一官,他日循吏传中,籍君姓名,增我光宠。"他希望张见阳能够抓住这次机会,多做些为国为民的好事,这样也能慰藉他心中的苦闷。

他还曾化用屈原的《离骚》来勉励张见阳,让他以百姓的安居乐业为己任,做一个流芳百世的好官,完成自己的梦想:"沅湘以南,古称清绝,美人香草,犹有存焉者乎?长短句固骚之苗裔也,暇日当制小词奉寄。烦呼三闾弟子,为成生荐一瓣香。甚幸!"张见阳收到信后,大受激励,便以"美人香草"为题作了一副《风兰图》赠与纳兰性德,又留下一段千古佳话和传世之作。

纳兰性德《饮水词》中有一阙《点绛唇·咏风兰》:

点绛唇·咏风兰

别样幽芬,更无浓艳催开处。凌波欲去,且为东风住。

忒煞萧疏,怎耐秋如许?还留取,冷香半缕,第一湘江雨。

"风兰"是一种寄生花,属于兰花的一种,白色花,有淡淡的香味,因为其长在通风的地方故得名"风兰"。

"别样"是特别、不寻常的意思,"浓艳"本意是指色彩的艳丽,词中代指鲜艳的花朵。纳兰性德首句赞赏其香气来衬托风兰的特殊,因为此词乃是纳兰性德根据画作而写,他面前并没有真正的、鲜活的风兰,所以运用了想象手法。

首句从嗅觉写开,用词优美贴切,让我们可以想象这样的画面:伫立在纳兰性德面前的那朵花,静静地绽放着一种不同的芳香,淡雅而又清幽,让那些浓艳的花都黯然失色。纳性德兰笔下的风兰别具一格,幽深雅静,是那些浓妆艳抹、娇艳欲滴的花不可媲美的。

第二句由嗅觉过渡到视觉,开始描写风兰的姿态。"凌波",形容的是女子轻盈柔美的姿态,曹植《洛神赋》中有"凌波微步,罗袜生尘"。但此处"凌波"应取意于晋代葛洪的《抱朴子·博喻》:"因风凌波者,虽济危而不倾",来赞美风兰坚韧顽强的品质。

在纳兰性德眼中,风兰不仅气味不同,就连它的形态也是与众不同的,它看上去就像是凌波仙子,飘逸柔美。"东风"在这里应该理解为"时光",纳兰性德希望,这朵恬淡的风兰能够使时光驻足,让这个美丽的画面永远定格。

"忒煞"亦作"忒杀",有"太、过分"的意思。纳兰性德看着在风中瑟瑟的风兰,不禁起了怜意:叶子如此稀疏,它如何能够耐得住秋日的风寒呢?

下一句"还留取,冷香半缕"又表现出了风兰的顽强与坚韧。"冷香",即冷冷的、淡淡的清香,多用来比喻菊花、梅花等的香气。风兰即使已经被秋风吹得萧条了,却仍然保留着半缕香气,沁人心脾。

纳兰性德并没有真正见到风兰,看到的只是张见阳的画作,由此可见张见阳画工了得,笔下的兰花塑造得极为逼真,仿佛注入了灵魂。

"第一湘江雨"一句,"湘江"是湖南的河流,此时张见阳正在湖南江华县做县令,所以纳兰性德用"湘江雨"来指代友人,故而这句是在称赞张见阳的画工在世间堪称翘楚了,竟然能将风兰的清香也描入得画中,让人如身临其境。

整首词完全是通过张见阳的一幅画卷再加以联想的手法来描绘,即使是这样,纳兰性德仍旧能将风兰的样貌与形态刻画得淋漓尽致、活灵活现,这不仅体现出张见阳画工的精致,更加体现了纳兰性德的才华横溢。

此后二人一直分隔两地,只能以书信往来,用书画传递情谊,但也从不觉得生疏。后来张见阳几次升迁,也没能有机会回到京城与纳兰性德一见。

康熙二十四年暮春,张见阳官迁扬州,任江防同治一职。江南的夏天已经提前到来,绿意盎然,知了在树梢上没完没了地鸣叫。原本艳阳高照的天气顷刻间变得阴沉起来,下起了淅淅沥沥的小雨。雨势不大,却断断续续始终不停,就好像人在哭泣一般。

张见阳倚在朱红色的府衙门前,等候纳兰性德的回信。前几日,纳兰性德在信中告知曹寅、顾贞观等好友皆赴京城,众人齐聚于渌水亭中,饮酒作词,以《夜合花》为题各自作诗,好不快活,并叹息道独独缺他一人。他艳羡不已,张见阳不由得感到一阵失落。

但那一天，他从草露青青的清晨等到残阳斜照的傍晚，也始终没能等来纳兰性德的回信。他一天天翘首以待，等啊等，最终等到的却是纳兰性德的死讯。突闻噩耗，张见阳始终不肯相信这个事实，直到曹寅等好友传信于他，才不得不面对这个残酷的现实。那天，他看着摆在书桌上纳兰性德与他来往的书信，一动不动，不吃不喝，久久不能释怀。

纳兰性德去世后，张见阳每每灵感来了，偶得佳句想要急忙记下来时，才突然记起已经没有那个与他唱和的人了，那个与他书信论道的知己再也找不到了。"知己"二字，重若千金，举世难寻。从此后，就只剩他一个人沦落天涯了。也许他还能在梦中与纳兰性德相见，待到那时定要罚他三杯，罚他的不辞而别。

又是一年纳兰性德的忌日，他对着悠悠天地洒下一杯清酒，道一句"别来无恙"。

与朱彝尊——世间唯你最懂我

在纳兰性德所有的汉人朋友中,有两位被前人评为清代的顶尖词人:一是顾贞观,二便是朱彝尊。

明崇祯二年(公元 1629 年)八月,浙江秀水县,朱府中传来了婴儿落地的啼哭声,一代文豪朱彝尊降生了。

朱彝尊是明代大学士朱国祚的曾孙,他年少时候就聪慧过人,过目不忘,只要他看过的书转眼就可以一字不差背诵出来。他博古通今,擅长诗词,诗与王士祯并称"南朱北王",词与陈维崧并称"朱陈"。他的文风清丽,自成一派,开创了"浙西词派"。

他喜欢金石之学,精通此道,不遗余力购藏古籍图书,和王时敏、郑簠被誉为"清初藏书三大家"。

朱彝尊为人不慕浮名,十七岁那年毅然决然放弃了考取功名的机会,尽心致力于研究古学,让许多学子钦佩不已,也使得他的名声更广为流传。

朱彝尊比纳兰性德年长二十六岁,两人是忘年交。结识之前,朱彝尊已凭《江湖载酒集》《静志居琴趣》两部词集在词坛扬名，相识后更是惺惺相惜。

与朱彝尊的相识仔细追究起来，是源于他的老师徐乾学。康熙十二年，纳兰性德受徐乾学所托搜集一些宋元的遗集，编写《通志堂集经解》一书。纳兰性德寻找资料时看到了朱彝尊收藏的旧版书抄本，惊叹于他的博闻强识，起了结交他的念头。

而这只是一个小小的引子，真正让纳兰性德对他充满兴趣，想要结交他的原因是朱彝尊的一段爱情故事。

朱彝尊的名气不仅仅流传于文人雅士之间，就连寻常百姓也知道这个人的存在。他之所以能够声名远扬，家喻户晓，除了他的词好，独具一格之外，还因为他的感情经历。

那时候的英雄名士，但凡有一点风流韵事，自然就是说书先生茶余饭后离不开的主人公了。文人自古风流，并不以为耻，反而以此来证明他们的人格与词作的魅力。有很多词人甚至靠着勾栏瓦肆的传唱来传播自己的名气，比如"凡有井水处，即能歌柳词"柳永。

而朱彝尊的情况与他们有所不同，朱彝尊的风流韵事并不是值得歌颂的，而是会让很多人感到鄙夷的——他违背伦理爱上了自己妻子的妹妹。

朱彝尊十七岁入赘到冯家，当时他的妻子芳龄十五岁，而妻子的妹妹冯寿常只有十岁。随着年龄渐渐增长，朱彝尊冯寿常之间逐渐萌生出爱意。但朱彝尊本就是入赘的上门女婿，家境贫寒，仰仗妻家扶持，冯家又怎么会把小女再下嫁给他呢？

冯寿常十九岁那年在父母的安排下出嫁。出嫁后的她婚姻生活并不幸福，两人一直偷偷约会，书信往来。二十四岁时，冯寿常又与婆家发生了矛盾，回到娘家来住，这个时候他们俩的交往逐渐频繁和大胆起来。

朱彝尊爱上了不该爱的人，但他觉得自己并没有逾矩，他与心爱的人发乎情，止乎礼，没有发生什么污秽不堪的事情。

于是他写下了一首又一首纪念二人感情的词作。他写道：

清平乐

齐心藕意，下九同嬉戏。两翅蝉云梳未起，一十二三年纪。
春愁不上眉山，日长慵倚雕阑。走近蔷薇架底，生擒蝴蝶花间。

鹊桥仙

一箱书卷，一盘茶磨，移住早梅花下。全家刚上五湖舟，恰添了个人如画。
月弦新直，霜花乍紧，兰桨中流徐打，寒威不到小蓬窗，渐坐近越罗裙衩。

记　事

枕上闲商略，记全家看灯元夜，小楼帘幕，暗里横梯听点屐，知是潜回香阁，险把个玉清追着。径仄春衣风渐逼，惹钗横翠凤都惊落。三里雾，旋迷却。

星桥路返填河鹊。算天孙经年已嫁，夜情难度，走近合欢床上坐。谁料香含红萼，又两暑三霜分索。绿叶清阴看总好，也不须频悔当时错。且莫负，晓云约。

冯寿常一贯身体娇弱，再加上家庭不和，年仅三十三岁就撒手人寰了。康熙六年（公元1667年），朱彝尊把他写给冯寿常的所有词作编纂成集，命名为《静志居琴趣》，这是他出版的第一部词集。"静志"就是冯寿常的字，这本词集描写的内容全部是他与冯寿常的故事，全是写给冯寿常的。

朋友都劝告他，这是一段不伦之恋，很难被社会接受，有可能会成为他的人生污点。但朱彝尊很执拗，不听劝告，他觉得爱情与身份、地位无关，爱了就是爱了，不应该隐瞒遮掩，这样美丽的爱情才值得认真纪念。

这本词集出版后引起了很多学者的讨论，也渐渐传到了纳兰性德的耳朵里。纳兰性德与朱彝尊虽然一直没有相见，但他们早已有过交集，他的老师徐乾学是朱彝尊的好友，他早从老师口中得知了朱彝尊的这段爱情悲剧，一直唏嘘不已。

康熙八年时（公元1669年），朱彝尊又作了一首两千字的长诗《风怀二百韵》来怀念冯寿常，一字一句，皆是饱含深情，让人不忍卒读。

朱彝尊与冯寿常爱得轰轰烈烈，却最终以悲剧收场。世俗的桎梏让他们的爱情命运多舛，坎坷异常。

当时的纳兰性德正逢被迫与选秀进宫的表妹分离，礼数束缚住了他们的来往。他的境地和朱彝尊的境地岂不是如出一辙？

于是，他从朱彝尊的诗词中看到了自己的影子。他同情他，更多的是羡慕他，羡慕他情愿背负世人的有色眼光，宁愿背负千古骂名也要与心爱人长相厮守的勇气；羡慕他没有高贵的身份，想为便可为的洒脱自由。他与表妹两情相悦，心心相印，那又怎么样？他没有勇气像他一般勇敢，勇敢向世人说出自己的爱，说出自己的不甘。

康熙十二年（公元1673年），朱彝尊来到了京城。纳兰性德借此机会给朱彝尊写了一封书信，表明对他的仰慕之情，想要与其切磋学问的想法。

其后一年，两人一直存在着往来，以书信互通有无。朱彝尊在《祭纳兰侍卫文》中描述了两人相识的经过："呜呼！曩岁癸丑，我客潞州，君年最少，登进士科，伐木求友，心期切磋，投我素书，懿好实多，改岁月正，积雪初霁，纫履布衣，访君于第。"

纳兰性德的来信让朱彝尊非常惊讶。一个雄姿英发的十九岁少年，正是朝气蓬勃的时候，高门贵胄，衣食无忧，竟然能够体会他的心情，在自己这样一个穷困落魄的书生身上找到相同点？朱彝尊不由得对他产生了兴趣。

次年，朱彝尊特地赴京，到纳兰府拜访纳兰，两人得以初次相见。二人因着感情都不幸的缘故，颇有些惺惺相惜之感。这一年纳兰性德才二十岁，而朱彝尊已经四十四岁，但友情同爱情一样，不会因为对方年龄和身份的不同就发生改变。

一个是光鲜亮丽的王孙贵族，一个是布衣落拓的潦倒学士，不论是生活环境还是人生际遇都天差地悬的两个人，他们的精神世界却有着高度的契合，他们都看淡功名利禄，看淡身外之事。在他们心中，只有情与文学。

康熙十八年（公元1679年），康熙帝举办博学鸿词，朱彝尊和严绳孙等人赴京参加考试，以布衣身份入选，被朝廷任命为翰林院检讨，参加编纂《明史》的工作。

康熙二十年（公元1681年），朱彝尊又官迁日讲起居注官，深受康熙帝重用。这一年秋天，朱彝尊奉旨担任江南乡试的主考官。两年后，又入值南书房。康熙帝恩准他在紫禁城内骑马，这份殊荣不是一般人能有拥有的。除此之外，还赐了他一幢位于禁垣东边的府邸，经常赏赐他瓜果酒菜，请他进宫赴宴。

朱彝尊和纳兰性德虽然情深意重，但相聚的时间却并不算多。据朱彝尊自己说："迨我通籍，簪笔朵殿；君侍羽林，鲛函雉扇。或从豫游，或陪曲宴。虽则同朝，无几相见。"他们两虽然相识很早，来往却并不太密切。

早年刚刚相识时，朱彝尊是江南布政使龚佳育的门客，既无功名，也无财产。纳兰性德也忙着备考，忙着编纂文书，两人很少有时间见面。

本以为两人同朝为官后，能够有时间谈论诗词歌赋，谁知纳兰却开始了他的扈从生涯，一年中大半时间都奔波在外，而朱彝尊一直是个京官，除了到江南担任主考官外，从未踏出过京城半步。

可见，他们虽然相知于早年，互相敬慕，也有深情厚谊，却没有什么过密的往来。

纳兰对此也曾写过一首词，对于他们很少相聚表示遗憾：

寄朱锡鬯

萍梗忽南北，相聚忽相离。去年一相见，正值落花时。秋风苦催归，转眼岁已期。淅淅秋叶落，绵绵秋夜迟。

开户见残月，道远有所思。丈夫故慷慨，此别何凄其。明发揽尘镜，新寒生鬓丝。

而朱彝尊的《曝书亭集》，有关纳兰性德的诗文，除挽诗、祭文外，也只有以下一些：

台城路·绿水亭观荷

夏日同对岩、苏友、西溟,其年,舟次、见阳,饮容若渌水亭。

一湾裂帛湖流远,沙堤恰环门径。岸划青秧,桥连皂荚,惯得游骢相并。林渊锦镜,爱压水虚亭,翠螺遥映。几日温风,藕花开遍鹭鸶顶。不知何者是客,醉眼无不可,有底心性。砑粉长笺,翻香小曲,比似江南风景,看来也胜。只少片夭斜,树头帆影。分我鱼矶,浅莎吟到暝。

所以,他二人有记载的相互唱和的词作并不多。

纳兰性德曾于秋日夜晚吟咏自家的渌水亭:

天仙子·渌水亭秋夜

水浴凉蟾风入袂,鱼鳞蹙损金波碎。好天良夜酒盈尊,心自醉,愁难睡。西风月落城乌起

寄予朱彝尊后,他回应道:

临江仙·和成容若兄见寄秋夜词

倦柳愁荷陂十里,一丝雁络晴空,酸鸡渐逼小亭中。鱼云难掩月,豆叶易吟风。才子年来相忆数,经秋离思安穷。新词题就蜀笺红,雪儿催未付,先寄玉河东。

还有一次,是纳兰性德和朱彝尊相约于北京西郊的冯氏花园,

携手同游观赏海棠花。美景当前,纳兰性德即兴写了一首《浣溪沙》,朱彝尊也回了一首《鹧鸪天》:

浣溪沙·西郊冯氏园看海棠,因忆《香严词》有感

谁道飘零不可怜,旧游时节好花天。断肠人去自经年。
一片晕红才著雨,几丝柔绿乍和烟。倩魂销尽夕阳前。

鹧鸪天

莫问天涯路几重。轻衫侧帽且从容。几回宿酒添新酒,长是晨钟待晚钟。
情转薄,意还浓。倩谁指点看芙蓉。行人尽说江南好,君在巫山第几峰。

纳兰性德去世后,朱彝尊断断续续为纳兰性德作了六首挽诗,和祭文《祭纳兰侍卫文》。祭文中说:"我官既谪,我性转迁。老雪添鬓,新霜在须。君见而愕,谓我太臞。执手相勖,易忧以愉。言不在多,感心倾耳。"

朱彝尊曾经因为编辑《瀛洲道古录》时,未经康熙皇帝允许,私自抄录了地方进贡上来的书籍,被同僚弹劾,官降一级。虽然在康熙二十九年被官复原职,但是他早已没有了为官的心思,不久之后就辞官归田了。

纳兰性德的死,朱彝尊始终难以忘怀,白发人送黑发人是他心中最深的伤痛。

康熙四十三年,距离纳兰去世已经过去了整整二十年。这一年,

朱彝尊和张见阳相聚于金陵承恩寺的僧舍中。二人相聚之后，感慨良多，更多的是对共同好友的怀念。张见阳拿出精心保存的纳兰性德手札，请朱彝尊为其题跋。

朱彝尊凝视良久，最后提笔写道：

平生知交赤牍笔疏，推曹侍郎秋岳第一。此外则容若侍卫，书记翩翩，天然绝俗。侍郎里居，日必有札及余，或再至三至。每过余，见杂置几案，辄诫余投甓火之。乡里后进有辑侍郎赤牍单行者，寓余诸札，独无有也。容若好填小词，有作必先见寄，红笺小叠，正复不少。迨乙丑逝后，余浮湛都市，人海波涛，转徙者数。欲求断楮零墨，邈不可得。见阳张郡伯乃一一藏之，装池成卷，足以见生死交情之重矣。小长芦金风亭长朱彝尊书于白门之承恩僧舍，时年七十有六。

与顾贞观——惺惺相惜

"知音"一词,有多少人能轻易说出口?知音的情谊丝毫不亚于心中爱人,也许连心上人都读不懂你内心的想法,但一个眼神,一个动作,你的知音却可以全看在眼里,记在心上,读出你的喜怒哀乐。

在磕磕绊绊的人生长河中,即使再孤傲的人也总会找到那么一两个愿意让他为之靠岸的人,而知音就是这样一个存在。他让你不再是一个人踽踽独行,让你有了倾诉的欲望,让你的人生犹如春暖花开。那将会是人生路上一盏照明的灯,陪伴着你度过黑暗,迎来晨曦。

生命就是一场旅途,充满了一次又一次的邂逅,而这一次,纳兰性德遇到了他——顾贞观。

康熙十五年,这一年纳兰二十二岁,风华正茂。顾贞观三十九岁,正值壮年。这两个当世的大才子就这样相遇了。

那是一个"暖风熏得游人醉"的时节,春光明媚,绿树成荫。

纳兰性德正在渌水亭中看书，妻子卢氏静静陪在一边学着刺绣，不时地为他添茶倒水，两人时而目光相遇，便相视一笑，默契十足。

如斯美好静谧的画面，却被越来越近的零碎脚步声打破了。纳兰性德与卢氏听到动静，回头望去，来人是父亲纳兰明珠，身后跟着一个身穿蓝色长袍的气度不凡的中年男子。

纳兰明珠引这位先生走进亭中，捋着胡须缓缓引荐道："这位乃是顾梁汾顾先生，你来见过，先生是我为府中聘用的塾师。"

顾梁汾这个名字，纳兰性德是知道的，乃是明代东林先生的后人，少年得志，才华横溢，乃是世人尊称的"词家三绝"之一。他的词极情之至、古朴自然，正是自己欣赏的。

纳兰性德闻言，连忙上前一步，俯首作揖："见过先生，先生之词学生仰慕久矣。"随着距离的拉近，纳兰性德得以看清了顾先生的神情，强颜欢笑中带上了一丝愁容，神色也颇有些憔悴。

这是他们的第一次见面，平凡的地点，平凡的时间，平凡的开始，却有着不平凡的故事。纳兰性德没有想到，自己此生竟然能遇到一个如此懂得自己的人，那般默契，那样熟稔，就像是另一个自己。

与顾贞观相处后，纳兰性德发现这位老师经常四处奔走，回来后变得愁眉不展，郁郁寡欢，几次对着他欲言又止。纳兰性德想，他定是遇到了什么难处，又碍于师生关系不好意思开口求助，便私下里偷偷调查。

顾梁汾，名贞观，明崇祯十年生于江苏无锡。他的曾祖父顾宪成，是明朝末期东林学院的创始人、东林学派的领袖，有名的大思想家。父亲顾枢，也是英才俊杰，学富五车，母亲同样出于书香门第，温婉贤淑。

这样背景下的顾贞观从小就透露出了聪明的禀性，幼时就喜爱读书，尤其喜欢研读古诗词，他少年时期已经声名远播，以最小的年纪加入了当时江南名士们组织的书社"慎交社"，并且结识了至交好友——吴兆骞，这正是顾贞观神思憔悴的原因。

清顺治十五年，吴兆骞蒙受不白之冤，以"科场舞弊"的罪名被流放到宁古塔，顾贞观深知好友性情，绝不会做这等事情，于是立誓定要替好友洗刷冤屈。

康熙元年，顾贞观离家远游，一路寻求帮助，但处处碰壁，那些原来一起饮酒赏词的好友飞黄腾达之后都不愿牵扯进来，生怕影响了自己的仕途。

顾贞观行至京城后，一句"落叶满天声似雨，关卿何事不成眠"受到了礼尚书龚鼎孳和大学士魏裔介的青睐，在京城声名大噪，此后便暂居于京城。

两年后，顾贞观以一介白衣被破格录用为秘书院中书舍人，负责撰写文册、诰敕等文书。康熙五年中举之后，又被封为国史院典籍。不久后迁为内阁中书。在此期间，他为曾祖父顾宪成修订了《顾端文公年谱》。

康熙六年，康熙帝南巡，钦点顾贞观随侍左右，深得皇上重用。他曾向康熙帝详细叙说此事，力证好友的清白。但康熙帝认为此案乃是顺治帝亲自下令，如若推翻此案便说明顺治帝的行为是错误的，这是对父亲的不孝，于是并未还其清白。

顾贞观无可奈何，只得继续奔走。康熙十年（公元 1671 年），顾贞观受到同僚的排挤与非议，无奈之下他卸职归家，不问朝事，整日埋头写诗作词，并自称是"第一飘零词客"。

顾贞观本以为此生就这样消磨下去，不会再踏足京城。但吴兆骞几经辗转，费尽周折给他传来了一封信。信中描写了自己的近况，其中辛酸，读者落泪："塞外苦寒，四时冰雪，鸣镝呼风，哀笳带血，一身飘寄，双鬓渐星。妇复多病，一男两女，藜藿不充，回念老母，茕然在堂，迢递关河，归省无日"。

吴兆骞在信中描写了塞外生活的艰辛，若是只有他一人，堂堂男子汉自然忍得下来，但身边还有妻子儿女，他们身体娇弱，如何受得了塞外的风霜呢？远隔千里的母亲已多年未见，无法尽孝，这一切都让他夜不能寐。

顾贞观读完后不禁悲从中来，于是他再次踏上了为好友洗冤昭雪的道路。这一次，他回到京城，经由国子监祭酒徐元文的引荐，得到了纳兰明珠的赏识，进入纳兰府为塾师。然后他又向那些已经在京城身居高位的人寻求帮助，希望他们能够助他一臂之力，在皇上面前进言。可惜世态炎凉，人心不古，顾贞观四处奔走却四处碰壁，没有人愿意伸出援手。

顾贞观心力交瘁，填词《金缕曲》两首，以词代替书信回信慰藉吴兆骞：

金缕曲

寄吴汉槎宁古塔，以词代书，丙辰冬寓京师千佛寺，冰雪中作

【其一】

季子平安否？便归来，平生万事，那堪回首！行路悠悠谁慰藉，母老家贫子幼。记不起，从前杯酒。魑魅搏人应见惯，总输他，覆雨翻云手，冰与雪，周旋久。

泪痕莫滴牛衣透,数天涯,依然骨肉,几家能彀?比似红颜多命薄,更不如今还有。只绝塞,苦寒难受。廿载包胥承一诺,盼乌头马角终相救。置此札,君怀袖。

【其二】
我亦飘零久!十年来,深恩负尽,死生师友。宿昔齐名非忝窃,只看杜陵消瘦,曾不减,夜郎僝僽,薄命长辞知己别,问人生,到此凄凉否?千万恨,为君剖。

兄生辛未吾丁丑,共此时,冰霜摧折,早衰蒲柳。词赋从今须少作,留取心魄相守。但愿得,河清人寿!归日急翻行戍稿,把空名料理传身后。言不尽,观顿首。

那是一个银装素裹的冬日,凛凛寒风中,纳兰性德手捧顾贞观所写的两阕词,在灯下细细品读。透过纸上的文字,他仿佛看到了那些深藏的往事,那是两个生死之交的情谊,是一个才华横溢的青年茫然坎坷的命运。

读这两首词的时候,纳兰性德百感交集,感动于顾贞观与吴兆骞的友情,感动于顾贞观言出必行、舍己为人的品行。他想,这才是知己啊,即使隔着漫长岁月,仍旧初心不改,把另一个人的命运看得比自己还重,不惜跨过刀山火海,即使希望渺茫也要用尽微薄之力。

于是,他决定了,他要帮助老师。他向顾贞观许诺,五年之内,必定将吴兆骞救回。

此后,纳兰性德四方奔走,多次恳求父亲纳兰明珠施以援手。康熙十七年,康熙帝派遣内臣拜山礼佛,敕封长白山之神。纳兰性德借此机会，安排吴兆骞写下了一首歌颂长白山的辞赋《长白山赋》。然后花重金、托关系说通了前去祭祀的使臣，示意他们给皇上带回一些礼物。于是，吴兆骞的《长白山赋》就被带了回来。

康熙皇帝认为，长白山是满族的发源地，是圣地，所以对于长白山祭祀的庆典非常重视。而在纳兰性德的运作下，又"恰巧"带回一首用词瑰丽、歌颂长白山的诗赋，诗中极力渲染了满族人的功德，赞扬长白山丰富的物产和悠久的历史。这样的诗赋自然是迎合了帝心，让康熙帝大为高兴。

在问明了作诗之人后，康熙帝甚为动容，当时就有了赦免吴兆骞的想法，但被人从中作梗阻挠，最终作罢。

这并没有浇灭纳兰性德的斗志。他仍旧四处托人，想尽办法，即使当时自己面临着丧妻之痛，也始终没有放弃。

终于在康熙二十年（公元1683年），纳兰性德联结徐乾学、顾贞观等诸多力量，在父亲纳兰明珠的帮助下，散尽千金，以认修内务府工程的名义，在允下的最后期限内帮吴兆骞求得了赎罪放还的结果。

历经整整二十三年，在顾贞观几十年如一日的坚持下，吴兆骞终于回到了京城，洗刷了冤屈，此后便留在纳兰府，成为纳兰性德弟弟纳兰揆叙的授业恩师。

自纳兰性德与顾贞观交好后，两人便成为莫逆之交。顾贞观虽然比纳兰性德年长，又是他的先生，但并没有把他当做小辈看待，反而非常尊崇纳兰性德，以朋友之礼相待。顾贞观在自己的作品《弹指词》中说道："岁丙辰，容若年二十有二，乃一见即恨识余之晚，阅数日，填此词曲为余题照。"纳兰性德也同样写词赠予他：

金缕曲·赠梁汾

德也狂生耳！偶然间、淄尘京国，乌衣门第。有酒惟浇赵州土，谁会成生此意？不信道、遂成知己。青眼高歌俱未老，向尊前、拭尽英雄泪。君不见，月如水。

共君此夜须沉醉。且由他、娥眉谣诼，古今同忌。身世悠悠何足问，冷笑置之而已！寻思起、从头翻悔。一日心期千劫在，后身缘恐结他生里。然诺重，君须记！

纳兰性德虽然与顾贞观成了朋友，并且真诚以待，坦诚相交。但是当时的纳兰性德既有娇妻美眷，又高中进士，年少英才。相比之下顾贞观已近不惑，却至今一事无成，空有真才实学却不受重用，孑然一身，清贫如洗。面对如此的"人生赢家"，说顾贞观没有丝毫的羡慕恐怕没人会相信。

纳兰性德心思敏锐，自然看出了顾贞观的忧悒和彷徨，为了不让这一点点间隙扩大成裂痕，变成二人之间的芥蒂，于是挥笔写下这首词。

这首词中的"德"和"成生"皆是纳兰性德的自称。首句直抒胸臆，说自己也是一个狂放不羁的人，既是向友人剖白心意，表明性情，也是在宽慰顾贞观。纳兰性德是想告诉他，虽然自己是相门公子，但并不是那些矫揉造作的人，和他交往也并不是看他可怜同情他，而是因为欣赏他的才学和性情。

纳兰性德开篇便急匆匆解释，生怕顾贞观曲解了自己的仰慕之意，可见他对这个朋友的重视。然而这句也并全非是为了安慰朋友而信口雌黄，纳兰性德曾自称是"江湖落落狂生"，而他一生的行为事迹也都证明了他确实不拘小节，肆意潇洒。

紧接着三句，是纳兰性德对自己出身的看法。"淄"通"缁"，黑色的意思，"淄尘"的本意是指黑色的尘土，常用来比喻俗世的污垢，此处是"混迹"的意思。"京国"即指京城。

"乌衣门第"是用典，语出唐代诗人刘禹锡的诗："朱雀桥边野草花，乌衣巷口夕阳斜，旧时王谢堂前燕，飞入寻常百姓家"。乌衣巷位于南京夫子庙南，秦淮河岸边，是一条幽深的小巷子。三国时期曾是吴国部队驻守的地方，因为当时军士制服为黑色，故得名"乌衣巷"。东晋时期，两大家族王氏和谢氏居住于此，于是后世便以"乌衣巷"代指世家大族。

"偶然间，淄尘京国，乌衣门第"，此句是说自己能够出生于繁华富饶的京师，混迹于贵族子弟和官场之中，只是天意，是命运偶然的安排罢了。"偶然间"三字，表明了纳兰性德对自己出身的无奈，并且表达出他对这种贵胄世家的生活并不稀罕。这一句也是在向顾贞观等出身平平的朋友们表明心迹：不要把我看做是高高在上的贵公子，我并不喜欢这样的生活。和你们一起吟诗作对，自在快活才是我的追求，希望你们能够理解，不要因此疏远我。

"有酒惟浇赵州土"一句引用自唐代诗人李贺的诗句："买丝绣作平原君，有酒惟浇赵州土。"平原君是"战国四公子"之一的赵国公子赵胜，"赵州土"，指埋葬平原君的地方。平原君为人豪爽，喜欢结交朋友，门下食客众多，尤其喜爱提携那些有才能的人。李贺当时怀才不遇，无人赏识，感叹世间没有伯乐，对于自己错过了那些有识人之明的贤士所居的年代表示遗憾。于是举起酒杯敬向赵州的土地，怀念广纳宾客的平原君。

顾贞观和吴兆骞的遭遇同样如是,他们怀才不遇,受人排挤的经历让纳兰性德感到愤愤不平,忧心不已。此处引用这句诗,是想表达对好友顾贞观不受到重用的惋惜,并且希望能有像平原君那样招贤纳士的人来爱惜人才,善待那些有才能的人。可惜没有人能够懂得他的这番心意,替他实现这个愿望。一句"谁会成生此意"写出了纳兰性德的失望、茫然和无人理解的孤独。

但现在不一样了,纳兰性德遇到了顾贞观,他期盼许久的知己已经来了,从此他不再踽踽独行。"不信道"是没有想到的意思,体现出纳兰性德遇到顾贞观的欣喜之情。而"遂"字,看似多余,但这种重复强调更加表达了纳兰性德的惊喜:天可怜见,如今竟然让我遇上了一个如此懂我的朋友。这一句峰回路转,将基调由沉闷转化为高兴,可见纳兰性德深厚的文化底蕴。

那么遇到了知己后,又该如何呢?下一句刻画了纳兰性德内心的想法:"青眼高歌俱未老,向尊前,拭尽英雄泪",这一句又是借鉴,化用了两首前人的作品:一是杜甫《短歌行》中的"青眼高歌望吾子,眼中之人我老矣";二是辛弃疾的词句"倩何人唤取,翠袖红巾,揾英雄泪"。青,古时指黑色,"青眼"即黑色的眼睛,有青睐、看重的意思。这又是一个典故,典出三国时"竹林七贤"之一的阮籍。阮籍为人放浪形骸,我行我素,但极重情意,据说他的眼睛可为青白两种颜色,面对他讨厌的人就会露出白眼,遇到了欣赏的人,才正眼看人,露出黑色的眼珠。

杜甫此句是在感叹当他遇到此生的知己时,已经垂垂老矣了,给人一种"君生我未生,我生君已老"的遗憾。但纳兰性德却说"青眼高歌俱未老",虽是化用,又融入了自己的看法。他想说的是,幸好我们彼此相逢的时候还都正值壮年,还有时间一起高歌,一起努力。

能够在正好的年华里遇到知己是一件多么幸运的事情,怎么不值得举杯相庆,大哭一场呢?英雄给人的印象一向是坚毅挺拔,虽说男儿有泪不轻弹,却只是未到伤心时罢了。不拘小节的他用上了"拭尽"一词,让我们想象到一个哭得酣畅淋漓的人,用词鲜活奔放,更显得纳兰性德情深意重。

接下来一句是全篇唯一一句描写景色的句子。"君不见,月如水",你看窗外明月皎洁,清冷的光辉衬得夜凉如水。诗词中凡是出现描写景色的场景,大都是作者为了抒发情感做铺垫,为了寓情于景,借景抒情,纳兰性德也不例外。纳兰性德此处写月亮,是想表达一种情感:不管世事如何变迁,它就那样静静地散发着光芒,我们之间的友谊也一定会像它一样永恒。

下阕首句"共君此夜须沉醉"与杜甫的一句名句"白日放歌须纵酒",意境颇为相似。"须"字表明了是刻意地去做某事,当一个人想要做一些一直想做却又不敢做的事情时,酒是最好的帮手,酒能壮胆,也能消愁。杜甫借酒放声高歌,释放天性,纳兰性德却要"沉醉"。"沉醉"可不是小酌怡情,而是酩酊大醉。那么为何一定要喝得不省人事呢?下面一句,纳兰性德为我们做出了解答:"且由他,蛾眉谣诼,古今同忌"。

"娥眉谣诼"化用了屈原的《离骚》:"众女嫉余之蛾眉兮,谣诼谓余以善淫"。"娥眉"比喻人的才能。"谣诼",有造谣、毁谤的意思。"忌"是语气助词,没有实际意义。

俗话说,不招人妒是庸才。古往今来,有多少能人勇士受到排挤和压迫,受到别人的诬陷和诽谤,以致一辈子籍籍无名,郁郁寡欢。这种事情多如牛毛,若是一再计较,只会平添烦恼。既然事实已经不可改变，那便由它去吧，莫要因为外物影响了自己的情绪。

这一句又回到了顾贞观的遭遇上来，紧扣主题。纳兰性德看到好友受到不公平的对待，只能劝解他"一醉解千愁"吧！这种逃避的作法并不代表纳兰性德的消极，而是纳兰性德在开解顾贞观，希望他能够不挂怀、不在意。知己难求，世人万千，你能奢求所有的人都懂你吗？只要有一个人真正了解你便已足够了。

下面两句纳兰性德又从好友的经历想到了自己。他看上去光鲜亮丽，但也有自己的烦恼。岁月悠悠，遇到些波折和困难是在所难免的，不必一一去追究，一笑而过是最好的方式。如果一直耿耿于怀，反复思量，那么人生将会陷入无尽的痛楚之中。

身处红尘之中，昨日不可追，来日如浮云，何必过于在意呢？这轻飘飘的一句便让我们看出了纳兰性德也有着同样的苦闷和烦恼。

最后，纳兰性德没忘了自己写下这首词的目的是为了慰藉顾贞观，巩固二人的友谊，便又把基调拉回到他对友情的郑重上去。"一日心期千劫在，后生缘恐结在他生里"，一日是知己，日日便是知己，即使经历千百劫难，即使轮回转世，到了来生，我们的友谊也依旧不变。

这番灼热郑重的誓言表达出纳兰性德想要与顾贞观一生结为朋友的强烈愿望，甚至在尾句也不忘提醒顾贞观"然诺重，君须记"，我知道你是守诺之人，此番君子之约，你可一定铭记于心呀！

纳兰性德词最大的特点是"直抒性灵，感情直率"，这首词他以最直白的话语表明了自己的心迹，不加任何雕饰，只有真情实感。

顾贞观看了之后，十分感动，同样作了一首《金缕曲》回应纳兰性德，至此二人的交往才称得上是推心置腹。而纳兰性德这首词也从此传遍京城，让更多的人见识到了他的风采。

二人结交不久后，纳兰性德在顾贞观的帮助下将自己过往所写的诗词整理成册，取名《饮水词》。他把出版的一切事宜都交给了顾贞观负责。对于纳兰性德这样的词人来说，这个的重要性不亚于自己的妻子骨血，以纳兰性德的名气，这本词集一经出版必定遭到哄抢，一旦中间某个环节出了错误，便无可更改，一失足成千古恨了。但纳兰放心交给顾贞观来做，足见对他的信任。

虞美人·为梁汾赋

凭君料理花间课，莫负当初我。眼看鸡犬上天梯，黄九自招秦七共泥犁。

瘦狂那似痴肥好，判任痴肥笑。笑他多病与长贫，不及诸公衮衮向风尘。

康熙十七年，纳兰性德与顾贞观相识两年有余，二人共同编订《今词初集》后，顾贞观又受纳兰性德所托，为其编刊词集《饮水词》。纳兰性德写下此首词向好友表达自己的感谢。

"花间"即《花间集》，是我国文学史上第一部词集，分十卷，共五百首，记录了从晚唐到五代十国时期共十八位词人的作品，由后蜀人赵崇祚编辑。之所以叫《花间集》是因为作品内容上大多是描写王公贵族等上层妇人的日常生活，用词婉艳、秾丽。

清初时，词人的作品受到《花间集》的影响，大多以其为模板。纳兰性德也不例外，直到结识顾贞观后，才改变了风格，二人共同研究，弃其糟粕，取其精华，最后提出了"铲削浮艳，舒写性灵"的词学主张，虽然仍旧提倡"情趣"但不艳俗，主张"清艳"，即追求清新自然，出自本心。故而纳兰性德的词风是"艳而不邪，丽而不佻"，出自《花间集》却又高于《花间集》。

"课"是习作的意思，此处是纳兰性德自谦的说法，是说这些不过是小打小闹的习作罢了。纳兰性德所写之词大部分都是抒情，少部分咏物写景，而像这篇以词言志则是非常少有的，值得我们仔细鉴赏。

开篇便是殷殷嘱咐："凭君料理花间课，莫负当初我"，纳兰性德是在叮嘱顾贞观：我把出版词集的事情就交给你来把控了，你可一定要处理好，千万不要辜负我呀。

下一句"鸡犬上天梯"，写的是"鸡犬升天"的典故。西汉时期，淮南王刘安痴迷道教，一心想要修炼成仙，于是他四处拜访所谓的"神仙""道人"。他的诚心感动了一位仙翁，给他送来了炼制仙丹的方法。从此刘安每天潜心修炼，最后竟真的炼成了仙丹，于是他沐浴更衣，焚香祷告，一家人都服下仙丹后升天成仙了。那些无意中洒落在院子中的药粉被家中的鸡和狗吃去了，结果它们也一起成了仙。

"天梯"即登天的阶梯。结合"鸡犬升天"，这里是比喻入仕的途径。纳兰性德此处是在讽刺朝堂中那些拉帮结派的官员，明明没有实力，却依靠着裙带关系青云直上。

"黄九"和"秦七"皆是指人。"黄九"是北宋诗人兼书法家黄庭坚，因在家排行老九，故以黄九称之，同理，"秦七"指的是排第七的北宋词人秦观。"泥犁"是佛教语，梵语的译音，意为地狱。此处又包含了一个典故：当时，黄庭坚的词作婉约绮丽，引得人们争相传唱。有一个从关西来的大和尚听了之后，就斥责黄庭坚，说他写的是"黄色小调"，勾起了世人的淫念，乃是天大的罪过，死后是要被打入拔舌地狱的。

纳兰性德以自己和顾贞观比作黄庭坚和秦观，是想说：随便你们这些人鸡犬升天做大官好了，我们就在这填我们的词，就算你们看不上，就算将来要下地狱，我们也有人作伴，心甘情愿，既表达他们二人出淤泥而不染、不趋炎附势的珍贵品质，又表明了自己愿和顾贞观患难与共、生死相随的深厚友谊。

下阕首句"瘦狂那似痴肥好，判任痴肥笑"又是运用了典故。相传南朝时期，有两个人，分别叫做沈昭略和王约。王约较为富态，体态圆润，而沈昭略骨瘦如柴，且为人狂放不羁，不拘小节，快人快语。有一天沈昭略喝醉后在路上遇到了王约，看了看他嘲笑道："你就是王约吗，怎么又肥又痴？"谁知王约是一个能言善辩的人，当下反唇相讥说："你就是沈昭略吗，怎么又瘦又狂？"沈昭略听了一肚子气，然后又哈哈大笑道："瘦比肥好，狂比痴好呀！"

纳兰性德此处用这个典故是为了对比，把"又瘦又狂"的沈昭略比喻成那些仕途失意却操守高尚的人，比如自己和顾贞观等；把"又肥又痴"的王约比喻成那些趋炎附势而登上高位的人，就是前文里说的那些"鸡犬"们，意思是反正我们不如你们又肥又痴，想笑就尽管笑吧！

但这是纳兰性德的真正意思吗？想到纳兰性德曾说的"德也狂生耳"，如此豪气的纳兰性德真的会任人取笑吗？当然不会，所以这只是表面意思。他真正的意思是说：就凭你们这些不学无术、脑满肠肥的痴人也来嘲笑我们？我们根本就不屑搭理你们！

尾句"笑他多病与长贫，不及诸公兖兖向风尘"。"诸公"是旧时对那些身居高位者的称呼，这里指的是那些仕途得意却无所作为的官员。"衮衮"有源源不断、络绎不绝的意思。"风尘"本意指尘世，这里特指朝堂、官场。

"笑"字承上句"判任痴肥笑"，上句没有说笑的是什么，这一句给了解释，笑得"多病与长贫"。这里的多病和长贫实际上指的就是纳兰性德和顾贞观。纳兰性德自小体弱，故符合多病的标准；顾贞观一介布衣，无官无职，收入不高，正是"长贫"。

纳兰性德在这里是想说：我们俩贫困交加，比不得你们这些人在朝堂之上耀武扬威，风光无限。这一句反讽，表现了纳兰性德性格中的铮铮傲骨和狂放不羁。

纳兰性德整首词多处用典，而且多次进行对比，表达了他对自己与顾贞观这样拥有真才实学却不受重用的愤懑、抑郁不平的心情。

经过吴兆骞的事情之后，两人更是交情甚笃，成为交契笃深的挚友。据徐珂在《清稗类钞》中记述："容若风雅好友，座客常满，与无锡顾梁汾舍人贞观尤契，旬日不见则不欢。梁汾诣容若，恒登楼去梯，不令去，一谈则日夕。"可见二人情投意合。

纳兰性德虽说是满人，但他活得更像是一个汉人。他喜欢诗词歌赋，喜欢和才高八斗的汉人把酒言欢，谈天论地。而对他影响最深的汉人莫过于顾贞观。他们的深厚情谊可谓是一段千古佳话。

俗话说得好，凡事贵精而不贵多，无论是交友还是做事都要求质量而不是数量。对纳兰性德来说，唯一的挚爱是卢氏，那么，唯一的知己就必定是顾贞观了。

红粉遍地，知己难觅。相互了解是朋友，相互理解才是知己。而知己之所以是知己，便是性格、爱好、品行的追求都是一样的，纳兰性德与顾贞观在性格和对诗词的追求方面，理念十分相近。因为对词有共同的见解和追求，俩人经常在一起谈论诗词歌赋，心中无限畅快。

有了知己，美酒才有了诱人的醇香；有了知己，琴声才多了打动人心的魅力；有了知己，书籍才有了闪光的主题；有了知己，画卷才增添出耀眼的光芒。人活一世，最大的幸福不是一路平坦，无病无灾，而是在你遭遇坎坷、面对横沟时有一位患难与共、生死相随的朋友。纳兰性德与顾贞观就是这样的知己。

可天下没有不散的宴席。康熙二十年夏末（公元1681年），吴兆骞被释放回京的消息刚刚传出，顾贞观便得知母亲因病去世，只得离开京城，回乡丁忧。临走时，他寄了一封信给吴兆骞，二人约定好，当年冬天，最迟第二年春日必将回京与他相见。

是年岁末，顾贞观赴约而至，回京与纳兰性德、吴兆骞相聚。这一次团聚中，纳兰性德与顾贞观、朱彝尊、严绳孙等人共聚花间草堂，于上元佳节赋诗填词，举办宴会。相聚后顾贞观又再次南下。这次离开，纳兰性德和顾贞观同样依依惜别，恋恋不舍。

于中好·送梁汾南还，为题小影

握手西风泪不干，年来多在别离间。遥知独听灯前雨，转忆同看雪后山。

凭寄语，劝加餐。桂花时节约重还。分明小像沉香缕，一片伤心欲画难。

这首词是纳兰性德为顾贞观奔丧南归的时候所作，表达了纳兰性德深深的不舍与思念。

首句"握手西风泪不干,年来多在别离间",是纳兰性德在遗憾,这一年中我们彼此都一直处在不停分别的境地中。顾贞观南归那一年是康熙二十年,仅仅这一年,纳兰性德便跟随着康熙帝先后扈驾出巡巩华城、遵化、雄县等地,与顾贞观相聚的时间少之又少。纳兰性德本来就对让至交好友一直在京城中等待归期不定的他而心存愧疚,本以为这一次回京可以相见,谁知现在却要送他远去了。

纳兰性德想要留下好友却不能留,只能含泪忍痛送他离开。西风呜咽,握着好友的手依依不舍,不自觉就已泪流满面。萧瑟的寒风吹在脸上,即便如此也吹不干脸上的泪水,足见离别的不舍。

词作一开头,就是一派伤心的景象。纳兰性德用几个再平凡不过的字眼塑造出一种萧瑟苍凉的氛围,极富感染力,也奠定了全词的感情基调。这里的"握手"并不是君子之间的礼数,知心好友即将远行,这样的时刻还顾得上什么礼节呢?这只是离别时的真情流露,君子之间的交往永远不若女子那般亲密,不会动不动就牵手拥抱,对他们而言,握手已是最亲密最软弱的动作了。

泪眼迷蒙中,纳兰性德不禁开始想象,想象没有自己在身边的顾贞观是怎样一番模样"遥知独听灯前雨"。我在京城中遥想着你独自坐在灯前,无人相伴,聆听窗外淅淅沥沥的冷雨之声。在纳兰性德的想象中,顾贞观是孤独的。为何孤独?因为"我"孤独,所以你孤独。你我就好像同生一枝的两朵花,离了任何一方都是无边的寂寞。纳兰这样绝对、肯定地说对方也在像自己思念他那样思念自己,可见二人相知甚深。

继而思绪又飘回到过去:前几天,我们还曾经一起在雪霁初晴后携手同游,天地间一片白雪茫茫,我们两个显得如此渺小,那是多么快乐的时光!

这两句是对比，描绘了两幅氛围迥异的画面，一团圆一分别，一高兴一孤寂，昔日相聚的欢乐与今后各自孤寂的冷落形成了鲜明的对比。以前越是欢乐，以后就越是寂寞，往事随风而去，如今剩下的只有凄凉与寂寞，以乐景衬哀情。

上阕的每一句都是深入骨髓的伤感和惆怅，但纳兰性德并非是意志不坚定、自怨自艾之人，而此别也并非生离死别，日后总有再见的机会。所以下阕的感情便由感伤转化为关怀。

离别之时，除了不舍和思念外，更多的是对友人的关切。不在自己身边，他是否依旧过得好？

离别已成事实，再伤感都无法改变，现在更加重要的是友人的身体状况。你走之后，我会经常给你写信，希望你不要厌烦我寄语中的这些琐碎小事，记着多吃些饭，不要亏待了自己的身体。

"凭寄语，劝加餐"，这一句化自明朝诗人王彦泓的"欲寄语，加餐饭。难嘱咐，鱼和雁"。"劝加餐"是最朴素而又最真切的说法，分隔两地，想说的话一定有很多，最重要最能体现感情的无非就是一句"多吃些饭"。仅仅三个字就把所有的叮嘱和关怀包含进去了，没有华丽的辞藻，也不经任何雕琢，就是这样贴近生活的三个字让人读来一股暖意。

这次分离已经不可改变，但我们可以约定下一次的相聚。我们说好了，等到下一个重阳节的时候，你一定要回来。

"桂花时节约重还"一句与孟浩然的"待到重阳日，还来就菊花"颇有异曲同工之妙。纳兰性德与顾贞观约定，待桂花盛开之时，便要相聚京华，共赏花香明月。那时，离中秋也不远了。月圆了，人也该团圆了吧！约定是一个慰藉，也是一种期望，有了约定，便有了盼头，有了牵挂。

友人离开后，思念之时也只能对着画像睹物思人了。燃起沉香，为友人画一副小像，透过缕缕轻烟，笔墨还未干的画像仍旧清晰可见，因为你的模样早已刻在心里。纳兰性德凝视许久都觉得不甚满意，因为样貌虽然容易画，但对你的深情厚谊，对你深深的思念与伤情却又如何画得出来？

"一片伤心欲画难"这一句点睛之笔化用了唐代高蟾的"世间无限丹青手，一片伤心画不成"。这不是纳兰性德第一次引用这句诗，在他悼念妻子卢氏的《南乡子·为亡妇题照》中就曾说："凭仗丹青重省识，盈盈，一片伤心画不成"。

"一片伤心画不成"是我挚爱的妻子，"一片伤心欲画难"是我最好的挚友。如果说卢氏是纳兰性德所有红颜中最深的挚爱，那么顾贞观就是他所有朋友中最真挚的知己。

纳兰性德最后一句拔高了全文主旨，让整首词的意境攀升了一个高度，极尽深情地表达了与顾贞观深厚的情谊。

整首词上阕写离愁，愧疚自己一年来与好友聚少离多，运用想象和对比的手法，情景相融，借景抒情，用往昔的欢乐与今后的落寞作对比，更增添了此次送别的悲伤。下阕由怅然过渡到殷切的叮嘱，话语朴实，更显情真意切。反复叮咛对方不要忘记说好的约定，来年的重阳节务必回京相聚。最后写自己为了抒发思念，为友人作画，画得出外形，却画不出"伤心"，表达了对好友的无限思念之情。

顾贞观回乡丁忧期间，帮助郡里修订《庐州郡志》。为此他四处奔走，游走无数的大好河山。他还曾仿照惠山听松庵的竹茶炉旧制，亲手打造了一只竹茶炉，传到京城后，引来不少文人墨客题词赋诗，纳兰性便把这些诗词整合到一起，编纂成《竹炉新咏》。

其后的一年中,顾贞观居无定所,到处游走,曾居住在苕中一带,纳兰性德得知后便寄信一封,以表思念。

菩萨蛮·寄梁汾苕中

知君此际情萧索,黄芦苦竹孤舟泊。烟白酒旗青,水村鱼市晴。柁楼今夕梦,脉脉春寒送。直过画眉桥,钱塘江上潮。

"苕中"指顾贞观所在之地。顾贞观回乡丁忧后,曾居住于苕中这个地方,位于江苏苏州,因当地有一条苕溪,故而得名。

首句"知君此际情萧索,黄芦苦竹孤舟泊"化用自白居易的《琵琶行》"住近湓江地低湿,黄芦苦竹绕宅生"。"黄芦苦竹"形容住居之地环境的恶劣。"黄芦""苦竹""孤舟"三个词连用,便自然而然地勾勒出一副萧条凄凉的场景。

纳兰性德与顾贞观分别已久,辗转得知他的近况,他想以他们的心灵相通,必能体会到友人现在的心情:长途跋涉,路途遥远,你此时一定是心情低落,像秋天飘落的树叶一般萧索,一人一舟,愁苦和清冷必定缠绕在你心头。你住的地方定是像那被贬的江州司马白居易一般清苦吧。

纳兰性德开篇首句便是情真意切,表现出对朋友无限的关怀,但这一切却是他的想象,纳兰性德从未到过苕中,因此词中顾贞观的生活情况皆是他想象中的情景。

纳兰性德利用自己的想象,虚实结合,勾勒出了顾贞观此时此地的境况。

下一句"烟白酒旗青,水村鱼市晴"描写的是顾贞观行舟途中所见:你身处江南,现在想必身边早已是花红柳绿、春风袭人了吧,江南的春景一定是非常美丽的,你顺着河流,偶尔停泊歇息的时候,应当是一副青山耸立,绿水环绕的美景吧。远山如黛,这么舒适的天气定有不少游人外出踏青,在河边飘起袅袅炊烟,路边的茶寮酒肆也是红旗招展。阳光如此灿烂,鱼市中应该也很热闹,到处都是叫嚷的小贩。

"水村鱼市晴"一句化用自宋代王禹偁的《点绛唇》"水村渔市,一缕孤烟细",用词简练,寥寥几笔就勾勒出一幅生动的江南景色,怡然平淡的氛围让人一扫前文的压抑和苦闷,神气为之一清。

同时,这句话也表达出纳兰性德与顾贞观的深情厚谊,就连想象中他也希望能够带给友人一些快乐。

下阕镜头一转,转到了顾贞观本人身上,进一步想象友人在夜里独自行舟的落寞情景。"柁楼"是船上操控船舵的房间,这里是代指顾贞观。

你孤身一人,只有春夜的微寒默默陪着你远行,但愿今夜你身处船舱之中,能够做一个好梦。

这一句貌似又回到了首句那种苦寒寂寥的意象之中,其实不然,这都是纳兰性德为了下一句的反转做铺垫。

尾句"直过画眉桥,钱塘江上潮",画龙点睛,可谓是全词中最为精妙的一句。顾贞观有词名《踏莎美人》,歌咏了六桥风采,其中有一句:"双鱼好记夜来潮,此信拆看,应傍画眉桥",并且在词后作了注释说:"桥在平望,俗传画眉鸟过其下即不能巧啭,舟人至此,必携以登陆云"。平望是地名,地处江苏吴江县,与顾贞观所居住的苕中很近,所以纳兰性德此处说"直过画眉桥",是代指顾贞观所在之地。

除此以外，这句话还是用典，暗含了汉代张敞为妻子画眉的典故。张敞是汉武帝时期有名的大臣，非常贤能。他和妻子的感情非常和睦，恩爱无比。他的妻子曾经受过伤，眉毛缺了一块，于是张敞每天早上起床后第一件事就是给妻子画眉，然后才去上朝。

这件事渐渐传了出去，引得很多官员妻子的羡慕。但大臣们对此却嗤之以鼻，认为张敞的做法有失体统。妻以夫为天，本该是妻子服侍丈夫，他却反了过来，简直是为汉朝的男子丢面子。有多嘴的人就把这件事传到了汉武帝的耳朵里。汉武帝听说之后就在朝堂上当着众位大臣的面问他是否确有其事。众位大臣都等着看笑话，谁知张敞并没有丝毫尴尬和难为情，他说："臣闻闺房之内，夫妇之私，有过于画眉者"，意思是说：据我听说，闺房之乐还有比画眉更过分的，我只要把朝政大事处理好，画眉这种无伤大雅的小事又何必计较呢？

纳兰性德运用这个典故，是在戏谑好友的归心似箭，同时也为好友家庭美满祝福。最后这两句看似戏谑，实则是在慰藉好友，用风趣幽默的语言来开解好友，并且用家庭的温暖来安慰顾贞观仕途不顺的无奈。

这首词虽然同样是以落寞孤寂起笔，渲染萧索清冷，但整体看来却暗藏了豁达与祝福，极具浪漫色彩，语言又特别凝练，字数虽少，却高潮迭起，留给人无尽的想象，堪称佳作。

清平乐·忆梁汾

才听夜雨，便觉秋如许。绕砌蛩螿人不语，有梦转愁无据。
乱山千叠横江，忆君游倦何方。知否小窗红烛。照人此夜凄凉。

这是一首秋夜思友之作，而思念的人正是分别已久的顾贞观。

古往今来的诗人对于"雨"仿佛都有着一种情结，在他们眼中，"雨"的意象与愁闷挂上了等号，秋天的雨更带着无限的伤感与冷清。而首句便是写秋雨，他写自己刚刚才听到窗外传来的雨声，感觉到浓浓的秋意。秋意如何感觉得到？自然是秋风带雨袭来的凉意了，而身体上的凉意又如何比得过心中的凄凉呢？所以这首词的基调又是说不出的苦寒和凄冷。

写完了秋雨，纳兰性德又把镜头转向了蟋蟀和寒蝉。同秋雨一样，蟋蟀和寒蝉在诗词中自古就是愁绪的代表。秋天的来临，就预示着蟋蟀和蝉时日无多了，所以它们也在用尽最后的力气哀鸣，留下属于自己哪怕一丝的痕迹。如此凄厉的叫声，怎不叫见者伤心，闻者落泪呢？

二者有其一已是让人哀戚不已，而纳兰性德此处将两者并举，更是显得无比地惆怅。

在一个落着秋雨的夜晚，蟋蟀的悲叫与蝉鸣连成一片，让人不忍心听，那么身处其间的人自然只能不语了。但不语却并不能减轻心中的愁绪，便只好寄身梦中了，希望能够做一个好梦，在梦中见到思念之人的身影。

可在这种时候，连梦也变得不可依靠了。梦境好像也受到现实中愁绪的影响，变得混混沌沌，愁肠百转，仍旧见不到故人的身影。

友谊就是这样，它丝毫不逊色于情爱，真心相交的知己不论身在何方，任何一个细节都会不由自主勾起对对方的思念，就这一场秋雨，连绵细雨，凄凄切切，引出了纳兰性德对于顾贞观的深深思念。

下阕由梦境再次转到现实中来，刻画了纳兰性德此时所处的环境。"乱山千迭横江"，眼前江水滔滔，乱石堆砌，纳兰性德不禁感叹，他与顾贞观被这千山万水阻隔，想要相聚无比艰难。上阕悲伤，下阕又陷入了沉思，连带着眼前所见之景也蒙上了一层黯淡。"游倦"是倒装词，应为"倦游"，是诗词中常见的组合。南宋词人张孝祥请辞回乡侍亲时路过岳阳楼，写下一首《水调歌头》，词中说："湖海倦游客，江汉有归舟"；辛弃疾溯江西行时也有"倦游欲去江上，手种橘千头"的感叹。倦游是指辞官归隐的人，纳兰性德此处用来是指顾贞观因为仕途不顺而四处漂泊。面前远山悠悠，惊涛拍岸，友人你又身处何方呢？顾贞观回乡丁忧后，为了一抒心中愤懑，经常四处游走，居无定所。自己身在京城时还能得到他的音讯，如今自己扈从在外，与他断了联系，实在让人忧心不已。

尾句"知否小窗红烛。照人此夜凄凉"，化用周紫芝《清平乐》中的"只有琐窗红蜡，照人犹自销魂"。纳兰性德看着忽明忽暗闪烁着的烛火，映照在窗户和人身上，有说不出的寂寥和凄凉。

烛火、灯花一类的词在诗词中的意象一向也是悲伤的，与孤寂落寞分不开，如赵师秀《约客》中"有约不来过夜半，闲敲棋子落灯花"；又如陆游在《柳梢青·锦里繁华》里的"银烛光中，清歌声里，休恨天涯"；再如孟郊在《长安羁旅》中"几回羁旅情，梦觉残烛光"，无一不透露出淡淡的哀伤和孤独。

这一句看似是纳兰性德反问顾贞观知不知道此时此刻有一个人在思念着他，实则是纳兰性德的自言自语。这首词到最后已经从思念友人变成了自己的自怨自艾，不难看出纳兰性德词意里的心酸和哀伤。

木兰花慢·立秋夜雨送梁汾南行

盼银河迢递,惊入夜,转清商。乍西园蝴蝶,轻翻麝粉,暗惹蜂黄。炎凉。

等闲瞥眼,甚丝丝、点点搅柔肠。应是登临送客,别离滋味重尝。

疑将水墨画疏窗,孤影淡潇湘。倩一叶高梧,半条残烛,做尽商量。荷裳。

被风暗剪,问今宵、谁与盖鸳鸯。从此羁愁万叠,梦回分付啼螀。

这又是一首送顾贞观的词。送别与秋雨这两种意象,本就是一件令人感到伤感的事情,更何况当这两者碰到一起呢?在立秋的夜雨里送别友人,只能是愁上加愁了。

劈头一句"盼银河迢递,惊入夜,转清商",乃是化用了秦观《鹊桥仙》中"纤云弄巧,飞星传恨,银汉迢迢暗度"一句的句意,"迢递"有连绵不绝,高远曲折的意思;"清商"是古代的音律,宫、商、角、徵、羽乃是五音,因商音悲凉凄切故又称清商,这里却并不是指乐声,而是借指入夜后的飒飒雨声。

立秋之时秋高气爽,万里无云,想必今夜的星空也必定是群星璀璨。此时送友人远去,本来盼望着能出现高远的天河伴着友人前行,为其指路,谁想到入夜后却突然下起了小雨。一个"惊"字写出了秋雨的突如其来,浇灭了纳兰性德的期望。"盼"字与"惊"字形成了鲜明的对比,感情也由期望变成了失望。

接下来描写的是秋风乍起时慌乱的景象。因为这场雨来得实在太过突然,不仅仅是人没有做好准备,就连园子中的蝴蝶也没有准备好,园中花草被风雨打得衰败零落,蝴蝶失去了栖息之地,只好在花草丛中扑棱着翅膀四处翻飞,一个没注意,又惊惹到了一旁的蜜蜂。最后蝴蝶和蜜蜂乱成一团,躲避风雨,一片凄凉景象尽显。

措手不及的秋雨增添了离别的情绪,本来以为这场雨就像平常一样,匆匆来,匆匆去,谁料它竟然淅淅沥沥的,连绵不绝下个不停。丝丝点点的雨声敲打在房檐上,如怨如慕,如泣如诉,就好像滴落在心房之中,勾起人的寸寸愁肠。

难道是老天也看到了人间疾苦,听出了他们心中的愤懑,不舍他们分别吗?否则为何一直"泪"流不止,呜咽不停呢?夜雨最是愁人,细碎的雨声勾起了内心伤感的情愫,吹起了一池波澜。

下一句"应是登临送客,别离滋味重尝",登高望远,目送友人远去的身影,再一次尝到了离别的滋味。一个"重"字真是淋漓尽致地抒发了纳兰性德的无奈与怨恨,他短暂的一生总是走在离别的路上,不论爱人还是朋友,总是不能长久地在一起。

上阕写景,触景生情,离愁开始在心底生根发芽,于是下阕就开始尽情抒发心里的愁绪。"疑将"是仿佛、类似的意思;"疏窗",是雕刻有花纹图案的窗户;"潇湘"有两种意思,一是指潇水和湘水;二是指湘妃竹。相传舜帝征服恶龙后,筋疲力尽,死在了九嶷山。他的妻子,娥皇和女英姐妹俩久等夫君不归,便一路寻夫。到了九嶷山后,发现了舜帝的坟墓,两人在坟前失声痛哭,直哭到淌出了血泪。眼泪洒在了九嶷山的竹子上,便出现了点点泪斑,后人便把这种竹子叫做"湘妃竹"。此处乃是后者,代指竹子。

雨水打在刻有精致图案的小轩窗上,点点雨痕湿了雕花的窗阁,就好像有人拿着一支笔蘸着水墨作画,留下的淡淡影子像远山,像行舟,像雾霭,像碧水,最终合成了一片秋风中摇曳的竹林。细细观察,好像还能看到竹子上的斑斑泪痕。纳兰性德想起了这个凄美的传说,他不禁幻想,若是他也像娥皇、女英一般真心真意呼唤,能否留住好友呢?

下一句又写回现实。这场雨虽然增添了离愁,但也不是全无好处,至少他阻挠了顾贞观远行的脚步,暂时留住了他。于是,在这相聚的最后一夜,纳兰性德"倩一叶高梧,半条残烛,做尽商量"。天明之后,友人就将再度启程,今夜自然应该备上几杯薄酒,诉说衷肠。

李后主有"无言独上西楼,月如钩,寂寞梧桐深院锁清秋";李清照有"梧桐更兼细雨,到黄昏、点点滴滴。这次第,怎一个、愁字了得";周紫芝说"梧桐叶上三更雨,叶叶声声是别离";温庭筠更有言"梧桐树,三更雨,不道离情正苦。一叶叶,一声声,空阶滴到明"。千百年来,无数文人墨客将梧桐夜雨融入了离愁之中,纳兰性德此处写梧桐,更体现了他的不舍与愁绪。

"倩"是倚近、靠近的意思。蜡烛已经燃烧过半,想来已是天色将晓。纳兰性德和顾贞观俯首帖耳,絮语叮咛了整整一宿。俩人离别的时候总是有说不完的不放心,都希望能把想到的话说完。

"荷裳。被风暗翦"。目光不经意望见了池塘中的荷叶,大片大片的碧绿铺满了水面,疾风过处,翻卷起荷叶,就好像把荷叶剪成了两半,留下了一道伤痕。

雨打残荷,风吹荷叶,吹不走纳兰性德的愁绪。他多想化作这片荷叶,伴着友人随风而去啊。

"问今宵、谁与盖鸳鸯",这是纳兰性德想象二人离别之后的情景。今宵酒醒后,你就是独自一人了,更深露重,还有谁来给你盖上鸳鸯被子呢？这种关切和不放心的语气，就好像父母叮嘱出远门的孩子般殷切，不奢望你能有多大出息，只希望你能照顾好自己。按理来说，顾贞观比纳兰性德年长，但纳兰性德这一句的语气仿佛自己才是长辈，而顾贞观是长辈眼中那个永远长不大的孩子。如此家常的一句话，使担忧之情跃然纸上。这种最简单的关怀才是最真切、最暖心的，像家人一般。

最后一句"从此羁愁万叠，梦回分付啼螀"，"万叠"形容一层又一层的愁情，深厚浓重。就此一别后，你将上路远行，从此羁旅漂泊，舟车劳顿。若只是如此倒还罢了，更烦人的是离忧常在，就算你半夜醒来，陪伴你的也只有悲切的寒蝉声了。这一句将纳兰性德的不舍与担忧描写得淋漓尽致，给人一种深重幽凉的慨伤之感。

这首词围绕"立秋夜雨"展开叙述。由首句的期望之情陡然直下变成失落，情绪渲染非常到位。然后情景结合，借着荒芜衰落的景象把送别的伤离怨别之意、悲凉凄切之情衬托得更加细密和深透。

身为知己，好友的愁思怎能不清楚呢？官场失意，无人赏识，空有一腔壮志却报国无门，而今母亲又去世，今后就只剩下他一个人茕茕孑立，如何不叫人伤心呢。

忧愁的岂止他一个，纳兰性德更是有数不尽的愁思。好友的离开，同僚的非议，爱妻的离世，再加上与父亲的矛盾，在他心中哪还有欢乐的事情呢？于是纳兰性德写风雨、写梧桐、写潇湘、写残烛、写残荷、写寒蝉，他几乎写尽了所有的悲愁意象，把自己融进了万古悲情之中。而最后一句以现实无限离愁，梦中也全是惆怅收尾，更是让人意犹未尽。

虞美人

彩云易向秋空散,燕子怜长叹。几番离合总无因,赢得一回僝僽一回亲。

归鸿旧约霜前至,可寄香笺字。不如前事不思量,且枕红蕤欹侧看斜阳。

此篇词从表面看来,似是写给女子的相思之作,实则是纳兰性德借恋人口吻,用闺中思妇相思难耐的愁情来抒发对好友顾贞观的思念。这是古诗词中常见的手法,于纳兰词中却不多见。

首句"彩云易向秋空散,燕子怜长叹","彩云"代指那些美丽却身世坎坷、命比纸薄的女子,化用了白居易的《简简吟》其中一句:"大都好物不坚牢,彩云易散琉璃脆",意思是说那些好的东西大多都不坚固,就像彩云容易消散,琉璃容易破碎。

此句表面是指闺中人埋怨美好的事物留不住,容颜老去,情郎也总是决绝离开,实则是在感慨好事多磨,他与顾贞观这样相交相知的朋友总是分离。

"燕子怜长叹"一句也是化用,出自李商隐的《无题》之一:"归来展转到五更,梁间燕子闻长叹"。李商隐这一首诗描写的是一位大龄难嫁女感叹自己色衰迟暮的心情,一个人在孤寂的深夜里辗转难眠,唉声叹气,到了五更也不曾入眠,连不通人情世故的燕子都听见了她的叹息声。

纳兰性德既然化用此句,自然是因为这一句符合他此时的心境,但他将"闻"字换成了"怜"字,仅仅一字之差,便是天壤之别。纳兰与好友顾贞观分别之后,随着时间的流逝,不禁也生出流年似水、年华老去的惆怅，想到自己与友人相见难，不由得喟然长叹。而这叹息声被燕子听了去，也替这对知己的离别感到惋惜。

纳兰性德多情，所以他笔下的燕子也多了一些情义，也更显得二人友谊的珍贵和深厚。

接下来一句是说闺中人与心上人的现状。他们多次分分合合，相聚别离，平白让人徒添几分忧愁，几分欢喜。二人虽是一生挚友，相聚却不多，分别时两心愁苦，盼着相见；相见后彼此欣喜，生怕分离。这样的循环往复，教人实在心累不已，憔悴不堪。

虽然我们曾经托鸿雁传书，约好在寒霜降临的秋日再次相会，但如今已经过去了许久，你也应该寄封信来以慰相思之苦呀！

尾句用典。"欹侧"是侧卧着。"红蕤"是传说中的仙枕，唐代张谓《宣室志》中记载："玉清宫有三宝，碧玉环、红蕤枕、紫玉函"，此处代指一般的枕头。唉，那些过往还是不要去费神了吧，我就枕着我的红蕤仙枕，侧卧着欣赏斜阳吧！最后一句是纳兰性德无可奈何之下的自我宽慰，忧愁是一天，高兴也是一天，既然如此，那就好好欣赏美景，别再思量往事了。

至此，这首词由开篇的忧愁转为了宽慰，画风急转，却丝毫不显突兀，过渡自然，也从侧面表达了纳兰性德对顾贞观的思念与理解。

康熙二十三年（公元1684年），这一年距离顾贞观南归奔母丧已经过去了整整三年。三年来，顾贞观未曾踏足过一次京城，而纳兰性德也一直随驾奔波，鲜有对方的音讯。事务繁忙的他终于空下来一段时间，而人一旦闲了下来，前尘往事便不由自主扑面而来了。纳兰性德对顾贞观的思念变得越来越浓烈，于是趁着这次休整的机会，差人为顾贞观在京城修建了一所房屋，取名"三楹"，并且修书一封召唤好友回京：

寄梁汾并葺茅屋以招之

三年此离别，作客滞何方？随意一尊酒，殷勤看夕阳。世谁容皎洁，天特任疏狂。聚首羡麋鹿，为君构草堂。

新居落成后，纳兰性德又作词一首，一为表心中志趣，二为表思念旧友之情，希望好友快快归京相聚。

满江红·茅屋新成却赋

问我何心？却构此、三楹茅屋。可学得、海鸥无事，闲飞闲宿。
百感都随流水去，一身还被浮名束。误东风、迟日杏花天，红牙曲。

尘土梦，蕉中鹿。翻覆手，看棋局。且耽闲赒酒，消他薄福。
雪后谁遮檐角翠，雨余好种墙阴绿。有些些、欲说向寒宵，西窗烛。

纳兰性德这首词与他过往写给顾贞观的诗一样，但又有所不同，这一次并没有过分沉溺于思念与悲伤之中，而是叙述了自己的志向，基调也一改之前的伤感凄凉，显得清新欢快。

劈头便是一问：在这风景如画的渌水亭旁修建这几间破坏的茅屋，你问我心里到底是怎么想的？楹是单位名词，相当于"间"，一间房屋为一楹。这话问得蹊跷，问这话的人是谁呢？自然是远在千里之外的好友顾贞观了。

接着是纳兰性德的回答。他说"可学得、海鸥无事，闲飞闲宿"。《列子·黄帝》中记载了一个小故事：曾经有一个人非常喜爱海鸥，于是他就搬到海边居住，每天一大早就起床到海边来和海鸥一起玩耍。海鸥看他如此亲和，也落到他身边陪他玩。父亲看他如此喜爱海鸥，又心疼他每天起得那么早，就给他出了一个主意，让他抓一只海鸥下来。结果第二天他来到海边，才发现所有海鸥都在天上盘旋，再也不飞下来了，原来海鸥也听见了他父亲的话。

纳兰性德的意思是说自己盖这三间茅屋是为了可以像海鸥一般随心所欲地飞翔，隐喻自己并不喜欢现在的富贵生活，向往自由自在的生活。

纳兰性德一生淡泊功名，希望能够过着陶渊明一般不问世事的悠闲生活，可总是事与愿违，如今他"百感都随流水去，一身还被浮名束"。

自从二十二岁那年中进士后，他便一心想着报效国家，希望能够为百姓的安居乐业、国家的盛世安康尽一份绵薄之力。可惜他从一开始的斗志昂扬，到后来的徒劳挣扎，再到现在的心灰意冷，生命已如流水般悄然逝去，所有的雄心壮志都被现实吹打得七零八落。他早已看破俗世名利，却又离不开这万里红尘，依旧被浮名所束缚。

"误东风、迟日杏花天，红牙曲"。"迟日"即春日，语出《诗经·豳风·七月》"春日迟迟"。"红牙曲"亦是化用，出自辛弃疾《满江红》："佳丽地，文章伯。金缕唱，红牙拍"，是指击打着红牙板歌唱。这一句是纳兰性德美好的憧憬，春日迟迟，误了东风，春暖花开的时候击鼓而歌，这才是人世间最逍遥快活的事情。不必写万紫千红争奇斗艳，仅仅一句"杏花天"就仿佛弥漫了铺天盖地的花香,就好像看见了最美的春景。那般明艳的光阴,如何能让那些俗事惊扰呢?

纳兰性德此举是在暗喻好友顾贞观,你我一别已是三年,这中间多少韶光飞逝,忘穿多少秋水。如今又是春光烂漫,难道还要让时光蹉跎在思念之中吗?你还是快快回京,大家一起聚首,忘却尘世烦恼,日日饮酒赋诗,赏花赏月,击节而歌,才不辜负这大好春光呀!

这是纳兰性德最深处的执念,友情于他而言是生命中不可或缺的,他对待朋友热烈而又澄澈,漂流在外的旧友是他心中不能割舍的牵挂。他向来以最赤诚磊落的态度对待朋友,就像午后的阳光一般炽热,没有一丝芥蒂与保留。

纳兰性德此词上阕侧重于叙志,抒发他想要归隐山林的想法,这并不是他第一次有此感叹,扈从生活的束缚让他感到非常地压抑,多次流露出放下一切,隐居田园的意思。可伴君左右身不由己,纳兰性德这一愿望至死也没能实现。

下阕便是美好的畅想了,纳兰性德设想若是当真能够摆脱浮名的束缚,今后的生活应当是什么样子。

"尘土梦,蕉中鹿"一句又是用典。《列子·周穆王》中记载道:从前,有一个郑国人到山上砍柴,忽然看到一只鹿向他跑过来,他以为那鹿要伤害自己,为了抵御攻击,保护自己,就把鹿打死了。鹿死之后,他本想运回家去,但鹿又太大,他一个人运不走。于是就把鹿埋在一个坑里,想着下次再来运走。为了防止到时候找不到具体位置,还在土坑上盖上了芭蕉叶。

这个樵夫记性不太好,等到他想再回来时,却忘记鹿在哪里,找了半天没找到,于是他以为自己做了一个梦。

他在回家的路上一直自言自语这件事，被一个过路人听到了。这个路人依照他说的话找到了盖着芭蕉叶的地方，取走了这只鹿。

路人带着鹿回到家后，高兴地跟妻子说："我在路上听到有人说在梦里打死了一只鹿，却忘记了藏鹿的地方，我好奇之下就去找了找，还真让我找到了。原来那个人的梦是真的。"妻子听了之后，说："哪有这么巧的事，是你自己在做梦吧。"最后两个人也没搞清楚到底是谁在做梦。

话说两头，樵夫回到家里，越想越觉得不是自己做梦，是真的打死了一头鹿，不甘心就此失去，日也想，夜也想，最后居然真的在梦里想起了他藏鹿的地方，甚至连路人拿走了他的鹿也梦见了。

第二天早上，樵夫根据梦中的线索找到了路人，向他要回自己的鹿。两个人争执起来，一起闹到了士师，也就是那时候的法官那里。

士师一时间也不知应该如何审判，他思考良久后，对他们说："樵夫你真的打死了鹿，却以为是在做梦；而路人你拿到了鹿，你的妻子也说你是做了梦。由此看来，你们俩都没有真正得到过鹿，这样的话，不如两家平分好了。"

这个案子后来传到了郑国国君的耳朵里，国君也觉得非常有趣，就问国相："难道士师也在梦中分的鹿吗？"

国相说："到底是不是梦，这不是我能分辨得出来的。想要真正分辨是梦还是现实，恐怕只有黄帝、孔子这两个大圣人才能判断。而现在他们都已经不在世间，还有谁能够分辨呢？不如就以士师的判断为准吧！"后来，便以"蕉中鹿"来形容世间真假难辨、不可捉摸之事。

纳兰性德用此典故是说凡世的功名利禄就像尘土一般，也好像那蕉叶覆鹿，都是虚无飘渺、变幻无常的，以此来表明自己不屑功名、看穿俗世。

下一句"翻覆手，看棋局"仍是用典，典出《三国志·王粲传》。书中记载，东汉诗人王粲，记忆力超群，过目不忘。有一次，他在观棋时，棋局不小心被人搅乱了，下棋的人便想就此作罢。但是结局未定，王粲心痒难耐，便把棋局恢复成原样。下棋的人不相信王粲能够恢复得一子不差，便用头巾遮住棋盘，让他在另一副棋盘上再摆一遍。王粲依言照做，最后两副棋局拿来一比，连一个子都没摆错。

但纳兰性德此处却并不是这个意思，他引用的典故乃是另外一个。《史记·郦生陆贾列传》中说："陆生因进说他曰：'……汉诚闻之，掘烧王先人冢，夷灭宗族，使一偏将将十万众临越，则越杀王降汉，如反覆手耳'"，说的是人的野心只手遮天，不讲公道。

这两个典故都指向同一个意向：命运的无常。人生如棋，一步错步步错，我们只是其间的一枚棋子，应当保持一颗平常心。如今世道浑浊，朝野之中有人翻云覆雨，有才之士不得重用，无能之辈鸡犬升天。世事反复无常，我们应该放平心态，袖手旁观，将其作为一局棋来看待。

既然世事无常、真假难分，不如就闲闲躲避在一边，纵酒吟诗，一醉解千愁，也算是享受到了微薄的福气。

纳兰性德年纪轻轻，却能把命运审视得如此透彻，实在让人佩服。

下面两句又是他美好的想象："雪后谁遮檐角翠，雨余好种墙阴绿。有些些、欲说向寒宵，西窗烛"。在大雪过后，发现墙角还隐藏着一丁点儿翠绿，那是我提前做了准备，为它遮住了风雪。等待一场大雨，滋润了泥土后，好在墙角栽种下绿苗，来年便能投下阴影，遮挡烈日。有些不能对人言说的话，就在寒夜里点起一盏烛火，对着它絮絮私语。

不愧是多情公子，连一株小草都是如此珍惜，一盏烛火都仿佛有了生命。他眼中的生灵真是世上最幸运的存在了。

寥寥数语，勾勒出一副清静浓情的小景，让生活顿时变得生机勃勃，充满温情。这才是纳兰性德期望中的生活呀，闲来无事就呼朋引伴，饮酒赋诗，雪后遮翠，雨余种绿，灯影绰绰。若能从官场中脱身，去过诗意一般的田园生活，真是最大的福分了。

他在这首《满江红》里向知己顾贞观言明了自己的志向，他坚信对方一定能够明白自己的心意。他们之间即使远隔万水千山，也仍旧"气息相近，灵魂相通"，深深青山，悠悠流水也隔断不了他们的情谊。他们的友情真如一坛好酒，随着时间的流逝变得更加浓厚芳醇，越陈越香。

纳兰性德的深情并没有唤回远在江南的顾贞观。直到这一年的春日，他跟随康熙帝巡视江南，途径无锡时才匆忙与顾贞观一见。而这一见，又牵扯出一段千古佳话。

既然讲到顾贞观与纳兰性德的友情，那么不可避免就要提起卢氏与沈宛这两个女子。顾贞观见证了纳兰性德与她们的缠绵悱恻，爱恨别离；她们也见证了纳兰性德与顾贞观的肝胆相照，风雨同舟。

他们相识的时候，纳兰性德年仅二十二岁，正是风华正茂。彼时，卢氏还没有去世，纳兰性德的脸上还没有失去笑容，还是那个艳绝京华、鲜衣怒马的模样，充满了朝气与斗志。

作为纳兰性德的塾师，顾贞观长期居于纳兰府中，那么他自然也是与卢氏相处过的。他对卢氏的了解不算深也绝不浅，卢氏很单纯，平时一言一行，也足够他把她捉摸透了。她像纳兰性德一般可以为了某件事"痴傻疯癫"，不吃不喝，有时候大大咧咧、粗心大意，有时候也可以心细如尘；她不懦弱，不依附于丈夫而存在，活得自在潇洒，不需要纳兰性德时时刻刻为她挂怀，同时还是一个"腹有诗书气自华"的女子；但最重要的，她真、纯、灵，是纳兰性德的灵感来源，纳兰性德笔下的任意一首词都找得到她的影子。

他记得，每当自己与纳兰性德讨论时政或者鉴赏诗词时，卢氏都会远远在一边候着，偶尔静静地送上几盘水果和点心，或者换上几杯热茶；他记得，他们会常在一起引经据典，争论不休；他还记得，她曾在庙会上冲着纳兰性德撒娇，只为了能够多吃一串糖葫芦；他也记得，她使下人如沐春风，但一旦有人犯了错，殃及到丈夫，她也会疾声厉色，不留情面。

她知道什么时候该做什么事情，她坚强独立，即使纳兰性德寒疾复发卧病在床，即使她已经有孕在身，大腹便便，还要照顾上下一应的事务，从不让人担心。

他敢说，纳兰性德再也找不到第二个与他如此契合的人了。可惜，美好的事物总是太过于短暂，卢氏早早地去了，留下纳兰性德一个人在尘世里踽踽独行。

作为至交好友，自然不能看着好友沉沦下去。可自己帮不了他，诗词歌赋也帮不了他，他们的存在只能让纳兰性德故作坚强，强颜欢笑。他想尽了办法，直到那一年，他在江南，遇到了沈宛。

那是一个烟雨迷蒙的春日，顾贞观途经浙江乌程，烟花三月的江南水乡真是"暖风熏得游人醉"，四处漂泊的顾贞观决定在此逗留几天。

江南水多、桥多、船多、美人也多。且不说那些繁华地段的花街柳巷,就是河畔画舫里卖唱的歌妓也都是国色天香。

文人自古风流,顾贞观也不例外,于是他来到了不减半分喧嚣的河畔画舫,然后他就听到有人在唱纳兰性德的词。

画舫之类的卖艺之地,自然要比一般花天酒地的地方多一些风雅,少些许污秽。清风徐来,摇曳了河边的杨柳,轻轻拂过湖面,便惊起一圈圈涟漪。那悠扬婉转的琴声在嘈杂喧嚣声和清和微风中时有时无,断断续续,让人听出了其中的凄楚与哀婉。

顾贞观有一瞬间觉得,纳兰性德的词仿佛生来就该是这样的曲调,这样的婉转,这样的味道,鬼使神差的,他想见一见这个弹唱的人。

见到沈宛之后,他是震撼的,震撼于这个女子的痴情与勇敢。他又是欣慰的,他的兄弟,他的知己自然值得这样的好女儿恋慕。

他心里突然闪过了一个大胆而又疯狂的想法。他给纳兰修书一封,在信中向他介绍了自己在无锡的所见所闻,用大篇幅描写他和沈宛的相遇,并且大加赞扬沈宛的才情和洁身自好的坚韧品质,当然,最重要的是沈宛对他的一片痴心。

身为知己,他自然知道最能打动纳兰性德的是什么,于是他在信中附带寄去了沈宛的诗词合集,他坚信纳兰性德一定会有所触动。果不其然,纳兰性德很快就回信,信中表达了他想要与沈宛见面的急切愿望。两人书信相交,越来越熟稔,越来越亲密。

这一次,连老天爷也在帮他。康熙帝终于在这一年来到了江南,纳兰性德也跟随左右。于是,金风玉露一相逢,便胜却人间无数。

匆忙一会后,纳兰性德又跟随着南巡的队伍离开了。他看着临行时纳兰性德眼中微弱的神采,知道自己做对了,于是他决定帮助沈宛脱身苦海,成全这一对有情人。

他在乌程一直停留到九月份，耗费很多钱财与精力，终于帮助沈宛从青楼画舫中脱身出来。但天有不测风云，一个噩耗传来：吴兆骞病故了。这让顾贞观和纳兰性德悲痛不已。吴兆骞因为蒙受冤狱多年流落他乡，无根无凭。如今身故了，作为至交好友，顾贞观自然要让他叶落归根。

祸不单行，康熙二十四年（公元1685年）五月二十二日，顾贞观与纳兰性德等好友共聚渌水亭，赏花赏月，以《夜合花》为题各自作诗，谈笑风生。次日，纳兰性德寒疾复发，七日后病故。

吴兆骞和纳兰性德的接连去世给了顾贞观很大的打击，纳兰性德去世的第二年，顾贞观决定永远离开京城这个伤心之地。他在无锡惠山脚下自家祖祠旁边修建三楹书屋，并取名为"积书岩"，从此过上了不问世事的隐居生活。

晚年的他一心沉湎在对好友的怀念中，为了发泄这股浓重的思念，他把纳兰性德生前的文稿整理成册，依照纳兰性德的喜好，命名为《侧帽集》。这本著作至今仍然广为流传，为后人研究纳兰词和他悲苦的一生提供了宝贵的资料。

康熙五十三年（公元1714年），享年七十七岁的顾贞观卒于故里。临终之前，他从自己一生所作诗词中选出四十首具有重要意义的授予门人，并自称是"味在酸咸外者"，所以这位大才子著作虽然丰盛，但留存下来的并不多，实在令人可惜。

纳兰性德与顾贞观能够推心置腹、倾盖相交，也许与他们的性格有关系吧。他们俩都不像真正意义上的文人书生，他们身上更具备一种侠气，可以为知己两肋插刀，生死相随、磅礴大气。

世态炎凉，锦上添花的人数不胜数，雪中送炭的人少之又少。纳兰性德和顾贞观都是那种勇于在危难关头为朋友挺身而出的人。

他们的友情不被俗世蒙尘，不随时光减弱。纳兰性德的《饮水词》中，大部分的诗词唱和之作都和顾贞观有关，他们的书信往来也都是些琐碎的日常小事，没有朋友之间的客气，也不是师徒之间的尊重，这正说明他们之间的感情之亲近和浓厚。

正如纳兰性德有言："知我者，梁汾耳。"

第六章 落幕：
人生若只如初见

浮生若梦，纳兰性德的一生如烟花一般短暂而又绚丽，世间千万人，都抵不过爱妻卢氏的重量。于是他走了，留给后人无限的怀念和珍贵的文学遗产。纳兰性德走得太过匆忙，他的家人、朋友都难以接受。蓬山此去无多路，他们无能为力，只有青鸟殷勤为探看。

曾经辉煌——天下谁人不识君

康熙二十四年（公元 1685 年），纳兰三十一岁，康熙帝终于有重用他的意向。徐乾学在纳兰性德的《墓志铭》中说："出入扈从，服劳惟谨，上眷注异于他侍卫。久之，晋二等，寻晋一等。上之幸海子、沙河、西山、汤泉及畿辅、五台、口外、盛京、乌刺及登东岱、幸阙里、省江南，未尝不从。先后赐金牌、彩缎、上尊御馔、袍帽、鞍马、弧矢、字帖、佩刀、香扇之属甚夥。是岁万寿节，上亲书唐贾至《早朝大明宫》七言律赐之。月余，令赋《乾清门应制诗》，译御制《松赋》，皆称旨，于是外庭佥言，上知其有文武才，非久且迁擢矣。"

作为皇帝的贴身侍卫，获得一般奖赏不难，但要想获得皇上的真迹就不容易了，更何况还是一首别有寓意的诗。

康熙亲自抄录了一首贾至的《早朝大明宫》送给纳兰性德，这首诗写的是百官上殿朝见的情景，康熙此意是说，只要你勤奋努力，那么这首诗中描写的场景你很快就可以经历了，在朝堂上指点风云的日子就快到了。

这件事传遍了朝堂。一个月后，康熙下令让纳兰性德为乾清门作一首御制诗，纳兰性德便洋洋洒洒写了一首《乾清门应制》；康熙又让纳兰性德把自己的满文作品《松赋》翻译为汉文，借此考验他的满文水平，纳兰性德也轻松办到了。这两篇文章都得到了康熙帝的称赞，据记载："令赋乾清门应制诗，译御制松赋，皆称旨。"

不久，康熙便把纳兰性德提拔为一等侍卫。

纳兰性德正值壮年，被皇帝寄予厚望，前途无限光明，可就在此春风得意的时候，他病倒了。仍旧是年年光顾的寒疾，可这一次，它颇有些来势汹汹。

纳兰性德刚刚病重的前两天，康熙帝日日派人到纳兰府去询问病情，并多次调派御医给他诊治。一个小小侍卫，能有如此荣耀，足见康熙帝对他的重视。

后来康熙帝启程出征雅克萨，临走时特意恩准纳兰明珠不必随行，同时还派人三日百里加急快马向他禀告纳兰性德的病情。此外，还多次派皇家侍卫为其四处求药，颁布圣谕为其寻找药方。康熙帝把纳兰性德的病情看得比战报还重要，这样的皇恩浩荡一般人何曾感受过。

纳兰性德这一次若是能扛过病魔，可以预见之后他的仕途必将是一派光明。可惜，此时的纳兰性德已经无意仕途，高官厚禄抵不过他对亡妻的思念，最终他撇下父母，撇下一众好友，也撇下了皇上对他的厚爱，追随亡妻而去。

抱病游聚——快意人生，煮酒赋诗

生命是一场孤独的旅程，赤条条来，孤单单去。但纳兰性德临去时却不是孤身一人，身边有众多好友为他送行。

康熙二十三年（公元1683年），南巡归来后的纳兰性德给友人梁佩兰寄去一封书信。他终于有时间好好编纂一本真正的词集了，于是约其北上共谋此事：

仆少知操觚，即爱《花间》致语，以其言情入微且音调铿锵、自然协律。唐诗非不整齐工丽，然置之红牙银拨间，未免病其版榾矣。

从来苦无善选，惟《花间》与《中兴绝妙词》差能蕴藉。自《草堂》《词统》诸选出，为世脍炙，便陈陈相因，不意铜仙金掌中竟有尘羹涂饭，而俗人动以当行本色诩之，能不齿冷哉。

近得朱锡鬯《词综》一选，可称善本，闻锡鬯所收词集凡百六十余种，网罗之博，鉴别之情，真不易及。然愚易以为，吾人选书不必务博，专取精诣杰出之彦，尽其所长，使其精神风致涌现于楮墨之间。每选一家，虽多取至十至百无厌。其余诸家，不妨竟以黄茅白苇概从芟剃青锁绿疏间。粉黛三千，然得飞燕玉环，其余颜色如土矣。

天下惟物之尤者，断不可放过耳，江瑶柱入口而复咀嚼，鲍鱼马肝有何味哉。仆意欲有选如北宋之周清周、苏子瞻、晏叔原、张子野、柳耆卿、秦少游、贺方回，南宋之姜尧章、辛幼安、史邦卿、高宾王、程巨夫、陆务观、吴君持、王圣与、张叔夏等诸人，多取其词，汇为一集，余则取其词之至妙者附之，不必人人有见也。

不知足下乐与我共事否？有暇及此否？处雀喧鸠闹之场而肯为此冷淡生活，亦韵事也，望之。望之。

这封《与梁药亭书》表达了纳兰性德对于现世词集的看法，他认为现在那些所谓的词集都是一些俗不可耐的做作之品，没有一本能称作文学。他邀请梁佩兰一起编写一本值得让人静下心来品读、真正有质量的作品。

此事虽然未能成立，但梁药亭还是应约北上到京。

次年五月，纳兰性德病重的前一日，他与药亭、梁汾、天章、西溟等知心好友们一起饮酒小聚，赋咏《夜合花》诗。

梁佩兰是陪伴他走过生命最后一程的人。若有三生定许，他们自会约定，来世再结兰襟，心心相印，知己一生。

梁佩兰是公认的"岭南三大家"，他的诗词受到文人雅士的一致好评。他为考取功名六次参加科举，长期滞留京城，因此结识纳兰性德。

康熙二十年（公元 1681 年），心灰意冷的梁佩兰返回家乡广州，本已打算此生就这样归隐家乡，教书授课了此余生，但是接到了纳兰性德的信以后,他被纳兰性德的情真意切所打动,决定再一次上京。

他在给纳兰性德写的挽诗中说道:"岭外遗书札,论交阅有年,极知早薜殇,相劝入幽燕……"到了京城之后,梁佩兰就住到了纳兰府里,两人日夜探讨学问,整理词作。这在他的祭纳兰性德文中也有提及,"此来见公,欢倍于前,留我朱邸,以风以雅。更筑闲馆,渌水之下。"

这一年,虽然经历了吴兆骞病故、陈维崧离世、严绳孙的辞官,但仍有顾贞观、梁佩兰、曹寅、朱彝尊、姜宸英等好友身在京城。纳兰性德借此良机,拖着病重的身体邀众人齐聚于渌水亭。

康熙二十四年五月二十日,纳兰性德于渌水亭设宴,众人开怀畅饮。席间,他们以庭院中两棵夜合花为题饮酒赋诗,纳兰性德写下了他的人生绝笔:

夜合花

阶前双夜合,枝叶敷花荣。
疏密共晴雨,卷舒因晦明。
影随筠箔乱,香杂水沉生。
对此能消忿,旋移迎小楹。

夜合花只在清晨开放,夜间便闭合,而且花期极短,其味馥郁浓厚,故名"夜合花"。也许是已经看淡了生死,纳兰性德这首词一扫以前词作的惆怅与落寞,用词清新自然,颇有些超然物外之感。

据传,纳兰性德在此次宴会上一咏三叹,隔日病情便加重了,七天后与世长辞。

朱彝尊在《送梁孝廉还南海》一诗说:"合昏花开暑雨微,故人留君解骖騑。合昏花谢故人死,燕市酒徒看渐稀。秋林卷籜百卉腓,篱根细菊园如玑。北风萧萧南雁飞,蛰虫穷鸟相因依。此时欲别不忍别,马行蜷踽循郊圻……"

纳兰性德病逝后,千里迢迢赶来帮助他编选词集的梁佩兰再次离开京城,众好友也各自远离了这个伤心之地。

溘然而逝——清初第一才士，千古伤心词人

　　康熙二十四年（公元1685年）五月，纳兰性德于渌水亭一宴后病重。

　　暮春时节，纳兰性德躺在软榻上，望着窗外的潺潺细雨，心里一派平静。前几天，他还和好友们推杯换盏，吟诗作对。竹林在初夏的微风中飒飒作响，夜幕降临后，唤醒了一只只萤火虫，闪烁着微弱的光芒。他还记得那两株夜合花，翠绿的叶子，洁白的花蕊，在夜风中袭来阵阵清香。

　　他还兴致勃勃地写了一首诗，怎么变成了现在这个样子呢？

　　他缓缓回顾着自己这一生，留下了太多遗憾、太多后悔，太多来不及做的事情。他遗憾自己没有照顾好妻子，让她芳魂早逝；遗憾自己没能早些救回吴兆骞，导致他受尽风霜，体弱多病，仅仅两年就与世长辞；遗憾没能早点遇见这诸多好友，白白耗费了时光；遗憾没能实现心中抱负，驰骋疆场。

　　他身边的每一位朋友都安慰他，相信他这次能够挺过去，但他

早已有所感，冥冥之中有什么在召唤着他。

虞美人

黄昏又听城头角，病起心情恶。药炉初沸短檠青，无那残香半缕恼多情。

多情自古原多病，清镜怜清影。一声弹指泪如丝，央及东风休遣玉人知。

这一次的寒疾来得太急，完全让人措手不及。这几天，纳兰性德整日躺在床榻之上，屋子中不透一丝风，棉被盖了一层又一层，但竟然从未出过一滴汗。

他的面容渐渐不再红润，嘴唇变得苍白，身体也逐渐失去了力气。他看着焦急的父亲，看着四处求医问药的好友们，他很想告诉他们，不必了，这一切都是徒劳。但他说不出口，他不忍心告诉他们这样残酷的事实。

他看着窗外被雨水吹打的夜合花，那是当年他和卢氏一起种下的，八年过去了，如今已经高了许多。难道是她在召唤自己吗？

他恍惚间看见卢氏打着两把油纸伞蹲在那儿，一把护着自己，一把护着雨中的花；镜头突然一转，他又看见自己和卢氏在书房之中读书泼茶的情景，他听见卢氏轻轻呢喃着"若"字，仿佛只是一声叹息。

今天是卢氏的忌日，往年这个时候，纳兰性德都会闭门谢客，静静守在她的屋子中，烧去一件她平常喜爱的物件。为什么不一并烧给她呢？因为他怕她忘记自己，他在用这种方式提醒她。他还清楚地记得第一年是她头上戴的发钗，第二年是他亲手做的折扇，第

239

三年是一方手帕……今年本想烧给她一个糖人，如今看来，不必了，他会亲自去寻她了。

她一定是等得太久，等得太寂寞，等得不耐烦了，所以她来找自己了。他觉得好累，好倦，他这一生从未替自己活过，现在终于解脱了。眼皮已经越来越重了，他顺从着自己的心意缓缓合上双眼，黑暗中，他看见卢氏在远方等着他，穿着初见时那一身衣裳，浅笑端方。

一代大词人纳兰性德于康熙二十四年五月二十二日抱病与好友一聚后，七日不汗，于五月三十日，妻子卢氏的忌日溘然长逝，时年三十一岁。

纳兰性德一生著有《侧帽集》《饮水词》等多部词集，编写了《通志堂词集》《今词初集》等经典著作，与清代朱彝尊、陈维崧并称"清代词家三绝"。

纳兰性德的一生，不仅仅因为他卓越的词作而散发出耀眼的光芒，更在于他的为人。在爱情上，他对发妻至死不渝、生死相依；在友情上，他对朋友肝胆相照、赴汤蹈火；在民族问题上，他为满汉两族的融合做出了巨大的贡献。

他既是一个翩翩的浊世佳公子，也是一个铮铮铁骨的英雄。

纳兰性德的一生，说不完，道不尽，不能笼统一概论之，还是借用前人的总结吧：

相门翩翩公子

江湖落落狂生

清初第一才士

千古伤心词人

附

顺治十一年（公元 1654 年）
农历腊月十二日，生于京师。
性德父明珠时任銮仪卫云麾使。
是年三月，清圣祖玄烨生，以阴历计，与性德同龄。

顺治十八年（公元 1661 年）
正月，清世祖卒。皇太子玄烨即位，是为清圣祖。
二月，罢十三衙门，复设内务府。是年，明珠改任内务府郎中。

康熙三年（公元 1664 年）
三月，明珠升内务府总管。

康熙五年（公元 1666 年）
四月，明珠升内弘文院学士。

康熙六年（公元 1667 年）

性德自是年起，得董讷教授，学业大进。

七月，圣祖亲政。

康熙七年（公元 1668 年）

九月，明珠升刑部尚书。

康熙八年（公元 1669 年）

六月，明珠等奉诏往福建招抚郑经。七月，明珠改任都察院左都御史。

康熙十年（公元 1671 年）

性德补诸生，贡太学，作《石鼓记》。时徐元文为祭酒，深器重之。

十一月，调左都御史明珠为兵部尚书。

康熙十一年（公元 1672 年）

八月，性德应顺天乡试，中举人。

康熙十二年（公元 1673 年）

二月，性德会试。

三月，性德忽得寒疾，未与廷试。五月起，性德至徐乾学邸讲论书史。

五月，得徐乾学、明珠支持，始着手校刻《通志堂经解》。

九月，徐乾学归江南。性德以诗词送之。

是年，性德始撰辑《渌水亭杂识》。

是年春，结识严绳孙。

是年夏，结识姜宸英。

是岁，投书朱彝尊。

康熙十三年（公元 1674 年）

是年，性德娶妻卢氏。

仲弟揆叙生。

正月，朱彝尊访性德。

康熙十四年（公元 1675 年）

十月，明珠转吏部尚书。

十二月十三，皇子保成立为皇太子。避太子名讳，改名性德。

是年，性德长子富格生，为颜氏夫人出。

性德与张纯修交益密，每有郊猎。

性德与严绳孙过从甚密。

是年，秦松龄从军湘楚，以严绳孙介绍，性德致书问候。

康熙十五年（公元 1676 年）

三月，性德中二甲第七名进士。

春夏间，顾贞观入京，经徐、严等相介，识性德，遂互以知己目之。性德为题其《金缕曲》词，一时传写京师。

是年，性德以诗词才藻大获称誉。

初夏，严绳孙回南，性德作《送荪友》诗、《水龙吟·再送荪友》词以赠之。

冬，顾贞观作《金缕曲·寄吴汉槎》二章，性德见之，遂以"绝塞生还吴季子"为己任。

康熙十六年（公元 1677 年）

四月，圣祖制《大德景福颂》。性德撰《拟御制大德景福颂贺表》。

四月末，卢氏生一子海亮。约月余，卢氏以产后患病，于五月三十日卒。

八月，明珠充《太宗文皇帝实录》总裁官。

性德撰《合订册补大易集义粹言》成。

秋冬间，性德始任乾清门三等侍卫。

腊月，性德作书致严绳孙。

秋，顾贞观复至京，与性德增选《今词初集》。

康熙十七年（公元 1678 年）

岁初正月十七，顾贞观回南，所携有性德付编之《饮水词》。

性德始筑茅屋。

岁暮，姜宸英入京，性德使居千佛寺。是年，

康熙十八年（公元 1679 年）

暮春，性德与朱、陈、严、姜、秦等人游张见阳山庄，作联句词《浣溪沙》。

夏，邀诸友渌水亭观荷。

是年，顾贞观在南，刊成《今词初集》，收性德词十七首。同

年，卓回刊《古今词汇》，选性德词十二首。

康熙十九年（公元1680年）

是年，性德由司传宣改经营内厩马匹，常至昌平、延庆、怀柔、古北口等地督牧。

继娶官氏。

康熙二十一年（公元1682年）

正月十五上元夜，性德与朱彝尊、陈维崧、严绳孙、顾贞观、姜宸英、吴兆骞、曹寅等共集花间草堂，饮宴赋诗。

严绳孙作《西苑侍直》诗二十首，性德和之，题为《西苑杂咏和荪友韵》。

七月，明珠等为纂修《明史》监修总裁官。

十月，明珠为《太祖实录》《三朝圣训》《平定三逆神武方略》总裁官。

十一月，明珠加赠太子太傅。

康熙二十三年（公元1684年）

六月，明珠兼《大清会典》总裁官。

九月，余国柱任户部尚书。余与明珠结党，被康熙注意。

十月，南巡至扬州，时张玉书适奔丧至扬，性德问慰之，揖别于江干。

十一月初，南巡至江宁，性德会曹寅。在江宁，得汉槎凶问。南巡中，性德得明人《竹炉新咏卷》。回京，以此卷归梁汾，作《题竹炉新咏卷》诗，并为梁汾书"新咏堂"三字。

岁暮，性德纳沈宛。

是年，性德作书梁佩兰，邀梁至京共编词选。

康熙二十四年（公元 1685 年）

三月十八日圣祖诞辰，书贾至《早朝大明宫》诗赠性德。四月下旬，又令性德赋《乾清门应制》诗，译《松赋》为汉文。性德升一等侍卫。

四月，严绳孙请假南归，与性德别。五月初，曹寅至京，性德作《满江红》词为题其《楝亭图》。

五月，明珠充《政治典训》总裁官。

五月二十二日，梁佩兰、顾贞观、姜宸英、吴雯集性德庭，饮酒，各赋《夜合花》诗。

次日，性德得疾。

五月三十日，性德因七日不汗病故。

秋，沈宛生遗腹子富森。

康熙二十五年（公元 1686 年）

性德葬京郊皂荚村。

徐乾学撰《墓志铭》《神道碑文》，韩菼撰《神道碑铭》，顾贞观撰《行状》，姜宸英撰《墓表》。

董讷撰《诔词》。

张玉书等六人撰《哀词》。

严绳孙等十八人撰《祭文》。

徐元文等二十七人撰《挽诗》。

蔡升元等五人撰《挽词》。

康熙二十六年（公元 1687 年）

严绳孙旅端州，见性德小像，题诗两首。

康熙二十七年（公元 1688 年）

明珠罢相，旋任内大臣。

康熙二十九年（公元 1690 年）

顾贞观入京祭拜性德墓。

康熙三十年（公元 1691 年）

徐乾学刻《通志堂集》，收性德作品十八卷，附录两卷，收词三百首。同年，张纯修刻《饮水诗词集》三卷，收词三百零三首。

康熙三十九年（公元 1700 年）

性德长子富格卒，年二十六岁。次子富尔敦中进士。

康熙四十七年（公元 1708 年）

明珠卒。